O urso

FUNDAÇÃO EDITORA DA UNESP

Presidente do Conselho Curador
Mário Sérgio Vasconcelos

Diretor-Presidente / Publisher
Jézio Hernani Bomfim Gutierre

Superintendente Administrativo e Financeiro
William de Souza Agostinho

Conselho Editorial Acadêmico
Divino José da Silva
Luís Antônio Francisco de Souza
Marcelo dos Santos Pereira
Patricia Porchat Pereira da Silva Knudsen
Paulo Celso Moura
Ricardo D'Elia Matheus
Sandra Aparecida Ferreira
Tatiana Noronha de Souza
Trajano Sardenberg
Valéria dos Santos Guimarães

Editores-Adjuntos
Anderson Nobara
Leandro Rodrigues

A coleção CLÁSSICOS DA LITERATURA UNESP constitui uma porta de entrada para o cânon da literatura universal. Não se pretende disponibilizar edições críticas, mas simplesmente volumes que permitam a leitura prazerosa de clássicos. Nesse espírito, cada volume se abre com um breve texto de apresentação, cujo objetivo é apenas fornecer alguns elementos preliminares sobre o autor e sua obra. A seleção de títulos, por sua vez, é conscientemente multifacetada e não sistemática, permitindo, afinal, o livre passeio do leitor.

ANTÔNIO DE OLIVEIRA
O urso
Romance de costumes paulistas

© 2024 EDITORA UNESP

Direitos de publicação reservados à:
Fundação Editora da Unesp (FEU)
Praça da Sé, 108
01001-900 – São Paulo – SP
Tel.: (0xx11) 3242-7171
Fax: (0xx11) 3242-7172
www.editoraunesp.com.br
www.livrariaunesp.com.br
atendimento.editora@unesp.br

DADOS INTERNACIONAIS DE CATALOGAÇÃO NA PUBLICAÇÃO (CIP)
DE ACORDO COM ISBD
Elaborado por Vagner Rodolfo da Silva – CRB-8/9410

O48u	Oliveira, Antônio de
	O urso / Antônio de Oliveira. – São Paulo: Editora Unesp, 2024.
	ISBN: 978-65-5711-167-3
	1. Literatura brasileira. 2. Romance. I. Título.
2024-2089	CDD 869.89923
	CDU 821.134.3(81)-31

Editora afiliada:

SUMÁRIO

Apresentação
7

O urso
11

I
13

II
39

III
69

IV
91

V
113

VI
131

VII
147

VIII
173

IX
195

Excerto das Memórias do Fidêncio
215

APRESENTAÇÃO

ANTÔNIO OLIVEIRA NASCEU EM SOROCABA, em 30 de junho de 1874, filho de mãe brasileira, D. Ana Emília de Oliveira Ferreira, e pai português, Antônio Joaquim Ferreira. Após fazer o colégio em Itu, cursou a Faculdade de Direito de São Paulo até o terceiro ano. Escreveu para jornais em sua cidade natal e, na capital do estado, colaborou, entre outros periódicos, no *Diário Popular*, *O Estado de S. Paulo* e *A Platéia*. Viveu por curto período em Ribeirão Preto, onde dirigiu o jornal *São Paulo e Minas*, antes de retornar à sua cidade natal, em 1898.

Na virada para o século XX, em Sorocaba, seguiu com colaborações em periódicos. Em paralelo, foi professor, adquiriu licença para advogar e chegou a eleger-se vereador: tudo por curto período. Logo transfere-se de forma mais definitiva para São Paulo, onde consolida carreira como advogado. Destaca-se como escritor, atividade que o acompanhava desde bem jovem, e é um dos fundadores da Academia Paulista de Letras, ocupando a cadeira número 25. Consta que, a partir da década de 1930, foi se tornando progressivamente mais místico e recluso. Passou a escrever poemas religiosos e se tornou irmão franciscano, conjugando suas atividades místicas com a advocacia, e teria queimado os originais de um romance que considerava sua obra-prima. Morreu em 15 de março de 1953, em São Paulo.

Oliveira publicou as obras *Brumas* (poesia, 1893), *Vida burguesa* (contos, 1896), *Sinhá* (romance, 1898), *O urso* (romance, 1901) e *Raça de portugueses* (romance, 1902). Detalhes de sua biografia, datas exatas e motivações para suas permanências e mudanças de cidade, lançados à sombra pelo tempo, permanecem em sua maioria obscuros.[1] A presente edição procura contribuir para a redescoberta deste importante escritor naturalista brasileiro: além de trazer Antônio de Oliveira de volta às prateleiras, que esta nova edição de *O urso* seja a pedra fundamental para uma retomada de estudos e informações sobre o autor e sua obra.

O urso, publicado em 1901 e reeditado em 1976 pela Academia Paulista de Letras, é um romance que, assim como seu autor, foi quase esquecido pelos estudiosos da literatura brasileira. As poucas exceções que se debruçaram sobre a obra ressaltam a agudeza da análise do ambiente e dos personagens, tanto principais como secundários.

A cidade de São Paulo estava no período entre a Abolição e a proclamação da República quando chega Fidêncio, acompanhando sua mãe, para morar com sua prima Feliciana, jovem viúva. Vindo de cidade do interior do estado, o rapaz de 22 anos criado sob as asas da mãe carola, para a qual o desejo sexual estava entre os pecados que mais mereciam a pena do inferno, era doentio, tímido, medroso. Apenas a defesa das ideias republicanas o exaltava; por isso, no interior, foi o responsável por um jornal engajado na causa, onde pôde defender suas ideias e treinar a escrita. Apesar desses ideais, na capital, por fraqueza de caráter, Fidêncio acaba se ligando a um deputado monarquista: não queria causar problemas para a prima que o acolhera e também pelo amor que nutria pela filha do político.

---

[1] Daí a falta da fotografia do autor, que tradicionalmente viria logo após esta apresentação, na abertura do romance. Permanece a página à espera de que as próximas edições se enriqueçam de informação e iconografia.

O romance retrata sensivelmente a São Paulo ainda provinciana da época, além do processo de corrosão da personalidade inicial de Fidêncio em sua busca por ascensão social. O conflito moral surge quando ele se envolve em um relacionamento considerado proibido para os padrões de sua educação religiosa – ao qual ele atribui a morte de sua mãe. Origina-se daí uma onda de remorso autodestrutiva.

A habilidade de Antônio de Oliveira em conectar os aspectos sentimentais, sociais e políticos do enredo, que o inscreve entre os melhores autores naturalistas brasileiros, como observado pelo crítico Massaud Moisés (1928-2018), já faria de *O urso* uma obra merecedora de resgate por parte do público e da crítica. A insigne crítica literária Lúcia Miguel Pereira (1901-1959) destaca a qualidade de Antônio de Oliveira como autêntico romancista, especialmente por seu estudo psicológico do protagonista, "estranho rapaz, meio ingênuo, meio hipócrita, desfibrado, incapaz de viver". O estilo de escrita de Oliveira é ágil e claro, facilitando a narrativa, e o ambiente retratado é fortemente marcante. Lúcia Miguel Pereira conclui: "A evocação de São Paulo, pequena cidade com todos os vincos provincianos, é das mais interessantes... É digno de nota, e talvez o único, o caso desse escritor de inequívoca vocação, que, em plena produção, se murou num completo silêncio. Quem escreveu *O urso*, se se pode demitir da literatura ativa, não pode se ausentar da história literária".

Os editores

ANTÔNIO DE OLIVEIRA
───────────

O urso

I

HAVIA MAIS DE UM QUARTO DE HORA que o capitão Bento Galvão passeava em frente ao café, no largo do Rosário, impaciente e feroz. Realmente, o senhor Fulgêncio fazia-se esperar! Tinham aprazado o encontro para aquele lugar, apenas batessem no relógio da Sé as quatro horas da tarde; e o seu relógio cronômetro, consultado a miúdo e com raiva, já marcava um quarto a mais. Valera bem a pena ter-se apressado a adiar para o dia seguinte uma multidão de negócios que o traziam atarefado, correr à sua casa em Santa Cecília a escovar a farda e ainda, havia pouco, praguejar contra o barbeiro que quase lhe havia navalhado a fresca face rosada! Nem a sombra do senhor Fulgêncio de Abreu. E os dedos crispados arremetiam-lhe desastradamente os bigodes...

– Isto de taverneiros!

Um ódio velho, o ódio militar que se viu muitas vezes, em noitadas gordas de troça, a contas com o espírito rotineiro e apoucado de vendeiros, acendia-lhe na pupila parda uma chama concentrada de fúria. Àquela hora, podiam bem lembrar-lhe que o senhor Fulgêncio era um negociante, e dos de conceito mais solidamente firmado no meio paulistano. Ele esmagaria, desfaria em trapo com um simples gesto do seu braço musculoso todos os argumentos que se pudessem levantar em favor da posição que, na sociedade, ocupava o senhor Abreu! Esquecia-se até da larga camaradagem que haviam arrastado desde algum tempo, frequentando juntos certas casas de vício elegante, indo de parceria a troças que raro deixavam de prolongar-se pelas noites adiante, de acabar em leitos encardidos embriagados os dois, caídos involuntariamente na pulhice de um idílio às aproximações da madrugada... Nada, não queria reconhecer no homem que faltava a um emprazamento, o negociante a quem todos tiravam o chapéu, o camarada que ele distinguia na sua vida privada, no mistério dourado em que lhe iam os últimos anos de mocidade feliz. Tudo, menos uma quebra de palavra! Via na demora do amigo uma incorreção, um abuso inqualificável. Em matéria de compromisso, não admitia justificativa: era de um rigor verdadeiramente disciplinar. Esteve por um momento a desmanchar o jeito soberbo dado às guias do bigode, quase resolvido a abalar sozinho para a casa da viúva Matoso. Sim, seria uma lição de bom-tom, mostraria ao tipo que nunca se deve fazer esperar um capitão da polícia, adorado das mulheres, e sobretudo favorecido pela sorte que já lhe acenava com um posto de major por serviços recentemente prestados ao governo. Resolveu-se afinal, ia saltar para um bonde da Liberdade, quando se sentiu atabalhoadamente puxado pela manga:

– Olá, para onde vais?

Feriu-lhe no coração aquela familiaridade.

E com um olhar pesado às bochechas escanhoadas com apuro do senhor Fulgêncio, que acabava de abraçá-lo, começou a repuxar ostensivamente o pano da manga, amarrotado pela mão brutal. A voz subia-lhe à garganta numa ânsia de estalo. Mas o outro mal reparou na ruga que vincou de repente a fronte do capitão, na cólera que lhe fuzilou nos olhos pardos, carregados sombriamente de sobrancelhas:

– Não pude vir mais cedo, desculpa.

O senhor Bento Galvão levou de arrancada a mão ao peito, comprimindo o estouro. A pupila afogueada acusava nele agora a tensão suprema, a última vibração antes do raio. Ia despropositar, cometer uma tolice, esmagar para sempre aquela indiferença odiosa, aquela justificativa mole, insuportável, depois dos dois quartos de hora, dos trinta minutos, corridos a medir estupidamente as calçadas do largo, forçado a purgar-se na paciência evangélica, ele que nunca pudera estar parado um minuto sequer a não ser entre mulheres:

— Acredita, capitão, que faltei involuntariamente. Um contratempo imprevisto, um contratempo de arromba! Vem daí, vamos de carro.

A voz do negociante trazia de envolta um sopro de mistério, ciciou como uma promessa de confidência. O capitão, que ia despropositar, que pretendia dar uma lição, gaguejou uns monossílabos vagos, espichou o pescoço, ajeitou o colarinho, e foi uma doçura de resserenamento, as cordoveias distenderam-se deliciosamente, a pupila parou na expressão enlanguescida do costume, diluiu-se a ruga da testa, e o coração entrou na mesma palpitação habitual, de homem forte. E quando momentos depois, ao lado do negociante, no carro tirado por uma vistosa parelha, se dirigia para a Liberdade, seria difícil descobrir-lhe nas feições repousadas vestígios de cólera. Estava fresco, bem disposto, corrigia com absoluta serenidade o desempeno do bigode, ao passo que meio inclinado para o amigo, de olho enlambuzado de malícia, ouvia a história daquele contratempo de arromba, um inesperado encontro com uma bonita italiana casada, a quem ambos traziam desde algum tempo assediada num namoro assíduo e confiante.

E era sempre assim o capitão Bento. Baixo, sanguíneo, com um pescoço de touro, a primeira impressão que se tinha dele fortalecia-se logo numa certeza de temperamento arrebatado, homem capaz de todos os rancores, de vinganças execráveis. Ninguém conceberia, por baixo do seu peito reforçado, sob o aspecto exuberante de uma indomável brutalidade, um coração profundamente sensível feito de molezas, pronto sempre a ceder ao mais leve impulso de uma emoção qualquer. Visto numa emergência crítica, numa desordem imprevista, a alterar, a brandir a espada com gestos de Hércules policial, os seus olhos pardos flamejavam no visionamento brusco de um incêndio, o seu lábio farto de sensual mordia fios do bigode com ganas vermelhas de antropófago. A arraia-miúda, o povinho dos becos e dos bairros, assustava-se, suava frio, debandava silencioso e covarde a uma simples investida da espada bem polida. O capitão Bento! Todo o mundo sabia a grossa pancadaria que, num botequim ao pé do teatro, dera ele só numa meia dúzia de rapazes bêbados que se tinham aventurado a lançar asneiras de República às barbas da gente honesta. Que pânico! Nem um eco revolucionário ficou no botequim. Ah, que vontade de os surpreender, aos gatos pingados que se atiravam como uma corja de garotos contra o governo de sua majestade Dom Pedro II, unidos, feitos num corpo, com seus papeluchos e com a sua vozeria infernal! Fazia-os voar, varria-os como bolhas tocadas pela ventania! E sempre que abordava o assunto da onda cada vez mais crescente, continuamente exasperada de opressão, dos revolucionários, ele possuía-se de uma cólera surda, e eram rajadas os seus gestos, a voz saía-lhe como um esguicho interminável de imprecações, através do qual a alma como ficava suspensa, espetada numa vasta estrangulação de ódio.

Na intimidade, porém, esse temperamento amoldava-se sem esforço, contrafazia-se risonhamente, à feição de um bocado de cera. Vinha-lhe então à cara, roliça e rosada, um ar feito de bonomia, uma tranquilidade de espírito bem equilibrado. Notava-se no olhar até um reflexo, qualquer coisa da alma que se sentia culpada, que se penitenciava, que se oferecia ao castigo. Os rompantes do capitão Bento! Nada mais conhecido, todos se abstinham de provocá-los, evitando palavras ou ditos vagos, que de qualquer modo o fossem beliscar nos seus melindres, com melhor razão de casmurro, que de convicto. E se o esporeavam, não tardava a frase brejeira, a expressão quente de camaradagem, afogando-lhe a vaidade, apanhando-lhe o fraco numa surpresa desopilante de reminiscências gloriosas da troça, da boêmia.

– Então, capitão, aquela de outro dia?

Às vezes custava-lhe a lembrar, mas nesse esforço tardio de memória, dava-se nele a pacificação de ânimo. Ao cabo, sorria lisonjeado, entrando imediatamente a folhear no catálogo de suas aventuras amorosas, de suas terríveis conquistas. E que furor de ineditismo! Nunca o apanhariam num idílio comum e piegas, tinha uma suprema aristocracia no seu gosto de libertinagem, preferências de artista de raça, predileções de um refinamento educado. Achava chulo, de uma deplorável estupidez, o namoro da rua, alambicado com olhares de ovelha morta, com requebros tímidos de pascácio. Ia de pronto às do cabo; ou servia ou não. Nada de tiradas românticas, nada de lances! Queria o amor sério, a paixão no seu caráter respeitável, animal, abnegado, capaz de tudo. Um olho revirado dentre cortinas, espiando-lhe o andar, devorando-lhe a bela musculatura hercúlea, feria-o como um alfinete. Quase que voltava a cabeça, a praguejar. As mulheres deviam ficar dentro da sua honestidade, aquarteladas e rijas. Aí sim, era que lhe agradava o ataque... o ataque em meio da indiferença nas aparências invulneráveis de um coração de gelo. Ah, como ele todo se fazia pequeno, se dobrava em devoção, quando chegava a roçar as guias ásperas do bigode numa face de lírio, ainda muito visionada como um sereno pedaço de céu intangível.

Em todo caso, do mesmo modo que o seu rancor contra os republicanos, a sua fama de conquistador, bordada a capricho, corria mundo. Chamavam-lhe femeeiro, militar sem brio, uma fieira de horrores. Havia maridos que lhe deitavam olhadas secas como lâminas. Engoliam-no, se pudessem! E ele, que os via passar indiferente, com um supremo desdém, tinha sempre uma piada a jeito...

– Se eles soubessem como ficam feios!

Quem mais gostava de o ouvir nessas pilhérias de impenitente era o sr. Fulgêncio de Abreu, homem pacífico, natureza roída de vícios elegantes, mas moldada a confeitos, incapaz duma iniciativa, apoiando-se à primeira energia de vontade. Desde que o conhecia, não o largava, viam-nos sempre juntos, inalteravelmente bem dispostos, nos teatros, nos botequins, nos bordéis.

Boquejava-se em certos sítios, teatros frequentes de sua libertinagem, que o negociante não podia passar sem a companhia, sem o vasto ar autoritário do capitão. Com efeito, sozinho, ele nunca se arriscaria a qualquer aventura, convicto de uma raivosa impotência, a um simples gesto de ameaça. A natureza enformara-o no miserável talhe esguio dos tísicos, tinha um peito fugidio, protraindo-se, ao menor excesso, em frouxos cavernosos de tosse, os olhos pequeninos, apagados de inteligência, aveludavam-se sob as sobrancelhas pretas, como olhos de moça, e na face amarelada da cor dos cílios velhos a mesma expressão acentuava-se de uma incurável timidez, de um sangue já descorado através de uma hereditariedade reles. Filho de portugueses, tendo passado os começos de sua mocidade ao balcão, no comércio do Rio, teve a sorte de ser logo chamado a gerir uma casa de armarinhos na capital, onde não tardou a usar de suas noitadas livres no deboche, na troça desafrontada. Felizmente essa explosão de tendência psicológica colheu-o numa fase de resistência... emagreceu, tornou-se mais amarelo, com umas olheiras enormes, com um recrudescimento nas dispepsias e nos incômodos do fígado, com uma mudança nos modos, agora mais reservados e bruscos. Costumava dizer que havia chegado ao cerne.

Estava com os trinta e dois, e nas rodas, nas reuniões em que ele aparecia, cobiçavam-no as moças, de olhos requebrados para uma invejável fortuna que ele soubera amontoar em curtos anos de trabalho.

Um partido de mão cheia! Os pais sempre falavam dele, não regateavam encômios, douravam-lhe uma grande auréola de honestidade e de hábitos impecáveis, um exemplaríssimo moço. Faziam-no alcandorado ao pedestal do ouro, certos de que, com essa soberba visão, regalavam as mais recônditas vaidades das filhas, gulosas de vestidos caros, de créditos sólidos no meio elegante. Daí uma multidão de convites, solicitações. A cada passo, cartões dourados exigindo cortesmente a sua presença num baile, num jantar, numa festa de anos! Quase sempre não havia fugir; tinha de ir. Mas, de volta, trazia infalivelmente rancores surdos contra a maçada, uma quantidade de diatribes, de revoltas contra o modo por que o tinham requestado várias meninas ricas, até contra as donas de casa, que nunca deveriam ter-se lembrado dele. Porque Fulana o amolara durante a festa toda; outra quase lhe fizera uma declaração, entre portas, sendo a custo contida por um olhar austero de sua parte...

Um cúmulo! Aprazia-se em martelar nesses continuados atentados à sua tranquilidade de celibatário rebelde, sempre que estava com o capitão. Vinha-lhe um extremo cuidado na frase, valia-se de suas leituras clássicas, aleijando-as, na tarefa grata de esmiuçar os casos da feroz perseguição de que era objeto. Viciara-se aos poucos, profundamente, em satisfazer os seus pruridos fortes de vaidade. E o capitão Bento, que nunca consentia desacatos ao seu amor-próprio, ele também largamente dosado de presunção, sustentava uma viva tolerância para essas demasias de linguagem, a que o amigo não se cansava de amoldar relevos gafados, romantismos melosos, ganas de requestos que, por melhor que os dourasse, resvalavam sempre para o terreno dos histerismos irremediáveis.

A viúva Matoso, que os esperava àquela hora, vinha em último lugar, no rol das perseguidoras. Fora-lhe apresentado, juntamente com o capitão, num camarote do São José. Ela olhara-o de certa maneira, tocada evidentemente de alguma impressão. O certo era que daí por diante ela não pudera disfarçar um rijo prazer, toda vez que o topava nos seus passeios. A verdade também era que invariavelmente, nesses encontros, estava ao lado dele o capitão Bento... Uma fatalidade! Mas não, não era cego, a viúva consagrava ao amigo a atenção delicada de uma mulher de sociedade, simplesmente isso, nada mais! Uma venturosa certeza começava a penetrá-lo, da preferência por parte daquela viúva fresca, fartamente apetitosa na sua instalação cômoda de ricaça, uma nota permanente de elegância dentro de uma capital rasa e banal como foco de civilização.

Por vezes, um violento desejo sacudia-o, de falar dela ao capitão. Nada mais natural, ele nunca se pusera de reservas com o amigo, contava-lhe tudo, desde o último episódio licencioso da noite, sôfrego de compensações em sua intimidade. Mas um estranho acanhamento atava-lhe a voz, neste ponto. De uma feita que se animara, sentiu logo o nó impertinente, tossiu, uma tossinha de disfarce. E morreu a confidência numas banalidades estúpidas, da beleza e dos modos corretos dela, da satisfação que sentia em conversar com ela. Nada do que se animara a confessar, nem um vago detalhe da paixão séria, que o principiava a levar à rajada. O capitão também fechara-se numa indiferença:

– Sim, senhor! Você tem razão – um pancadão! É isso mesmo – um pancadão!

Indiferente, sem entusiasmo, ele que se entusiasmava à mais leve sombra de sentimentalismo, constantemente irritado às meias confidências, pendido sempre a destrinçar todo caso em que farejava desejo de conquista. O negociante teve a sensação glacial de uma ducha em pleno coração. Enfronhou-se, meio sentido, no seu segredo, na sua vaidade. E talvez fosse melhor assim: levaria a coisa por si, sem auxílio de ninguém, numa atmosfera doce de mistério. Depois, quando estivesse seguro do resultado, feliz da vitória, daria o golpe! Tinha antegozos inefáveis do seu triunfo, diante do companheiro esmagado de assombro:

– Pois você... Sério? Qual, não acredito!

E como lhe seria grato convencê-lo, sitiá-lo dentro de provas irrecusáveis, obrigá-lo a proclamar a vitória dele! Via já a cara do capitão, espremida de raiva, o bigode hirto, sentia-lhe o riso amarelo, coado através de uma imensa decepção...

O carro rodava pesadamente, caminho da Liberdade. Do começo da rua larga, uma tranquilidade deu de cair, os rumores da cidade perdiam-se aos poucos numa estranha paz espiritualizante, que vinha dos campos próximos, vestidos na explosão primaveral de setembro. Uma doçura no ar, feita das primeiras diluências do ocaso, e ao longe, no horizonte amplo, as névoas assumiam toques velados de ouro, por onde o olhar viajava como num sonho. Uma ou outra janela de prédios novos ia-se escancarando, moças apareciam para os derriços moles das tardes, com os seios erguidos, arfando sobre os peitoris altos. Até que as últimas casas foram-se enfileirando, aspiravam-se já golfadas de Vila Mariana, as fortes virações livres do campo.

O negociante, tendo acabado de historiar o contratempo de arromba, punha-se numa doce beatitude, os olhos derrubados para as janelas, com barretadas formidáveis aos conhecimentos. De vez em quando, uma piada, um remoque sobre o ar açucarado das moças. E chamava-lhes torpemente – o femeaço! O capitão ouvia tudo encolhido, caído num silêncio, numa preguiça involuntária, que descia do alto. Os remoques do outro enfastiavam-no. Sem motivo, o tédio de há pouco voltava-lhe, ao mesmo tempo que se lhe abria vagamente na alma um inexplicável arrependimento de não ter vindo só, sem aquela obrigação de ouvir coisas repisadas, arrotos de presunção, fanfarronadas de espírito. Antes estivesse só! Bocejava de enfaro, quando o carro parou num sofreamento de rédeas sacolejante.

A casa da viúva Matoso, uma verdadeira habitação moderna, erguia-se ao fundo de um jardim, baixa, com uns retoques de chalé no telhado vermelho, abrindo na frente em duas janelas direitas, onde a luz batia de chapa sobre umas espessas cortinas de damasco. A porta de entrada para a sala de visita ficava ao lado, enramalhetada sombriamente de trepadeiras, que se dependuravam em reminiscências de peristilo vestido bucolicamente de rosinhas silvestres. Àquela hora, uma grande calma mergulhava o jardim; subia uma evaporação perfumosa de almas enlanguescidas no bocejo; uma cigarra chiava entre a relva miúda dos canteiros; e uma suavidade adormecida, sugestiva de idílios em pleno campo resvalados à sombra. Nem um rumor de fora, apenas o tilintar das campainhas de um bonde morria, longínquo.

O capitão, que caminhava adiante, voltou-se de repente:

– Parece que não está ninguém na casa. Veja você o sossego.

O negociante corrigia, nervoso, o laço de uma gravata escandalosa de tons. Revirou um olhar guloso para os lados, todo amolecido num desejo íntimo:

– Como deve ser boa uma vidinha aqui!

– Que sim – resmungou o outro. – E para um rabicho a sustância hein? Estava de molde. – Mas o negociante protestou logo:

– Rabicho não, Bento. Você com certeza quis dizer idílio.

– Idílio ou rabicho, não há diferença.

E com uma espécie de frenesi, tocou no botão elétrico. Uma curta espera, a porta não tardou a abrir-se, aparecendo uma preta, toda vestida de chita, muito asseada e risonha. Os dois conheciam-na de a ter por algumas vezes encontrado a servir na casa, era uma antiga mucama, agora liberta pela magnífica lei de 1888. Ela escancarou a porta, recuando em salamaleque, num riso que lhe arregaçava os beiços densos sobre uns dentes de gesso, sem esmalte:

– Entrem vancês. Sem cerimônia... Sinhá está lá dentro, já vem.

E a preta, sem dar as costas, bem educada, arrepanhando o vestido engomado, desapareceu. O negociante foi logo arremessar-se em cima do sofá, todo almofadado, ao passo que o capitão caía preguiçosamente sobre uma poltrona estofada de *reps* vermelho, um móvel de raro conforto. A cada canto da sala uma nota vívida, de riqueza e de gosto. O papel cor de canário, de um ouro quieto, quase se afogava sob as ornamentações; quadros opulentos, paisagens de mestre, esparramavam-se pelas paredes, forrando-as de uma infinidade de sugestões de bocados de natureza-morta; e logo, em frente, posto à luz que escorria atenuada das cortinas, um retrato a óleo, magnífico de colorido. O capitão esteve um momento com a vista pegada ao quadro:

– Era um rapagão o marido dela!

Mas o senhor Fulgêncio, que olhava o piano, um vasto piano clássico, fechado na colcha de nanquim, ao seu lado, soltou um sim, muito apagado. Os pés enterravam-se-lhe irrequietos no tapete alto, uma moleza começava a invadi-lo:

– Como isto é bom! Que lhe parece a você, ó, Bento?

O capitão ainda tinha o olho preso do retrato:

– Uma sala de mulher rica.

O outro revoltou-se:

– Você não pensa o que diz! Como coisa que basta a riqueza para se ter uma sala assim. Repare você no gosto que presidiu ao arranjo de tudo isto. Veja-me como estão estes quadros colocados, com que arte! Chama-se a isto um perfeito budoar de mulher fina, de fidalga!

Calou-se, satisfeito da frase. O capitão continuava a fixar obstinadamente o retrato do defunto marido da senhora Matoso. Parecia que alguma curiosidade lhe estava mordendo no espírito. Com efeito, pouco depois ele não se continha:

– Você não sabe com quanto ela ficou, daquele sujeito?

O negociante não podia precisar bem. Orçava-se a fortuna nuns duzentos contos.

– Com os diabos, é uma boa quantia.

– Ótima. Imagine você, Bento. O tipo que cair dentro desta mina...

O capitão não respondeu, embeiçou. Ao mesmo tempo um ruge-ruge farfalhou perto, um passo fino que se foi aproximando, o reposteiro correu de repente, despoticamente arrepanhado. Era a viúva. Vinha apertada num vestido de seda, de uma cor sombria e grave; um decote discreto, rasgando timidamente nascenças puras de seio; e no alto do penteado, molhado de frescura, um farto botão de rosa abria, rubro como um beijo.

Feliciana Matoso enviuvara dois anos atrás. Filha de Juiz de Fora, tendo vindo a viver com uma tia em São Paulo, casou-se muito cedo com um rapaz português, sem família, que enriquecia no comércio. Viveram sempre numa existência completa de intimidade, revoada de sonho, mas infelizmente encurtada pela morte. Uma tísica terrível, de poucos meses, que o arrebatou! Ela fechou-se num mês solitário de nojo, agressiva a qualquer contato, não querendo receber ninguém, consolando-se apenas na contemplação dolorosa da duradoura lembrança que lhe restava, o retrato dele, obra de um grande pintor. Aos poucos, foi-lhe vindo a conformação. A segunda vez que saiu, a ouvir na Sé a missa do trigésimo dia, estranharam-na, e um profundo acatamento, de todos os conhecidos, entrou a cercá-la, a aplaudir-lhe a beleza, desabrochada numa feição nova.

Havia em sua pessoa então uma doce austeridade; toda uma concentração de alma, que procurava não se arredar dum sentimento, ansiosa de fidelidade a uma memória querida. Mas as visitas principiaram a entrar-lhe por casa. Depois os convites, instando-a, agarrando-a em sua solidão, num desejo, numa curiosidade de coisas, que a mordiam involuntariamente nos nervos, no coração. E estava ainda bonita! Bonita como nunca, mais alta, com uma perfeição soberba de contornos, sem uma descaída em todo o corpo, que corria inteiriço, direito, na floração dos seus vinte e quatro anos sadios. Os seios tinham-se-lhe desenvolvido mais; e nos olhos, uns olhos ligeiramente olheirentos, pretos e de vastos cílios, na boca nobre, nevada ao riso frequente pelos dentes magníficos, uma grossa onda nadava, reveladora dum temperamento sensual. Um nariz afilado, meio aquilino, mas sem exagero, de asas abertas numa insaciada sofreguidão de aroma, caracterizava-lhe nas feições uma certeza de inteligência superior. E logo na primeira impressão, um vago desejo de posse arrastava aos seus cabelos vastos, de um negror de tinta, que se lhe sentiam irrequietos no penteado, quase despenhando-se em catadupas de sombra pesada de gozo, onde as bocas entontecem e embebedam nas asperezas do beijo.

Assim que ela, cansada do isolamento, entrou a receber, a inaugurar na sua casa da Liberdade uma série de reuniões muito íntimas, uma chusma de adoradores puseram-se a enaltecer-lhe os dotes de espírito, o requinte de gosto, o corte dos vestidos. Um alto critério guiava-a na escolha de seus convidados: quase nunca passava de seis, e todos pessoas reconhecidamente sérias, homens de idade e de posição, uma ou outra família da vizinhança. Daí necessariamente uma crescente maioria entre as moças do bairro que a não podiam ver sem escárnio, que a troçavam intimidando-lhe o gosto dos vestidos, plagiando-a vergonhosamente até no modo de sorrir, procurando surpreender-lhe os segredos de toalete nas lojas, nas costureiras que ela distinguia. Chamavam-lhe a viuvinha Matoso! E eram risinhos de gozo perverso, mexericos mal dissimulados, soprados sobre a moralidade dos homens que lhe frequentavam a casa. Havia dias, começavam a rosnar daquela entrada do capitão Bento, militar perigoso, em torno de cujo nome bordavam verdadeiras lendas de alcova. E chegavam quase a determinar a época do escândalo, a viúva apanhada em flagrante, no jardim, ferrada como uma lesma aos bigodes dele...

Feliciana sabia sempre desses rumores de fora, pela tagarelice de sua engomadeira, que lhe contava tudo, sem grandes exageros. E nem uma revolta, nem uma queixa contra os profanos de sua casa, contra os que ela não quisera admitir em suas reuniões de intimidade. Doíam-lhe por vezes as violências da calúnia. Mas consolava-se depressa, num vasto conhecimento do meio em que vivia. Os anos que ela sofreu quando ela era solteira, na companhia da tia! Moravam as duas sozinhas numa casinha à rua da Glória, e precisavam trabalhar para viver, a pensão que recebiam de um velho parente de Minas vinha parca, cada vez menor. Quantos insultos, então, no meio da miséria! Convites, para o mal, promessas de fortuna, todas as tramas pulhas da sedução, batiam-lhe à porta, em botes infatigáveis ao que de melhor ela possuía na sua carne... Transia-a ainda o pensamento daquela situação, em que por pouco não resvalou, como outras muitas, para a perdição, para a lama! Que mundo! E nessa vista retrospectiva ao passado, atravessava-a um profundo ódio contra os que a perseguiam agora, incessantemente tentados a colhê-la numa loucura, numa cabeçada de viúva independente, num simples capricho de coração. Procuravam mordê-la as cadelas que se rebolavam de cio, de olho revirado das janelas, seios machucados nos peitoris, com sofreguidões torpes dos prazeres embriagantes, todas quebradas a um vago cheiro de homem, até a brutal exsudação das axilas viris. O ódio, porém, ia-lhe rapidamente, esquecia logo calúnias, na superioridade que sempre sobrenadava nela a todos os sentimentos baixos da vulgaridade. Desde pequena, um largo anseio de independência batia-lhe no espírito, havia simultaneamente um apurado critério que a dirigia; e foi assim que mesmo no seu tempo de colégio, em Minas, já caminhava direita, de cabeça erguida, sem motivos de reproche. Ainda sacudia-lhe a frase do velho papá, enterrado em Juiz de Fora... "Você carece deixar essa teima, Feliciana!" Ela nunca a deixou! E essa teima, que a fazia desafeiçoada às colegas, quando criança, era justamente o que salvava agora, na vida prática do atrito do sexo com o espírito fútil, com a baixeza dos homens. Até ali, nenhuma censura lhe levantava a consciência... e bastava-lhe essa certeza íntima de não haver desgarrado do dever, trancava completamente os ouvidos ao vozerio do mundo.

A viúva, depois de apertar as mãos aos seus amigos, acabava de sentar-se numa poltrona defronte do capitão. Um vasto bom humor espiritualizava-lhe os olhos negros.

– Pensei que se tinha esquecido do meu convite...

O negociante pôs-se logo confuso, traçou as pernas numa distração.

– Nunca, minha senhora! Mil desculpas pela demora. Pegaram-me hoje no escritório, contas a pôr em dia, o diabo.

Notava-se-lhe uma irrequietação, estava desajeitado, esquerdo. Já agora era indomável nele a sensação empolgante que lhe vinha dela, daqueles seios que nasciam naquele decote, uma brancura ao leite, trescalando a violetas. Ficava meio tonto, mal olhava com receio de provocar uma ruga de desagrado na pele fresca de lírio.

O capitão, sempre calmo, não a desfitava. Ela sorriu-lhe um sorriso sublinhado de discrição.

– Aposto que o nosso capitão demorou-se a levantar o plano de uma nova conquista...

Ele enrubesceu, teve um gesto habitual de fraqueza.

– Nada disso, minha senhora. Estive à espera do Fulgêncio no largo do Rosário.

Silenciaram por momentos. Uma serenidade inalterável entrava no jardim, e a mesma cigarra cantava nos canteiros, amodorrados de perfume e luz. A cabeça dela descia involuntariamente para o recosto da poltrona.

– Que bonita tarde!

O negociante endireitou uma guia do bigode.

– Uma tarde de idílio.

Ela lançou uma sombra de sorriso, olhando o capitão. Era verdade, uma tarde encantadora. Quedou-se um instante a raspar com a unha rosada a seda do vestido, veio depois a voz preguiçosa timbrada de ouro.

– Espero também o cônego Fragoso e a família Barros. Não conhecem os senhores as meninas, filhas do deputado Florentino de Barros? Muito bonitas, moravam em Santa Cecília...

O capitão dava-se muito com o cônego e o senhor Fulgêncio apressou-se a declarar que tinha a imerecida honra de conhecer as filhas do deputado Barros. Um ótimo partido, qualquer das duas. Via-as no teatro, nunca falhavam ao Lírico. Ouvido até falar que uma delas, a mais velha, estava de casamento tratado com um alto personagem de política.

Ela teve um gesto de indiferença, não sabia. Como os seus amigos não ignoravam, não gostava de se intrometer na vida dos outros. O senhor Fulgêncio acabava de acender um cigarro de papel, encantado.

– É verdade, a senhora Feliciana é muito metida consigo. Não sei como se possa viver assim...

Muito bem. Ela tinha o piano, uma bibliotecazinha, enchia perfeitamente as suas horas, justamente o que entretém o espírito das outras mulheres – e envolvia-lhe o sorriso uma graciosa hostilidade – maçava-a, aborrecia-a atrozmente. Não podia aturar uma conversa longa sobre moda, sobre futilidades de vestido, de elegância. Um mexerico, qualquer piada acerca de quem quer que fosse, punha-se fora de si, com enxaqueca, com vontade de brigar.

O negociante escutava-a cada vez mais encantado do tom leve de motejo, que cortava nas palavras dela. E fez-se de repente sério:

– Mas a senhora Feliciana há de às vezes sentir falta num ser a quem amar... Um filho, por exemplo!

Sentia. Ai, Jesus, era bem triste ver-se assim sem ninguém ao pé de si, a não ser a negra, que só sabia falar do passado, o bom tempo de Minas, quando era lavadeira da casa. Não podia amar uma preta! Sim, por vezes lamentava não ter um filho, um bebê guloso de mimos, traquinas como um gatinho. Mas eram momentos de desejo. Um filho dá tanto trabalho! Felizmente, pretendia muito logo meter alguém em casa... O convite para o jantar fora até um pretexto para a surpresa. Uma notícia, iam ver.

E ela emudeceu de brusco, a voz quebrada de uma doçura, com os olhos postos no forro dourado, como se uma vasta ventura a fizesse sonhar. O capitão, que até ali afetara indiferença, deu um puxão ao bigode. Uma profunda palidez cavou-se na face chupada do outro:

– Uma surpresa? Que surpresa, minha senhora?

Mas um carro parou, ruidosamente, ao portão. Ela correu à janela, pôs-se a olhar através das roseiras do jardim, pressurosa de distinguir os recém-chegados. Uma voz grossa, meio fanhosa, não tardou a subir num toque largo de familiaridade:

– Somos nós, excelentíssima senhora! Trazemos o clero conosco.

Pouco depois, as moças Barros caíam nos braços da viúva, com muitas beijocas, uma intimidade vasta nos cumprimentos. Muito bonitas, de fato, qualquer das duas! A mais velha, a Candinha, conheciam-na por Santa na Liberdade, ninguém lhe dava outro nome. Dezenove anos apenas, uma carinha cheia de frescura, rindo somente no hábito e na amizade, com os olhos enormes, trespassados de misticismo, que impunham logo desejos de culto. A outra, a Amélia, era um contraste vivo, soberanamente compensador da frieza da primeira. Face direita, duma suavidade de traços olímpica, com uns olhos que eram pedaços de noite estrelada, um nariz constantemente aberto numa graça e num desejo, uns seios que ainda se aprumavam e dormiam sem frêmitos. Tudo nela vivia, rompia logo a estenografar-lhe fielmente o gênio, o gosto, os hábitos. Tinha o vezo da crítica inofensiva, feita a rir, sempre espirituosa. Era preciso matar o tempo, dizia. E todos estimavam-na, procuravam atrair-lhe a simpatia, não se contavam os namorados que infatigavelmente lhe passavam à porta, ávidos de um olhar, de um simples olhar fugitivo.

Ambas irmanavam somente no modo de vestir-se, invariavelmente igual, uma nunca buscava destacar-se num enfeite melhor, num detalhe qualquer de toalete. Verdadeiramente irmãs, neste ponto! E na igreja ou no teatro, em toda parte, viam-nas sempre juntas, a Candinha dentro de sua gravidade sem exagerações postiças, e a Amélia com o seu temperamento de moça, em que a leviandade de menina ainda vivia galhofeira e risonha. Um ótimo partido, qualquer das duas! – classificara com justiça o sr. Fulgêncio.

O dr. Florentino de Barros representava, naquela época, uma pesada influência eleitoral no oeste do estado. Eleito pelo Partido Liberal, a sua posição na Câmara tornou-se depressa invejável. É verdade que à surdina se abocanhava muito contra o preparo jurídico, até contra a gramática do deputado liberal. Mas, de frente, desbarretavam-se todos, numa infinidade de reverências ao ilustre paulista. As folhas trombeteavam, o governo o ouvia! Fora uma vez chamado a ocupar a pasta do Interior, e, portanto, da Instrução Pública. Ele recusou, desprezando a calúnia do vulgacho! Diziam-no também pouco escrupuloso na sua vida particular, amigo de fêmeas, de noitadas por fora. Ora, os estúpidos! Queriam-no então que ele, viúvo, se trancasse em casa, a ciliciar-se, a arrastar vida de convento? Rugiam-lhe de indignação os seus cinquenta anos de caboclo, criado nas soalheiras das fazendas, fortalecido num passado recente de vida ativa, ao campo, onde estivera por largo tempo, mal saiu da Academia com a sua carta de bacharel. Não, ainda estava de pé. E lançava, quase sempre, uma frase de cocheiro – que fossem lá saber das fêmeas! Corpulento como um touro, muito vermelho de rosto, o cabelo e o bigode semeados de brancos, havia nele uma contínua necessidade de gesticulações, agitava-se e movia os braços, como se estivesse na tribuna a fundamentar projetos ou a elogiar o governo.

O último a entrar foi o cônego Fragoso:

– *Me voici, Madame! Le clergé, c'est moi!*

Era uma conhecida mania nele, a da frase francesa. Em qualquer ocasião, qualquer que fosse a roda, lá rompia o cônego Fragoso, o cônego das moças, como lhe chamavam, com o seu dito no idioma de Racine. E ninguém mais estimado do que ele no meio paulistano, principalmente entre as mulheres, que tinham uma fervorosa devoção pela missinha dele aos domingos, pelas práticas que frequentemente fazia na Sé. Adoravam-no. E de uma feita que, num sermão, fazendo panegírico de um morto, ele se esqueceu numa citação gaulesa, toda profana, foi um entusiasmo, nenhuma se negou ao esforço de decorar o bocadinho de ouro. Ah, se a missinha fosse em francês! Que tinha? A língua diplomática, a língua do salão, podia também ser a dos templos católicos. O latim, que carrancismo, que velharia insuportável... E ele, muito delicado, com uma fina ironia, àquela que se tinha aventurado:

– Numa cidade da França, já se tentou. Se não me engana, foi o ilustre sacerdote Lamennais. Na verdade, o latim já cheira mal ao nosso tempo. O francês, que doçura!

Gostavam até da bonita cara do senhor cônego, uma face de São Luís Gonzaga, de uma palidez de asceta, a que os olhos azuis davam realce. E moço ainda, andava pelos trinta e poucos, nem uma branca no cabelo cor de asa de corvo. Que pena, ser padre! Gabavam-no, sentindo que ele tivesse escolhido aquela carreira, emparedado eternamente no celibato, na impossibilidade de, sem pecado, demorar-se em qualquer contemplação profana. Só a Cruz, o eterno comércio com os negócios da alma! Mas na rua, onde ele morava, murmurava-se de inúmeras consolações, gordas recompensas à sua virtude, até de mulheres casadas, que o não deixavam perecer na abstinência da vida eclesiástica. Línguas do mundo!

A viúva Matoso acolheu-o com um sorriso:

— Seja bem-vindo o nosso clero!

O doutor Barros deu então uma explicação. Vinha de carro com a Santinha e a Melinha, quando viu o cônego a pé, caminho da Liberdade. A Igreja a pé! O clero a fazer economias! Nada cuidou logo em salvar a honra da Santa Madre, oferecendo-lhe o carro.

O cônego ria...

— É verdade, minha senhora. Se não fosse o doutor Barros, vinha a pé. Conte o nosso distinto amigo com um agradecimento em forma da referida Madre.

E ele era todo contentamento, condescendia a achincalhar de leve, por espírito, a velha Igreja. Quando apertou a mão ao capitão, teve um gesto de magnífica surpresa:

— Pois você, capitão Bento, tem entrada aqui? Vade retro, Satanás! Eu te esconjuro, demônio!

Em presença do negociante, ficou direito, empertigado de civilidade. O capitão Bento acudiu pressuroso.

— Cabe-me a honra de apresentar ao mais bonito dos cônegos paulistas, ao cônego Fragoso, o meu companheiro de troças, ilustre ornamento do comércio, senhor Fulgêncio de Abreu.

O cônego bateu nos ombros do amigo:

— Incorrigível, este capitão! Nunca vi igual, nunca vi igual!

— E como você, cônego Fragoso, não há outro!

Riram ambos. E foram logo, com o senhor Abreu, conversar junto à janela, de pé, aspirando os aromas que subiam do jardim. Uma quente familiaridade dominava sempre, nessas reuniões. A sala era bastante larga, estabeleciam-se rodas, bandeavam-se, num papagueio de coisas diversas, temas antípodas esmoídos ao de leve, na frivolidade da palestra.

A viúva arrastara consigo, abraçadas, as duas moças. Conversavam baixo, no sofá, como se estivessem conspirando. O doutor Barros coçava o cavanhaque, derreado na poltrona, olhando por seu turno o retrato a óleo, com uma visagem de homem entendido

em arte. Um imenso ar de preocupação vincava-lhe a fronte. E, logo que um silêncio se fez, a sua voz ressoou, grave de autoridade:
— Que trabalho esplêndido, daquele retrato! Está-me a lembrar que precisamos fazer alguma coisa pela pintura. Nós fizemos ainda há pouco a abolição da escravatura! Não se deve esquecer as belas-artes. Que diz você de uma escola de belas-artes em São Paulo, ó, Fragoso?

O cônego voltou-se logo, todo correto. Uma boa, uma magnífica ideia! Era, verdadeiramente, lembrar muito bem. O seu nobre amigo devia no ano próximo, assim que se abrisse a Câmara, atirar o projeto...

O doutor Barros, sempre autoritário:
— Hei de criar uma escola de belas-artes! Você verá, Fragoso!

O capitão, livre do cônego, cochichava, mais chegado à janela, com o negociante. Não sabia por que, mas tinha uma quizília com aquele deputado. Sempre cheio de bazófias! Abarrotado de grandezas, parecia trazer o mundo na barriga. E esta raiva vinha-lhe desde uma noite em que ele quisera arrancar uma tipa, a Chiquinha da Ponte Grande. Um deputado sem-vergonha! Uma rematada besta! Tremiam-lhe os beiços, estava afogueado, veio a disfarçar no meio da sala, da banda da viúva, numa sem-cerimônia que lhe ficava bem. As moças alvoroçaram-se, a Amélia gritou alegremente:
— Aqui, capitão! Sente-se ao meu lado, faça favor!

Ele acedeu logo, vermelho de satisfação, acomodando-se numa cadeira, de costas ao piano. E começou a contar-lhe casos, a dizer de suas conquistas recentes, com a sua linguagem chata, sem grandes rebuços. No íntimo achava-a muito espevitadinha, chamava-lhe garota. A Candinha, desde que entrara, trocados os cumprimentos, nem uma palavra. Olhava o jardim, através das cortinas, com uns olhos sonolentos de cismadora. E a viúva, que não despregava a vista do capitão, principiava a sentir uma delícia doce àquela voz rude, de impenitente militar. Bulia-lhe nos nervos estranhamente aquela história de namoros a galope, frutificando de um dia para o outro.

O senhor Fulgêncio, chamado pelo cônego a dar a sua opinião sobre o desenvolvimento das belas-artes, embarafustava-se pela Idade Média, puxado pelas suas leituras de compêndios, a ressuscitar sonoridades de nomes, Miguel Ângelo, Rafael, Leonardo da Vinci. Desassossegadamente caía-lhe o olhar, de vez em quando, sobre a bela cabeça da viúva. Uma impaciente curiosidade ralava-o: aquela surpresa, aquela grande notícia, que ela ia dizer quando entraram o doutor e o cônego. Quem seria esse alguém que pretendia meter em casa, junto ao calor de suas saias? Levado de uma rajada de ciúme, teve uma ideia disparatada. Quem sabe ela condescendia, enfim, a tomar novamente estado? E, de repente, a face cavada de furor, inconsciente deitou uma olhada feroz ao capitão, de cujos lábios ela pendia, toda deliciada, com as mãos apoiadas no leque... Ao mesmo tempo o cônego tomava-lhe, já familiar, um botão do fraque:

– Quando pretende o senhor Fulgêncio dar um salto à Europa?

Da Renascença tinham resvalado para a Europa. Ele gaguejou, meio estonteado:

– Não sei. Talvez daqui a dois anos. Mas desejo muito fazer essa viagem. Principalmente Portugal, a minha segunda pátria. O Minho, como deve ser bonito! O doutor Barros já leu o *Minho pitoresco*?

O deputado dignou-se responder apenas com sinal da cabeça, entrou a falar dos nossos estados tão ricos de paisagens, tão fecundos. O Amazonas, por exemplo! Só o rio valia a Europa inteira. Um belo ardor patriótico inflamava-lhe a face.

– Note você, cônego, observe o senhor Fulgêncio de Abreu. É tudo para o estrangeiro! Só eles no mundo, em produtos naturais, em riqueza, em civilização. Nada se usa neste país, que não importemos da França, de Portugal, da Inglaterra! Um horror! No entanto, me digam se eles têm por lá alguma coisa comparável a isto! Ao nosso Amazonas, ao nosso café! Uma fazenda de café, vejam só que produto!

O negociante engrossou, lisonjeado naquela conversação com o nobre representante da zona aurífera do Oeste. Sim, senhor, um maravilhoso produto! O cônego Fragoso, mordendo um sorriso, mirava babosamente para as mãos bem tratadas, de uma brancura de cera. E quando ele ia protestar em nome da França, com abundância de citações, citando logo uma frase esmagadora de Vitor Hugo, fez-se um silêncio na roda das moças, a Amélia levantava um dedinho despótico ao ar:

– Atenção, meus senhores! Ouçam.

A voz da viúva ergueu-se, sonora, muito doce. Ia-lhes dar uma notícia, que a fazia feliz. Os amigos com certeza sabiam que ela quando viera de Minas para São Paulo viera em companhia de uma tia, uma senhora muito magra, mas de uma bondade, de um coração... O doutor Barros lembrava-se: uma senhora que andava sempre de mantilha, encontrara-se com ela várias vezes na Sé a ouvir missa. E, se não lhe falhava a memória, trazia sempre consigo um rapazote amarelinho, com cara de bichas.

Ela suspirou, com uma melancolia na voz:

– Não falha, doutor! É isso mesmo, não o largava, ao coitado do Fidencinho. Filho da titia, uma moléstia terrível, inflamação nos intestinos. Há que anos vai isto!

Muito antes do seu casamento. Do mesmo modo que o menino, a titia também não se acostumava em São Paulo. Vivia a finar-se por Juiz de Fora, que só lá é que se podia viver, choradeiras todo o santo dia de uma saudade de enferma. Até que um dia chegou uma carta à tia, de um parente afastado que cultivava o café do Oeste. Ele tinha medo de morrer na fazenda sem um membro da família ao pé, queria ter a quem legar o seu dinheirinho. A viúva estava comovida:

– Ela partiu logo, levando o Fidencinho. Fiquei só, na companhia da Candinha, a boa preta que me criou. Felizmente já tinha o casamento tratado com o Ângelo...

O seu olhar, com uma névoa de lágrima, levantou-se até ao retrato a óleo. Houve um silêncio, um frêmito de emoção, as moças aconchegaram-se, varadas de um profundo acatamento àquela dor silenciosa.

Mas a comoção passou-lhe. O parente acabava de morrer na fazenda, ou no sítio, ela não sabia bem. E devia ter deixado alguma coisa. Fosse lá quanto fosse, pouco lhe importava; a questão era que a tia voltava. Voltava na próxima semana, escrevera-lhe. Trazia o Fidencinho.

Um tom alegre caía-lhe agora das palavras:

– Desculpem-me: o Fidêncio. Já não é o menino doente, com aquela cara amarela, que metia lástima. O primo deve ter hoje de vinte para vinte e um anos, quatro mais moço do que eu. Escreveu-me há pouco tempo uma cartinha linda cheia de inteligência. E uma caligrafia, doutor Barros, nem que fosse impressa!

O deputado sentiu-se impressionado:

– Ele há de fazer carreira, dona Feliciana. Nós carecemos de gente, minha senhora!

E quis saber, com um cuidado quase paternal, o que ele tinha feito até então na roça. A viúva pareceu concentrar-se:

– Ao certo, pouco lhe posso dizer. Sei que esteve num colégio, de onde saiu professor de diversas matérias, muito sabido no latim. A titia, numa carta que me escreveu, ainda dizia: o teu primo Fidêncio sabe mais latim do que o vigário do lugar! Ultimamente, ouvi falar vagamente num jornal, cuja redação entregaram a cargo dele...

O doutor Barros bateu na fronte, assegurando que conhecia muitas folhas do interior. A viúva recolheu-se:

– Não me lembra o título do jornal, mas era jornal de circulação, chegava até Minas.

Lembrava-lhe perfeitamente: era o *Clarim Republicano*, folha vermelha, onde o talento do primo subira a arremessar, de estacada e com firmeza, vibrações d'alma, argumentos de fogo contra o regime monárquico. O doutor Barros emperrou:

– Folha política ou quê?

Ela arriscou-se timidamente:

– Parece-me que não era política, um título assim a modos de clarim...

Uma ruga deteve-se na testa do deputado, mas foi debalde. Conhecera, entre a imprensa do interior, um eco, uma trombeta, mas clarim nenhum. E rematou, todo sacudido de gestos:

– Em todo o caso, ele que venha, há de se ver a habilidade do rapaz. É preciso que faça figura, nós carecemos de inteligências!

A opinião do cônego era que o rapaz devia apressar-se, que era só chegar e arranjar-se. O capitão e o negociante concordaram; ele que chegasse e estava tudo arranjado. A Amélia também meteu o seu bico, pediu informações sobre o físico. A puxar pela amiga, devia ser bonito; apostava até que o era. A viúva, infelizmente, declarou-se incapaz de um detalhe, nem um retrato possuía dele. A titia chamava ao primo uma teteia, dizia-o o enlevo, a menina dos olhos das moças do lugar. Mas amor de mãe, e de mãe velha, quem vai acreditar nele? Em pequeno, apesar de doente, o primo tinha uns olhos pretinhos muito vivos, e um cabelo que era um encanto! De repente, fez-se um rumor do lado dos homens, por causa de um dito do doutor Barros:

– O Fidêncio deve formar-se, meter-se na política!

O capitão, que trazia o deputado de olho, não pôde por mais tempo sofrear as suas independências de gênio. Andavam-lhe umas cócegas na goela, com os diabos! Arremeteu, acerbamente, contra a política, berrando que o que se via por então não era política. E lançou o termo pesado, cheio de responsabilidade – politicagem! Ia por diante, meio tonto já, quando o cônego o tomou pela manga, com muitas palavrinhas melífluas, que se não esquentasse, que isto de política era coisa intrincada, que o Fidêncio tinha o direito de seguir a carreira que bem lhe agradasse. O negociante interveio também, varridas completamente as suas impressões de havia pouco, com a sua habitual pontinha de espírito:

– Diz muito bem o senhor cônego! O primo da senhora dona Feliciana pode até ser negociante, se ele quiser!

O capitão, porém, tinha ainda o que dizer, largou o seu ressentimento:

– E militar, por que não? Me digam por que o senhor Fidêncio não há de ser militar? O militarismo é a força, é o respeito de uma nação! Tirem a classe militar a um país e vejam o que fica. O mesmo que a carne sem sustância! Sem o militar, não há política!

O deputado não quis dar as honras da discussão a um homem que dizia sustância. Tinha-lhe igualmente uma ponta de ódio, contas velhas! Levantou-se com uma serenidade de intangível, fechado nas suas imunidades parlamentares, na compenetração dos dez mil votos que o haviam eleito, foi até a janela respirar um bocado.

A viúva começava a agradecer tantas provas de interesse pela educação, pela carreira, pelo futuro do Fidêncio, no momento em que, à porta do corredor que ia abrir na sala do jantar, surgiu o vulto acanhado da preta:

– Está pronto, Sinhá!

O jantar, enfim! A viúva seguiu adiante, conduzindo, abraçadas, a Melinha e a Santa que ia cheia de ódio contra o capitão. Nunca gostara dele, uns modos de soldado de tarimba, não sabia estar numa sala decente. A querer discutir com o papá, o bruto! A boca mimosa tremia numa ânsia de vomitar-lhe à cara o insulto – bruto! E a mana que se pusera toda remelexe, a ouvir-lhe os contos, as gabolices. Havia de dizer a ela as verdades; ou se não, em último caso, contaria ao papá. Ia-lhe na face branca um ar de devoção amuada.

Ao anúncio do jantar, o capitão teve um gesto involuntário de satisfação. Tinha almoçado muito cedo, estava literalmente a cair de fome. E no apaziguamento que lhe viera ao apetite, caminhando agora atrás de todos, olhava por cima dos ombros, devorava com um olhar irreverente a nuca, onde algumas madeixas se encaracolavam, da viúva. O decote desnudava-lhe timidamente um começo leitoso de espáduas. E de brusco, na imaginação excitada, um plano galopou. Vinha uma noite qualquer, entrava-lhe em casa, sentava-se numa cadeira ao lado dela, dois dedos de prosa, um pouco de mel nas palavras, e ela a surpreender um cantinho do coração, arremessava-se logo. Uma conquista a militar, nunca lhe havia falhado! Lambia os beiços, como se o estrangulasse de ventura a sensação antecipada daqueles ombros, a titilação dos seus dedos nodosos entre aqueles seios, que ainda havia pouco o intimidavam com a sua rijeza, semelhantes a guardas avançadas de uma praça inatacável.

Anoitecera bruscamente. A sala de visita recaiu no silêncio, fora já se não ouvia a cigarra a cantar nos canteiros. A criada veio acender velas de um lustre sobre o piano, que assumiu uma gravidade de monumento. Campainhas de bondes tilintavam na rua; e, aos poucos, foi uma pacificação embalsamada de retiro, em que o retrato do defunto parecia sonhar, de pálpebras nostálgicas, olhando imperturbavelmente a luz, enquanto lá dentro, na sala de jantar, tiniam os cristais, e a voz da viúva subia de encanto, tocada de cordialidade, aquecida no conforto, molhada de uma suavidade de balada ao luar.

II

LOGO NO DOMINGO, À NOITE, chegou a tia Úrsula com o Fidêncio. Era uma mulher alta, corcovada pela idade, a face escaveirada, de uma cor de abóbora madura, onde apenas viviam uns olhinhos pardos, de pálpebras caídas, com o cabelo já feito algodão em rama, branquinho que entristecia. Tinha o lábio inferior pendente, como se vivesse descaído no hábito contínuo da reza. O vestido era de lã, bastante coçado, áspero como estamenha, roxo à imitação das opas da Irmandade de Nossa Senhora das Dores. E, por toda a sua pessoa, um vasto ar devoto, um cheiro de incenso, um bafio de velas bentas, que ela tivesse arrastado nas roupas do seio das igrejas, das sacristias, dos confessionários.

A sobrinha abraçou-a, com perguntas atropeladas da vida da roça, da saúde, dos seus incômodos. Sim, a titia sempre trouxera uma praga de doenças consigo, ora reumatismo numa perna, outras vezes perturbações no estômago e no fígado, quando não lhe vinham as palpitações, as terríveis palpitações do coração, que quase a matavam. A velha gemeu, curvada a arrumar umas malas de couro, com muito cuidado, apesar de a viúva repetir-lhe que deixasse a canseira, que ela arranjava tudo:

— De mal a pior! Estive quase a morrer, de uma suspensão. Se o doutor não chegasse a tempo, eu esticava! Uma lástima, nhanhã! Você machuca as mãos nas malas, sobrinha! Deixe, o Fidêncio vem aí!

Então à porta, sobraçando uns embrulhos enormes, hesitando em entrar, todo atrapalhado, surgiu o Fidêncio. A viúva correu-lhe ao encontro, leve, com uma alegria de menina:

– Primo! Como vem você! Entre. Que acanhamento é esse? Cândida, pega nos embrulhos!

A preta, que havia corrido também, tomou-lhe os embrulhos. Mas o rapaz, abraçado, festejado, deixava-se quase arrastar, de cabeça baixa, sem uma palavra, com uma moleza insólita nos modos. Na sala de visita, iluminada, foi que a viúva pôde atentar bem nele, saciar uma forte curiosidade, que desde a última carta da tia trazia enroscada no coração. Imaginara o primo completamente curado daquela amarelidão doentia de criança feito homem, de todo retemperado nos largos anos passados na roça, no meio do bom ar, ao contato de uma natureza opulenta. Estivera talvez, desde a notícia da chegada dele, dourando na imaginação uma fieira de projetos, encastelando sonhos ao fogo de sua alma arrebatada, visionando todo um futuro luminoso para o primo, de cuja inteligência a tia se cansara de escrever maravilhas. Chegara a interessar os seus amigos pela carreira, pela sorte dele! E foi quase uma decepção, que a deixou atordoada, hirta de mágoa, à luz vivíssima da sala, pondo-lhe a descoberto, sob a análise exigente do seu olhar, o perfil do rapaz, verdadeira sombra ou paródia de todos os sonhos que desde alguns dias lhe tinham aquecido a bela cabeça.

O Fidêncio, de fato escuro, com as mangas do paletó coçadas, com as calças caindo-lhe desastradamente sobre as botinas quase rotas, lembrava logo o tipo encolhido do moço gasto dentro das secretarias, no hábito da dependência, sem um esforço próprio, quebrado inteiramente na fibra viril. Completara naqueles largos anos de interior a figura escarrada do funcionário subalterno. Apercebia-se de pronto no físico o costume inveterado da sombra, das salas da roça, onde se cavaqueia a um canto, pernas traçadas, o cigarro amolecido nos beiços. Ela nunca imaginaria naquele primo, cabisbaixo e trêmulo, cujo olhar debalde procurava atrair, erguer numa sensação forte de contentamento, o mesmo que ela sonhara através de uns artigos vermelhos de propaganda, o redator do *Clarim Republicano* que idealizara num porte de combatente, com o bigode eriçado, a pupila abrasada de patriotismo. Era o mesmo rapazote amarelinho com cara de bichas, na expressão do deputado Barros. Mais alto só, com o espigamento natural dos vinte e poucos anos! E agora desolava mais, no corpo anguloso e batido, aquela feição doentia de temperamento, o ar infantil, o olho escorrendo dentre as sobrancelhas pretas, como um fio mole de água sem prismas, descaracterizado dolorosamente de qualquer expressão máscula. A cabeleira crescera, sempre negra, empastada; e um buço fino, de seda, descaía-lhe para os cantos da boca. E o rosto não era feio, a moleza apenas prejudicava-lhe a correção das linhas, esbatia-lhe a delicadeza da epiderme num tom amarelado, de magnólias amarrotadas.

A viúva apoiou-se longamente ao piano, gelada de decepção. Parecia estar contemplando os destroços de um sonho, os restos de um quadro, laboriosamente concebido e feito, e que mãos iconoclásticas acabavam de lhe arremessar aos pés em pedaços. Um enternecimento brusco, uma estranha piedade principiou a devastá-la:

– Acho o primo muito magro, titia.

A velha, que chegava do quarto, onde fora instalar-se rapidamente, toda cuidadosa das malas carregadas pela preta, entrou em um rosário de lamentações, com a sua voz encatarroada, espremida de acessos de tosse. Ah, era que a Feliciana não sabia! O Fidencinho era como ela, sempre achacado, com moléstias continuadas. Coitadinho! Desde que saíra de São Paulo, não passava um dia sem ele se queixar, eram dores de cabeça de rachar, picarias no fígado, noites sem dormir, e uma falta de apetite, passava quase sem comer, um verdadeiro milagre. De uma feita, que ele caíra de cama com um febrão, foi chamado um médico, o melhor da cidade. A sobrinha, com certeza, conhecia o doutor Bernardo de Queiroz...

A moça sentou-se no sofá, ao lado da tia caída em uma poltrona, abanou a cabeça:

– Não conheço, titia. Venha cá, primo, sente-se aqui, ao pé de mim.

Ele, a custo tropeçando no tapete, dirigiu-se ao sofá, deixou-se cair ao lado da prima, uma prostração, todo desfeito. Um vasto terror parecia cavá-lo, daqueles seios violentamente erguidos, que sentia no olfato como uma onda galopante de embriaguez. Esteve um momento com as mãos frias sobre os joelhos, magoando as rótulas, começou depois a raspar nas borlas das almofadas.

Mas a tia Úrsula continuava, lamentando que a sobrinha não conhecesse o doutor Bernardo de Queiroz. Um doutor muito sabido em moléstias de entranhas, e estimado como ninguém! E depois muito dado, católico fervoroso, de ouvir missas todos os domingos. Pois ele, chamado a ver o Fidêncio, disse logo que o coitadinho padecia de uma doença moderna, uma coisa a modos de nervoso, queria ver se se lembrava do termo. E, após minutos de concentração, voltou-se para o filho.

– Já não tenho lembrança! Diga você, Dêncio!

A voz dele, pela primeira vez, desenroscou-se a tremer.

– Neurastenia, mãe!

– Neurastenia, é isso mesmo! Veja, sobrinha, como ele adivinhou. E disse que a vida do nosso Fidencinho carecia de regime, que não devia amofinar-se dentro de casa, sempre sentado, a encher a cabeça de leituras. Mas qual! O Dêncio emperrou, mandou à fava os conselhos do doutor.

E a velha, com olhares demorados ao filho, enveredou em uma série de elogios ao emperramento. Ah, a Feliciana não podia imaginar quem estava ali! O Fidêncio fizera um figurão no colégio... ninguém estudara como ele! Sabia línguas, sabia matemáticas. No latim então nem o vigário parava diante do filho. O tom da voz, ao falar da ciência do Fidêncio, aveludava-se de uma quente carícia, adoçadas as suas asperezas de asmática.

A viúva não tirava o olhar de cima do rapaz, em uma ânsia de o animar, de o ver enveredado em uma conversação. Chegou quase a tocar-lhe no braço com a mão fidalga.

– E o *Clarim*? Recebi vários números, nunca deixei de ler. Então, o primo é republicano?

Ele empalideceu mais, em um esforço, irrompendo-lhe afinal um arremesso incoercível de cólera:

– Sim, sou republicano, minha senhora! Redigi o *Clarim*, e a senhora, se leu os meus artigos, já deve saber como eu sou republicano. Hei de trabalhar sempre pelas minhas ideias. Enquanto a monarquia não cair, podre, no abismo que a espera, a senhora não deixará de me ver combatendo pela República.

A viúva sorria entusiasmada.

– Bravos, primo! Assim é que gosto de o ver. Você é moço, tem muitos anos diante de si, vai fazer um carreirão, única coisa que não lhe consinto: tratar-me de senhora. Trate-me por você, ouve?

Fidêncio, porém, recaíra no mesmo acanhamento taciturno. Notava-se até um cansaço, um susto, como se estivesse em meio de uma aventura, em que nunca devia ter-se arriscado, a que todo ser fugia-lhe, penetrado de pânico.

Descaiu mais a cabeça, sem saber como estar, em uma vontade de se arrancar dali, de ir ao jardim respirar um bocado, através da sombra, pelas janelas abertas, entrava um encanto doce de luar novo; campainhas de bondes chocalharam longe, como em um ermo; e foi, de repente, uma sensação de silêncio, vindo aos poucos, de um bairro amodorrado na tranquilidade dos domingos. A noite acentuara-se, mais profunda, convidando ao sonho. O rapaz perdia-se de olhos diluídos na nesga de céu, muito azul, estirada ao alto de uma casaria baixa, quase indistinta na distância, quando a viúva o tomou pelo braço:

– Vamos à sala de jantar. A titia deve estar com fome. Dê-me o braço, primo.

Agarrada ao braço dele, fê-lo erguer-se, obrigou-o a conduzi-la assim, com um abandono perverso do corpo, dos seios opulentos. Ele por pouco não cambaleava, tonto, completamente desorientado, amaldiçoando no íntimo a mãe que o conhecia, que o sabia acanhado, que tinha a obrigação de o auxiliar. E os modos da prima? Rugiu-lhe ferozmente no peito uma raiva contra aquela sem-cerimônia, aquela pouca-vergonha, tomando-lhe o braço logo à entrada, sem deixar correr um espaço indispensável à familiaridade. De brusco, por uma terrível associação de ideias, lembrou-lhe a Carmem, uma espanhola que lá, na cidade onde acabava de chegar, o agarrara à noite, no meio da rua, escandalosamente seminua. Ah, mas ele fincara o pé, que não, que não queria saber de saias! Pouco depois, gemera nos braços da perdida. E nunca lhe esquecera a pressão lasciva, o cheiro danado das carnes espanholas! Vinha-lhe agora o mesmo asco, parecia-lhe achar-se na meia obscuridade do corredor, caminho do leito asqueroso, de uma nova perdição. Inconscientemente, enfiava-se através de uma porta entreaberta, de onde saía coado um fio de luz. A viúva não pôde sufocar uma risada:

– Aí não, aí não, primo! É o meu quarto de dormir!

Ele quedou-se em uma angústia, suando frio, como se um vento gelado acabasse de vergastá-lo em pleno rosto. E foi necessário que ela, mordendo o riso, o arrastasse quase para a sala de jantar, ao fundo.

À luz viva do gás, a sala esplendia, espaçosa, com um supremo gosto na disposição dos móveis. Na mesa, larga, a louça assumia um brilho suave, de objetos estimados, o cristal faiscava alegremente nos copos, e o linho da toalha e dos guardanapos estendia-se à vista com moleza voluptuosa dos parâmetros sacros. Duas jarras com pinturas chinesas assentavam no centro da mesa, cheias de uma frescura vigorosa de rosas e cravos. À sensação primeira de conforto, da limpeza luxuosa e absoluta, que subia do menor detalhe, abraçava-se imediatamente outra, a do olfato excitado, indo imperiosamente farejar à porta que levava à cozinha.

A tia Úrsula, desde que chegara, resvalava de surpresa em surpresa. Ainda bem não se regalara de admirar a sala de visitas, via-se agora dentro de um interior até ali desconhecido para ela, aromado de linho, de iguarias, de flores. Começou a andar de um lado para outro, foi ao *etagère*, esteve a palpar a toalha, chegou até a espiar para a cozinha, em um desejo feminino de que ali não estivesse ninguém, de poder à vontade fartar-se de todo aquele luxo, de todas aquelas comodidades, que a surpreendiam largamente. A sobrinha sorria:

– Então, titia, acha isto bonito?

Ela custou a encontrar um adjetivo, que lhe veio tossido:

– Lindíssimo!

E, assim que se sentou à mesa, derramou-se a perguntar à sobrinha a fortuna do defunto, o parentesco dele, o preço da casa e a colocação do dinheiro. A Feliciana não fazia uma ideia do que ela havia feito pela alminha do senhor Matoso! Mandara rezar duas missas, com anúncios no *Clarim*, ainda existia o *Clarim* do Dêncio! E encomendação, e uma porção de velas no altar. Coitadinho! Ela lembrava-se bem dele, umas maneiras de moça, com muito propósito em qualquer sala que entrasse, e devoto como poucos. Ah, nunca lhe passaria da imaginação aquela cena! E ela numa voz que quase chorava, tossindo, contou a cena:

— A sobrinha estava com o casamento ferrado com o coitadinho. Eu parece que já estava arrumando a bagagem para partir com o Dêncio. Morávamos as duas na rua da Glória, um canto feio defronte de um largo esburacado. Você se lembra, Feliciana?

Esperou que a sobrinha lembrasse, continuou logo:

— Pois foi uma noite que nós tomávamos chá. Eu, se não minto, acabava de falar dos santos de nossa devoção, de Pirapora, onde tinha ido cumprir uma promessa. O siô Matoso de repente deu de falar do Bom Jesus do Monte, lá da terra dele. Lembra-se você, Feliciana? Falou que era mesmo um regalo, da gente ficar esquecida de tudo o mais. E morreu o coitadinho! Tão bom, tão santo que ele foi!

E a velha, com o ar compungido, revirava os olhos para aquelas comodidades, que a maravilhavam e de que dali em diante ia gozar. A viúva sentia-se enternecer, uma ferida cicatrizada começou a reviver-lhe no coração. Mas a sopa fez a sua entrada na sala, fumegante, com um cheiro delicioso de rabanetes e de presunto. Ela ergueu-se então, tomou o prato do primo que estava sentado à sua direita, principiou a servi-lo.

— Aposto que o Fidêncio está morto de fome.

Ele quis sorrir, trejeitou-se tragicamente, encolhendo-se em uma frase vaga, que não estava morto de fome. As asas, porém, do nariz longo rasgavam-se, sôfregas daquele cheiro suculento, que havia muito não sentia. A Úrsula teve uma carícia lânguida nos seus olhinhos babosos de maternidade.

— Coma, Dêncio! Faça por agradar à priminha.

Ao rapaz custou-lhe aquele esforço de agradar à prima! Mas foi apenas a primeira colherada, não se engasgou mais, daí a nada devorava, cabisbaixo, um ruído surdo de boa deglutição. Quando deixou a colher de prata, o prato achava-se vazio, escorrido, uma delícia. A viúva sorriu, fez a criada estalar a rolha a uma garrafa de Bordeaux muito leve, quase água, e ela mesmo encheu os copos de cristal, de alto, recomendando a qualidade do vinho. O rapaz bebeu a tragos fartos, saboreou, sempre encolhido. Ao fim do cozido, levantava já um pouco a cabeça, com um brilho pisco nos olhos. Ao mesmo tempo, a velha entrava a maldizer daquela vida lá fora, na roça, em companhia do seu parente, do João Carlos. Ah, a sobrinha não podia fazer uma ideia!

– Mas eu pensava que a titia vivia bem com ele...

Vivera no começo. O João era um bom homem, quase não saía de casa, sempre muito amigo do Dêncio, trazendo-lhe presentes, embrulhos de doces, pagando-lhe de bom grado as pensões do Colégio. Mas o diabo foi o negócio que ele deixara a cargo de um tipo, que o roeu quase até o último vintém. Foi obrigado a deixar o sítio, a morar no lugar. O tratante fugira com as algibeiras cheias, abandonando ao João Carlos uma tormenta de responsabilidades. O parente arcara com tudo, tirou-se das dificuldades, acabou com o armazém, elogiaram-lhe muito a honestidade. Desde ali, porém, ficou que nem parecia o mesmo, tornou-se rabugento, por qualquer coisa era um berro, e então era o Dêncio quem lhe tinha de sofrer os ralhos, que não podia levar uma vida daquelas, na vadiação, com o papo no ar. E a velha batia as sílabas, numa ressurgência vaga de ódio:

– Com o papo no ar, veja você, Feliciana!

O rapaz também não pôde conter-se:

– Imagine a senhora que desaforo!

A viúva concordou, verberou cruamente o desaforo. Depois o primo, segundo ela sabia, escrevia o *Clarim*. A tia atalhou, agitada, os beiços a tremer, uma chama rancorosa nos olhos raiados e miúdos. Não, o Dêncio não escrevia ainda, mas foi obrigado a atirar-se à obra. Tanto o João Carlos gritou, que o filho não pensou em mais nada, ofereceu os seus serviços a uns ricaços que queriam fundar um jornal republicano, pôs-se à frente do *Clarim*. Não, que o Dêncio era preciso que não tivesse pinga de sangue!

O rapaz entusiasmava-se:

– O bruto julgava que eu não tinha pinga de sangue! Mas ele viu, *vidit postea*. Escrevi uns artigos que o esbandalharam.

Neste ponto, a uma visão retrospectiva do outro esbandalhado pelo filho, o rancor da velha triunfou. Sim, o Dêncio publicou uns artigos que o puseram maluco. Ah, a sobrinha não sabia! Não sabia! Uma verdadeira revolução. Os artigos de Dêncio foram lidos pelas melhores pessoas do lugar, até pelo senhor vigário, que lhe chegou a falar deles no confessionário, com uns elogios que não acabavam! O rapaz, porém, agitou-se na cadeira:

– A besta! A cavalgadura, a quem por várias vezes dei quinaus de latim! Elogiou, mas depois andou apregoando que eu era um excomungado, que quem está pela República está com o diabo!

A mãe havia bulido imprudentemente na fibra do Fidêncio, já não parecia o mesmo, estava transfigurado, tinha gestos, um lampejo superior na pupila negra, por pouco não entornou o copo. Involuntariamente, dava garfadas tremendas no arroz de forno. A viúva aplaudia silenciosamente, gozando, como se assistisse a um pugilato interessante.

A voz da velha subia agora arrastada, como de uma alma rasgada pelo remorso:

– Ih, Jesus, não diga semelhante blasfêmia, filho! Você não sabe o que diz, Dêncio! Aquele santo, tão devoto de Nossa Senhora das Dores! Quantas vezes me confessei com ele! Até dá vontade da gente benzer a boca! Nem pensado! Nem pensado! Veja só, sobrinha, perdi a cabeça, não sei mais onde estava.

A tia Úrsula exaltara-se pouco a pouco ao referir-se ao vigário, sentia-se-lhe uma tentação de choramingar. A sobrinha foi em auxílio dela:

– A titia estava no capítulo dos artigos do Dêncio.

Os artigos do Dêncio! Ela teve um acesso de tosse, desafogou-se, começou a rosnar da gana do João Carlos, ao ler os artigos. Chegou a pôr o filho no olho da rua, que não queria republicanos em casa.

O entusiasmo do Fidêncio não se acalmara, tinha um lampejo maior nos olhos:

– E não foi só isso! Chamou aos republicanos fomentadores de desordem, ateus, ignorantes, capazes de todos os crimes, uma tropa de asneiras. Se dissesse mais uma palavra, pegava-o pela goela, sufocava-o!

E fez, ao agarrar no copo, um gesto crispado de sufocar. A viúva agora não sorria, séria, assustada diante daquela transfiguração. Via no olhar do primo, a ressurgir, a crescer de álcool, um ódio velho, um ódio inconcebível numa criatura ainda havia pouco quebrada de espinha, uma amarelidão de hepático na face chupada, tremendo ao lançar uma palavra, como se um sentimento profundo de inferioridade o corresse de todo contato, de qualquer relação civilizada... E foi toda uma alegria de descobrimento que a sacudiu. Ao menos, havia naquele coração de vinte e um anos uma fibra, por onde arrastá-lo à vida. Sentia-o sincero na manifestação daquele ódio, que o transfigurava. Havia de o auscultar melhor, não se descuidaria de bater naquela corda ressoante, vibrando a um simples prurido. Ela ia tê-lo dali por diante junto às saias, educá-lo-ia à sua vontade, dando-lhe ao espírito, mole, incaracterístico, a feição dominadora do seu, a envergadura de aço, o voo largo. E uma simples corda, um lado só de coração, arremessava-a à obra de educação, à realização de um verdadeiro ideal. Uma estranha meditação entrou a dominá-la; e sem saber por que, à sobremesa, um vasto desvario trabalhava-lhe a imaginação, era o vulto de Robespierre que lhe surgia numa auréola, dourada pela História, puído das cóleras da Nobreza que ele, mais do que ninguém, humilhou. Visionou o primo, levado de rajada pelo ódio à Monarquia, de pés fincados sobre um pedestal, o bigode eriçado, a fronte alta, sem aquela penumbra de individualidade habituada ao servilismo das posições inferiores...

A velha, no entanto, acabava de historiar o arrependimento do João Carlos, a volta do filho à casa, de onde então por diante foram banidas as discussões. O João Carlos também caía logo doente, de uma moléstia de bexiga, que o foi definhando a ponto de se o não reconhecer mais. Até que não se mexeu mais na cama! E a tia Úrsula teve um suspiro de alívio, bebericou no cálice de vinho do Porto, contou longamente a morte do parente. A morte assim era de fazer inveja! Confessou-se, tomou o viático, levando, ainda, um bom eito para entregar o espírito a Nosso Senhor. Quis logo velas bentas, muitas velas bentas, falando até ao último suspiro. E que enterro! Um cortejo da melhor sociedade, tudo chorou, um sentimento geral, de vir as lágrimas sem a gente querer.

Houve da parte dela um esforço para chorar, mas os olhos ficaram-lhe secos, no vidrado inexpressivo das escleróticas congestionadas. A preta serviu o café em umas chávenas bonitas de porcelana, com extravagâncias chinesas na pintura. A viúva começou a sentir-se cansada de todas aquelas histórias da tia, arranhava-lhe ainda o ouvido aquela voz fanhosa, entrecortada de tosse. Ao beber o último gole de café, conteve a custo um bocejo:

– A titia há de estar moída da viagem.

Morta é que a sobrinha devia dizer! Sentia dores por todo o corpo, uma quebreira extraordinária nas virilhas. E a velha palpava, com uma careta dorida, as ancas de múmia, que lhe fugiam ao contato dos dedos moles.

– E você, primo, como está? Cansado também?

– Um nadinha de sono.

As pálpebras descaíam-lhe sob um peso estranho, um cigarro de palha que acabava de tirar do bolso adormecia-lhe na mão sem afrouxar. Encolhera-se mais, estava derreado, feito trapo, em uma tentação violenta de pousar a cabeça sobre a mesa, de ficar ali sesteando, amodorrando na satisfação completa da sua animalidade bem jantada. De repente, veio-lhe quase um entremunhamento:

– Vá dormir, titia. O seu quarto fica lá em cima, no sobrado, Fidêncio. Acompanhe a Canda, até amanhã.

A preta, de pé com um castiçal na mão, sempre risonha, esperava o primo de Sinhá. Ele levantou-se, balbuciou uma boa-noite surda, beijou dois dedos à mãe, largou-se pesadamente, arrastando os passos, procurando agora enrolar o cigarro. A velha também não se demorou, apertou a mão à sobrinha – que, antes de dormir, não havia de esquecer de uma ave-maria pela intenção dela.

– Reze por mim, titia! Eu preciso bem de suas rezas.

Ficou só, na sala de jantar, olhando a noite através das cortinas arrepanhadas, embebendo o olhar do fluido esfuminhado do luar. Em cima, as passadas do rapaz soaram, passadas repetidas e incertas; depois, a pouco e pouco, um silêncio grave, caindo como sobre uma casa abandonada. No relógio da parede bateram de brusco as nove horas. Um canário-do-reino que dormia na sua gaiola dourada, junto à porta, agitou-se, um rumor de asas assustadas. Então ela levantou-se, chamou a preta para fechar as janelas, e a pesar, numa preguiça, com as mãos esquecidas nos seios, arrastou-se até o quarto, a imaginação soprada de ideias extravagantes em que, mordidos de uma caricaturização fantástica, o tipo sanguíneo do capitão Bento e a figura apagada do Fidêncio galopavam como sombras.

No outro dia, muito cedo, ao acordar em um quarto limpo, forrado de um papel claro, com ramagens azuis, o Fidêncio pasmou, com a vista pregada no lavatório, nos cabides de pau-preto. Tinha subido à noite tão ferrado na sonolência que nem pudera reparar no aposento em que ia instalar-se definitivamente. Esquecera até de trancar as janelas, uma doce luz nevoada, do alvorecer, entrava francamente através das vidraças. Saltou da cama, com a cabeça pesada, um sabor esquisito na boca, salivando grosso, qualquer coisa a tornar-lhe a língua saburrosa, visguenta. Foi logo ao lavatório, sôfrego de água, queixando-se intimamente do vinho, tinha esquecido as recomendações do doutor Bernardo, que nunca devia exceder-se.

Quando começou a escovar a roupa, o mesmo fato escuro da véspera, o pensamento de São Paulo enchia-lhe a cabeça, uma visão de coisas feéricas redemoinhava-lhe no espírito. Nada vira ainda, apenas, de carro, as silhuetas dos prédios enormes na sombra, esbatimentos de contornos e relevos de arquitetura, mas tudo vago, diluído, atarracado na noite. Ah, como ouvira falar da capital! Ele mesmo, cansado das misérias do interior, sempre acrescentara magnificência às coisas que lhe sopravam de São Paulo, sempre tivera a convicção de que lhe não contavam tudo, de que muita coisa mais havia a superiorizar o meio em que se achava agora. E nunca deixara lá, no meio da pasmaceira, de acariciar, de dourar lembranças da infância passada na rua da Glória, em frente a um largo esburacado como dissera a mãe... Tinha, enfim, à mão o seu sonho dourado! Era simplesmente abrir uma das janelas, e logo a cidade paulistana a desenrolar-se como um panorama mágico, augusta, assentada dentro da luz, sobre uma bagagem formidável de tradições gloriosas! Esteve um momento entre as sofreguidões do desejo e o medo de uma decepção, com o paletó esquecido sobre o leito, a escova mergulhada entre os lençóis amarrotados, fixando a janela como a porta de um tesouro, finalmente alcançado. O desejo venceu, atirou-se em mangas de camisa, certo de que ia abraçar, em um rápido golpe de vista, o Convento de São Francisco, o Palácio, o Ipiranga, todos os esplendores de arquitetura e de tradição de que ouvira contar vagamente, indiferença embrutecedora da roça...

Viu apenas, embaixo, a casaria nova, com uns toques de renascença festiva, da rua da Liberdade. Uma ou outra pessoa passava, acordando nos paralelepípedos ecos sonoros; um armazém em frente escancarava as portas com ruído; e, no ponto dos bondes, um carro que se aprestava, ouviam-se os animais irrequietos a bater as campainhas. O horizonte, ao largo, incendiava-se de ouro, nas casas afastadas do Brás apanhavam recortes vivos na claridade. Um italiano, no armazém, começou a cantar, arrumando as mercadorias das prateleiras.

O Fidêncio deitava um olhar ávido, debruçado do parapeito àquele canto de cidade populosa. Esquecera-se do Convento de São Francisco e dos outros edifícios! Estava todo caído a ouvir aqueles guizos, que lhe davam a sensação de clarins... E aquela voz de italiano, com uma veleidade de barítono, esmoendo uma ária, parecia-lhe agora a voz da Civilização a soprar-lhe as boas-vindas através das notas longas, escorridas, desfeitas em guinchos. Uma comoção entrou a ganhá-lo, aspirou com força em um enternecimento infantil, que lhe molhava a pupila medrosa.

Quanto tempo perdido lá, na casa do João Carlos! E ele comparava, o espírito já erguido por aquela visão de alto e tantas riquezas, a tão esmagadoras manifestações de gosto e de arte, São Paulo com a pequena cidade do Oeste. Vinha-lhe uma descaída temerosa ao lábio ao lembrar-se, antes de tudo, da estação, uma construção imunda, quase invadida pelo capim do pátio, que era um lamaçal perene, com águas estagnadas, em que rãs, à noite, coaxavam atroadoramente. E as casas? Chegou a cuspir de nojo, lembrando-se daqueles chiqueiros, umas casas sem o mínimo feito ou pretensão à elegância, logo ao limiar enxergava-se a terra vermelha, condensação de um pó infindável, alastrando o soalho, desde a porta da rua até a varanda. Nada fugia à poeira! Um colarinho que se pusesse de manhã, logo não se suportava, encardido, feito trapo. Ah, nunca lhe esqueceria um par de calças de brim branco, que não pudera usar, que lhe ficou ao fundo da caixa, em reserva, por causa do pó. E a casa do João Carlos figurava como uma das melhores, de dois lances, em frente a uma sapataria. Irrompeu-lhe de repente, diante daquele trecho da rua da Liberdade, daquela vastidão de ar e daquele regalo de limpeza, de que até o calçamento emergia com um brilho nítido de pedras lavadas, uma gana feroz de espezinhar as ruas esburacadas, o pó, a gentinha da cidade onde fora babar, à cara do João Carlos, as derradeiras rabugices de criançola amimado e manhoso.

E ele que chegara a embeiçar-se pela Maricota, uma mocinha de olhos de cabra, muito magra e chorona, filha do sapateiro fronteiro. Antes de o pai abrir as portas da loja, já ela vinha à janela, o penteado por fazer, uma cara de sono, em que até os olhos se apertavam remelosos. Deitara-lhe versos, algumas quadras do "Amor e medo" de Casimiro de Abreu! Que figura ridícula! E depois, à noite, ela que entrava a papaguear com a mãe, sempre cheia de ditos, malquerenças contra as outras moças do lugar. Para ela, todas tinham defeito, uma andava de lado dando aos quadris, aquela escandalizava o mundo inteiro com os seus namoros. Uma língua de palmo. E ninguém mais azeiteira do que ela, era na igreja, no barracão que servia de teatro, nas casas das amigas, em toda a parte. Uma maneira de roçar, de esfregar na gente, nem que fosse de má intenção. Com ele, uma vez que voltava de beber o chá a mãe no corredor, no escuro, chegou a fazer-lhe cócegas no sovaco, com umas meias palavras, que, se ele quisesse, uma noite sairiam juntos, ao longo da Mogiana, não correriam risco. Bandalheira! Quase lhe berrou às bochechas que não era bode. Até que finalmente a largou, de uma feita que ela de manhã se pôs com os seios à mostra a coçar a cabeça nem que tivesse piolhos. E com certeza os possuía, a galinha!

Antes nunca a tivesse conhecido! Porque desde a hora em que a mandou bugiar, não houve na cidade língua que o mordesse, que o intrigasse tanto, como a Maricota. Uma verdadeira praga! E as suas intrigas não se cingiam à rua, a coisas de somenos, lançadas de uma porta a outra, alargaram-se aos poucos, entraram no seio das famílias com quem ele tinha relações, em uma fúria medonha, quase hidrofóbica, de o achatar, de o fazer em frangalhos. Daí, uma infinidade de dissabores! A cada passo, era necessário desenredar as meadas da alma danada, justificar-se plenamente, livrar a sua testada dos botes da sirigaita. E mais necessariamente, para contrapeso às contínuas injúrias que engolia, tinha de lhe chamar em público enredeira, perdida, uma porção de nomes feios; uma vez, não podendo sofrear a língua, que diabo, ele também não era nenhuma mosca morta, proclamou alto e bom som que não podia falar de ninguém uma moça que, além dos dentes podres, trazia defeitos ocultos. Foi um rumor de curiosidade, todos a forçarem-no a especificação dos defeitos. Quis conter-se, mas a raiva devorava-o ainda – que ela tinha manchas avermelhadas em ambas as coxas; que eram impigens; e, o que pior, concluiu que vira!

Arrependeu-se depois. A posição, digna dele, estava no silêncio, no vasto silêncio sobranceiro aos enxurros da calúnia; nunca devia ter saído daí! Que aquilo então era uma gentinha que não podia ouvir nada. O pai dela, o sapateiro, não levou muito tempo a saber; e ele, que se esquecia de repreender as leviandades da filha, veio pedir uma satisfação. Baixo, entroncado, uma cara que parecia um pimentão, os olhos como brasas, faria rir a figura do italiano, se não fosse um temível tirapé que trazia alçado.

Fidêncio respirou ruidosamente, à lembrança daquele transe. Ah!, boa mamãe, se ela não estivesse perto, o que seria dele? Que o homem correu da sapataria como um furacão. Ele, atarantado, de momento nem pôde arrancar-se da janela; e quando sentiu, estava agarrado pelo peito, sacolejado pela mão brutal!

– Voi avete detto que mia figlia tem impigens? Voi lo ha detto!

A boca espumava-lhe, com uns laivos de sangue aos cantos. Era medonho! Sim, ele queria uma *satisfatione*! Que a filha não podia ficar com aquelas impigens nas coxas! Que ele lhas tinha dado, que lhas tirasse...

– Poverina de mia figlia! E voi lo ha detto.

O tirapé silvou, a primeira lambada ia feri-lo em pleno rosto. Nisto, um berro, que nada vibrava de humano. Era a mãe que corria de dentro, como uma fúria. Correu desvairadamente ao italiano, arrancou-lhe o horroroso instrumento de couro cru, salvando o filho da afronta daquele novo *knout*.

– Passa fora, cachorro!

A boa mamãe! Brandiu o tirapé, ia arremessá-lo às ventas do italiano, quando o outro se pôs a andar, caminho da sapataria, com um ar corrido, como se fosse mesmo um cachorro rabeando de medo. E nunca mais tirou pendência com ele, fechou-se mais a bater as suas solas, e a filha a curar as suas impigens! Parou um minuto a avivar ainda, todo calafriado, a reminiscência daquele tirapé, o braço do italiano alçado sinistramente, o ríctus sanguinolento da boca excrementícia... dali a nada, balbuciava, com uma lágrima nos olhos, o nome de mamãe, muito baixo, como uma bênção, no seu tímido coração.

O que se boquejou, se acrescentou, se adulterou na cidade, acerca da briga com o sapateiro! Chegaram até a firmar que ele não fora só ameaçado, mas que apanhara cru e raso. Uma mofina, no *Sétimo Distrito*, aconselhava-lhe, juntamente com o uso de banhos de malvas, uma extremada prudência *nesse bocado tão melindroso de humanidade, que se chama língua*. Doutro modo, toda a população daquele lugar ver-se-ia forçada a atar-lhe uma lata ao rabo. E vinha assinado – *Lanterna*. Ah, dentro em pouco tempo descobriu quem era o *Lanterna*! Mas parou sem reação, na expressão do supremo desdém, diante de um tipo apodrecido de sífilis e de dívidas, uma cara de batata, que vivia a emborrachar-se quase todo o dia. Ninguém reage contra a imundície! E ninguém mais sujo do que Zezinho Pereira, um desbriado que fora escorraçado de quase todas as casas, que não saía da redação do *Sétimo*, tolerado pelo diretor do jornal, que também tinha uma folha corrida bem salpicada de lama, e, às tardes, nos cavacos da loja do Joaquim da Cunha...

Agora, depois das reminiscências do seu único rabicho, esmagava-lhe o espírito aquela lembrança da política na roça! A loja do nhô Quim então era um ninho. Juntavam-se ali, a conversar com o dono da casa, o boticário Amâncio, que desertara dos cascudos para as fileiras dos liberais, o Inácio Barbosa, que vivia num deboche medonho com diversas estrangeiras, inculcadas como fazendas de preço e, além de outros sujeitos sem importância, o tal diretor do *Sétimo Distrito*, sempre de parceria com o Zezinho Pereira. Tudo gentinha, endinheirada, mas sem brio! Corriam todos à loja do outro, como um rebanho educado de carneiros. Carneirada! Para eles, só o nhô Quim tinha virtudes, exaltavam-no às nuvens, só o nhô Quim como chefe político. O idiota! Não dizia duas palavras sem meter uma asneira; a cada passo, "vancê" e outras barbaridades do calão roceiro; assegurava-se até que a mulher era quem assinava por ele. No entanto, uma bazófia d'El-Rei Mata-Sete, ostentava uma barriga nem que fosse um mundo e no jeito de dar ao bigode, no modo de olhar, no sorriso de alto, um arroto constante de autoridade.

Aquilo todas as tardes na loja, causava invariavelmente escândalos. O único que não dependia de nhô Quim era o Inácio Barbosa, que malbaratava com mulheres perdidas os rendimentos de uma fazenda de café. Mas o resto, todos eram criaturas dele; o Zezinho fora colocado por ele na secretaria da Câmara Municipal, onde matava o tempo à força de cigarros e de cálices de pinga; o *Sétimo* fora arranjado por influência dele ao Maneco Souza; e o boticário devia-lhe o fornecimento rendoso do hospital... De forma que, nos cavacos diários, sentados às portas da loja, de pernas estiradas, tomando o café do nhô Quim, todos eram realejos ferindo a mesma nota de elogios intermináveis ao ilustre chefe político da localidade... E o escândalo não se cifrava somente nessas porcarias, ia mais longe, atingia a honra de famílias honestíssimas, suspeições torpes sobre a conduta de Fulana ou Sicrana. Era ver então o Maneco Souza, gingando nas pernas de caniço, com o bigode espetado, a bater as palmas, entusiasmado naquela poda aos mistérios de alcova. Estava no seu elemento, o alma do diabo!

Arrebatadamente, o Fidêncio abandonou a janela, pôs-se a passear agitado no quarto. A figura do Maneco andava-lhe agora à retina, mais horrenda do que realmente era. E lembrou-se da única vez que lhe deu as honras de uma conversação. O outro procurara-o uma manhã, que lhe tinha a dar uma boa notícia.

– Venha de lá a coisa!

O Maneco desembuchou. Vinha simplesmente desobrigar-se de um encargo do Partido Liberal, que o convidava para secretário da redação do *Distrito*. E, como acréscimo, que o nhô Quim fazia um grande empenho.

– Pois o siô Maneco diga ao nhô Quim, diga ao Partido Liberal, que não posso aceitar a honra pela razão única e bastante que sou republicano.

Dissera aquilo, sacudira-o de brusco a bela audácia daquela frase, que ficou histórica. Pelo menos, na cidade, a frase correu mundo, nem que fosse o "Diga ao povo que fico" de Dom Pedro I, no Brasil. Infelizmente, nunca houve um acirrar de antipatias, de ódios, tão medonho. Todo o mundo ergueu-se num berreiro, como se tivessem perto de si o anticristo. O vigário, apesar de o respeitar muito no latim, pregou um domingo, após a missa, contra as novas correntes diabólicas que começavam a insuflar a opinião. *Vade retro, Satanás!* E foi um terror, um calafrio regelante de juízo final no piedoso auditório, ao gesto do padre traçando no ar o anátema à teoria nascente do inferno. Concluiu o sermão concitando as cóleras do céu, os horrores do caos bíblico, para expurgarem a terra do enxurro! Foi uma nova faísca a explosão. As beatas, quando o viam de longe, voltavam a cabeça, faziam a cruz aos beiços, e se pudessem erguiam as pedras da rua a castigá-lo. Uma tal Chiquinha, que substituía a Maricota em suas necessidades de platonismo, não lhe deu mais palha, zurzia-o de passagem com olhadas cruas.

Pela loja do nhô Quim foi que não pôde passar mais impunemente. Uma vez até a coisa ultrapassou a complacência dos cochichos:

– Quem passa? É o Marat da terra!
– Qual, Marat, é o Tiradentes!
– O urso, olhe a forca!
– Olhe o rabo, "seu" Tiradentes!
E pegou aquela indecência de apelido, lançado pelo Maneco. A mofina não demorou, no *Sétimo*, ao Tiradentes. Súcia de bestas! O Fidêncio deteve-se imobilizado bruscamente de ódio, com uma chispa nos olhos, como se aquela hora lhe corressem na imaginação o carão chupado de Maneco Sousa, sempre gingando nos perniços, o Zezinho, um tipo amolecado, eternamente a cuspinhar para os cantos e a feder de cachaça, o boticário com um ar de boneco de engonços, o nariz vermelho de deboches, o Inácio Barbosa, tossindo incessantemente, com terrores vagos de reumático e de moléstias de rapaz, e na sombra, acima de qualquer análise, numa imponência grotesca de chefe, o nhô Quim, barrigudo, uma caraça de abóbora, numa expressão lamentosa de boçalidade, acusando nos traços, vivamente, uma idiossincrasia de macacos. E o vigário, a lembrança dele vinha-lhe agora como um argumento inconcusso da ignorância eclesiástica. O urubu que se arremessara do púlpito numa enfiada de asneiras sobre coisas de que não entendia patavina! E então uma presunção, uma bazófia que era de quem o desconhecer imaginar logo um sabe-tudo, um filólogo, um talento de primeira grandeza! Palhaço! Mal engrolava o latim prostituído dos livros sagrados de latim, e frequentemente era uma silabada de a gente ficar com um zunido eterno nas orelhas. Ainda se lembrava duma discussão que tivera com ele a propósito de um verso das odes de Horácio, que lhe veio aos ouvidos de purista estropiado, escorrendo sangue da cincada sacerdotal. Em plena sacristia, muitas pessoas perto, até o doutor Bernardo que o havia curado. Se o negócio fosse com outro deixava passar com silêncio, mas tinha-lhe birra! Disse-lhe de alto, para todos ouvirem, que sua reverendíssima acabava de cometer uma barbaridade. E provou-lhe ali mesmo, diante dos profanos e das imagens que ornamentavam as paredes. O padre quis encrespar-se, que não, que não podia laborar em erro. Ele gritava vitorioso, vendo-se escorado na tácita aprovação do médico...

— Por que o senhor vigário não há de poder errar? É homem, e errar é humano! Confesse que errou, não há vergonha nisso.

A bílis, um momento revolvida, acalmou-se pouco a pouco; e agora comprazia-se, gozava inefavelmente em recompor espiritualmente a figura encolhida do vigário, escandalosamente vencida numa questão claríssima, dando puxões à batina, com uns olhos congestionados que o devoravam de lado, em ameaças rubras. E a mãe na véspera afirmara que o vigário não se cansava de o elogiar! Sim, elogiava-o, mas, se pudesse ressuscitar o Santo Oficio, emparedava-o vivo sem escrúpulo nenhum... O santinho de pau!

Ah!, a vingança, porém, não tardou, veio completa. Havia na cidade alguns republicanos, gente de conhecimentos, de caráter, de dinheiro. Principalmente o doutor Vicente, um advogado distinto, que vivia retirado, sem necessidades de trabalho, e o Francisco Arruda, um abastado fazendeiro daquela zona, que ia de vez em quando tomar ares na Europa. Homens de peso como não se via antigamente dentro do Partido Liberal. Mandaram-no chamar, festejaram-lhe a coragem cívica, deram-lhe carta branca para a fundação de uma folha de propaganda. Foi assim que apareceu o *Clarim Republicano*. Estava-lhe no sangue ainda, vibrava-lhe na alma, aquele entusiasmo de combate, com que ele se arrojou à obra! Cada dia, lá estrugia de estacada num berro vasto de revolta contra as humilhações do regime monárquico. Artigos de fundo, cheios, iluminados de verdades, compactos de doutrina robusta, bebida em obras, decorrida de documentos. Eram metralhas certeiras, lançadas por mão de mestre! Chegava até a burilar a frase, a fazer estilo, uns períodos largos, redondos, esfuziando como foguetes. O Partido Liberal do município, através das colunas do *Sétimo*, começou a corcovear, a pular de raiva. Em seguida, tocou a vez ao clero, representado nas pessoas do vigário e do coadjutor. Sempre que podia, lá vinha uma citação de Voltaire, um bocadinho de ouro de Thiers, uma tirada de Renan! Não, que ele tinha leituras. Deu para baixo na política dominante, escangalhou a Igreja, meteu a todos os seus inimigos num chinelo. Chegou a ponto que o órgão deles, à falta de argumentos, na inópia de recursos, transformou-se em reles pasquim de alusões pessoais, até em cloaca pestilencial de insultos diretos.

A coitada da mãe era que vivia mortificada. Ao cabo, nem queria que ele saísse de casa, que uma traição não se podia prevenir, matavam-no numa esquina, num beco escuso qualquer. Tanto agora, que uma intimidação lhe veio, e não houve meio se não armar-se de um revólver, acautelar-se contra qualquer assalto. Felizmente, a sua integridade atravessou incólume esses dias agitados de luta. Agora, que eles eram capazes de um crime, não punha as suas mãos no fogo!

Podiam tê-lo assassinado friamente, sem temor de espécie nenhuma. Era só resolverem, indigitarem-se aos capangas, nunca lhes faltavam beleguins para tais atos de bravura! E uma madrugada o redator do *Clarim Republicano* que aparecia morto a um canto da cidade, cortado de facadas, mártir da República... Justiça! Se eles faziam do júri o que bem lhes parecia. Ainda não se haviam apagado na mente do Fidêncio umas reminiscências de assassinatos famigerados, réus confessos, absolvidos unanimemente pelo júri. Lei! Prostituíam-na asquerosamente naquele pedaço de província. Em tudo, nas coisas mais sagradas, a politicagem metia o seu bedelho, agia como soberano, desatava, desmoralizava, cobria de vexame os créditos da terra. Ah!, era um verdadeiro milagre estar ali naquele momento, a salvo de todas as intrigas da Maricota e da outra, dos ataques da confraria de nhô Quim, das calúnias sacerdotais, livre para sempre da pasmaceira da roça, da caipirada... Podia não ter saído de lá, fechado prematuramente num túmulo do pobre cemitério, ao lado do João Carlos, que com certeza estava expurgando-se no outro mundo de uma grande soma de males que lhe tinha feito e também à coitada da mamãe.

Sim, que a santa mãe sofrera sempre por causa dele! Qualquer coisa que houvesse, por mais grave que fosse a questão levantada, ela pusera-se sempre do seu lado, não querendo saber de razões, convencida apenas de uma imensa, de uma incondicional obrigação de defender o filho. Podia bem o João Carlos encrespar-se, arremessar motivos de repreensão, procurar justificar-se de ralho, de uma ameaça de sova mestra! Que o parente estava enganado, o

Dêncio era um santo. Amor cego, amor puríssimo de mãe! Via-se eternamente capaz de todos os sacrifícios por ele, dava-lhe a figura quebrada um visionamento de tipo bíblico, nunca pudera repassar os olhos na página iluminada de Agar chorando no deserto com o filho ao colo, sem de golpe acudir-lhe ao espírito a imagem da "velhinha", como lhe chamava em momentos copiosos de uma afetividade doentia...

Então o João Carlos, depois dos prejuízos que sofreu com o tal negócio na cidade, desde que se lhe acentuou no incômodo da bexiga um penoso recrudescimento, tornou-se azedo, nervosíssimo, insuportável. A cada passo, choviam ralhas, ameaças, berros de energúmeno. E tudo sobre ele, forte birra! Se um objeto estava fora do lugar, que a culpa era dele, que uma vida assim conduzia à cadeia e ao hospital, que deitasse fora a preguiça, que não andasse eternamente cozido às saias da mãe. E deu de chamar-lhe vadio, idiota, bobo, água-morna! De uma feita, quis chegar a vias de fato, ia puxar-lhe a orelha, quando a mãe saltou da rede, vermelha de indignação, que isso não, tudo menos desonrar o buço do filho. Ah!, como ele, ainda trêmulo à visão dos dedos diabólicos do outro, babou longamente, à noite, um beijo quente de carícias à face engelhada da velha, que toda se pasmou banhada de alegria, paga de sua defesa à virilidade nascente do filho... Mas as rabugices do tio, chamava tio ao João Carlos!, continuaram. Agora mais violentas, sacudidas de arremessos, batendo sem parar a urgência de uma arrumação àquela indecência de vida, sempre a remexer nos livros, a armar discussões com o senhor vigário, desavenças com todo o mundo. Que se capacitasse de sua ignorância, que procurasse um balcão onde vender carne seca a retalho, tudo o mais eram bobagens. E sempre, como uma cantilena, que olhasse para o comprimento das orelhas!

O desconceito do João Carlos, mais do que a guerra da loja do nhô Quim e a perseguição do reverendo, foi que lhe tangeu atrozmente os brios. Mas foi o diabo! O outro, que nunca se manifestava, manifestou-se francamente ao lado de Sua Majestade Dom Pedro II. E foi mais longe, despropositou, singularmente furioso. Que todos os republicanos, sem exceção, eram uma corja! Que não queria saber da corja portas adentro! E num gesto decidido, que o fez quase dar um pulo!

– Fique sabendo que o despeço! Esta casa não é chiqueiro de republicanos! Vá para a rua se não quiser apanhar! Puxe daqui, não o quero ver mais nesta casa. Todos aqui hão de respeitar a Monarquia e o Clero. Vá para a súcia, puxe!

Foi para a rua, que havia de fazer? De longe, ouvia o choro impotente da mãe, agarrada desesperadamente ao João Carlos, em uma ânsia de o amolecer, de lhe quebrar a fúria. Que não, que não!, gania ele, quase epileptizado de raiva, como ferido em uma convicção de raça, a que não havia luz nem argumento. A mãe pouco depois fora atrás dele, agoniada, atravessada de uma vasta inquietação. E para a sossegar, para a mover ao regresso, que trabalho! Esteve um tempo infinito a repetir-lhe que não ia morrer como um cachorro em abandono, que tinha casa onde dormir, que lhe não faltava o dinheiro para uma pensão em um restaurante. E teve de dormir várias noites na redação do *Clarim*, por cima de resmas de papel, os membros regelados, cedeu às instâncias reiteradas da mãe, que ele podia, quando quisesse, voltar para a casa. Recebeu-o à porta, com um esverdeamento de hepático no rosto, ainda sombrio. Que procurasse dali em diante comportar-se. Em todo caso fazia como Pilatos, lavava as mãos de qualquer parte nas idiotices dele. E não se esquecesse, consentia em recebê-lo simplesmente pela Úrsula, que se matava a "canziná-lo" com choros.

Desde essa ocasião, a velha moléstia do João Carlos agravou-se muito, deixou de fazer o seu passeio de todas as tardes, trancava--se dias inteiros dentro de casa, e era uma penitência aturá-lo nos gritos, no berreiro constante, infernal. A mãe então, coitadinha, era que o tinha de ouvir. Nada prestava para ele, a comida vinha insossa, sem tempero, o bife não estava ao seu gosto, uma porção de impertinências, que ela ouvia calada, nem que fosse uma santa. E isso continuadamente, em todas as refeições! Quantas vezes à noite não falara com a mãe, esforçando-se por convencê-la a largar o bicho, a abalarem os dois para São Paulo, onde tinham uma parenta rica... Mas ela – que não! Queria ver no que dava aquilo. Era sempre a expressão dela... queria ver no que dava aquilo! Jesus também havia padecido pelos homens, morrera em uma cruz, ignominiosamente... Todos tinham a sua cruz, que precisavam arrastar ao Calvário!

Com ele, o João Carlos entrou-se em umas reservas, de uns modos esquisitos e bruscos, que lhe davam sempre a sensação dolorosa de chicotadas. Era como se tivesse ao lado uma pessoa estranha, cuja vista molesta, a quem nem de relance se pode olhar. Chegou a preferir os gritos, as pragas dele, certo de que aquele silêncio dissimulava uma gana acumulada dia a dia, crescente a todas as horas. Muito melhor, o outro João Carlos, ralhando por nonadas, rezingueiro como uma mulher, a trazê-lo em uma contínua malquerença!

Um dia, toda a raiva concentrada estalou. Ele já estava muito pior, passava horas gemendo em riba da casa, amaldiçoando céu e terra por causa das dores. Uma cadela que havia na casa aparecera jogada à porta da rua, horrivelmente vitimada pela estricnina. O Fidêncio nunca gostara dela, uma peste de cadela que vivia sempre ganindo aos cantos, feia, encarquilhada, com um aspecto de lazarenta, e cujo contato o punha sempre cauteloso, o bico da botinha em riste. O João Carlos, no começo, deitou-se a bolir no cadáver, uma ânsia quase de autópsia, todo lamuriento, lamentando a perda de tão boa perdigueira. Depois, de repente, foi um berro que o abalou. Que o Fidêncio lhe tinha envenenado a cachorra! Que ele sabia a quizília que o Fidêncio nutria contra a Nicota! E batia como um possesso, as sílabas ultrajantes. Que fora o cão do Fidêncio! Teve um acesso medonho de fúria, parou hirto, impotente pelo acúmulo extraordinário de bílis. Levaram-no a bracejar, a ganir para a cama. Daí, começaram as exacerbações definitivas do mal; houve uma complicação, a junta médica reclamada absteve-se de todo diagnóstico consolativo; e, uma noite, o doutor Bernardo escorregou-lhe ao ouvido a condenação do doente. Mas o João Carlos levou ainda um bom eito para esticar, parecia estar a purgar pecados. Quanto a mamãe sofreu, infatigavelmente sentada à cabeceira, sempre de espreita às horas, não fosse esquecer o momento do remédio... Dias inteiros de desvelos, noites passadas em claro. O homem já nem parecia gente, esquelético, os ossos cozidos aos lençóis, a face amarelada quase sumida sob o cobertor. Dir-se-ia extinta nele toda sensação, qualquer ideia de passado, quando uma vez que a mãe se demorara na cozinha o Fidêncio tomou a garrafa do remédio para lhe ministrar a dose. O doente, que havia dias arrastava um mutismo obstinado, agitou-se na cama, arremessou os braços, soltou um grito entranhado de cólera. Não, que não queria ser envenenado como a cachorra! E apanhava-se nitidamente, na pupila raiada de extravasamentos maus, raro entreaberta, uma convicção funda, inatacável, do delito cometido pelo Fidêncio. Teve até uma noite, horas passageiras de delírio, em que começou a rosnar que o outro lhe havia de pagar, mal ele se erguesse, lá estava a sua Flaubert, matava-o de um tiro só... E morreu assim, batido daquela suspeição injusta, que parecia chupar-lhe as derradeiras fibras, roer-lhe o fígado como um cancro.

A mãe, porém, acreditara numa conversão suprema, representara-o na véspera como um santo, expirando no meio de velas bentas, cercado de todos os sinais de uma devoção real. Ah, ela nunca conhecera o João Carlos! No seu reconhecimento, na sua cegueira de santa, a mãe acostumara-se desde muito a ver falso, a passar de raspão e sem profundidade entre as misérias humanas...

E o Fidêncio pôs-se de repente a abençoar, a sentir no seu coração muito acima do mundo, a criatura que lhe tinha guiado os primeiros passos, a quem devia tudo o que sabia, tudo o que aprendera através de dificuldades sem conta. Se não fosse ela, o que seria dele? O João Carlos nunca quisera que ele saísse a estudar num colégio, berrando sempre que o destinava para o ofício ou para o balcão. Talvez àquela hora, se a mãe não tivesse fincado o pé, estaria como outros muitos a fazer vida no comércio, mourejando entre o balcão e as prateleiras, em mangas de camisa, ou correndo nas ruas da cidade, com embrulhos às costas. Tudo lhe devia, a ela, somente a ela! Com uma ponta de emoção nos olhos, o rapaz jogou-se à janela, sôfrego do ar livre, ansioso por desalojar do espírito todo farrapo de ideia triste, das lembranças que o acabavam de abalar.

O sol, agora, alagava, com reflexos metálicos chapeando nos telhados vermelhos; ao longe, no horizonte, a luz aveludava-se e morria num encanto de verduras esbatidas. O movimento crescera; um carro passava, na sonoridade clara dos paralelepípedos; e, no armazém em frente, um rumor civilizado, de fregueses que arengavam e contendiam, recalcitrando as exigências do dono da casa, vistoso no seu avental, mangas arregaçadas, a bochecha resplandecente de satisfação. Ferrado pela corrente, ao alto da porta, um papagaio agitava-se, batia as asas, anunciando num tom esganiçado de galhofa: "Entra, mulata! Ao Armazém do bom gosto! Quem fala? É o moleque do bom gosto!".

Involuntariamente, o Fidêncio começou a olhar para o papagaio. Não podia dali, da janela, distingui-lo muito bem; o seu olhar esbugalhava-se, num esforço de míope; mas ouvia-lhe as galhofas, ao endiabrado animal. Lembrou-lhe de repente o papagaio do pai da Maricota, lá da roça. Quantas vezes lhe viera a gana de matá-lo a pedras! Um bicho feio, depenado, gritando sem parar, não indo nunca além do *Quem passa?* ou se não, quando via a moça, soprando uma indecência: *Uma bocota, Maricota!* Aquele, não! aquele, que dali via, era um papagaio educado, sabedor de coisas bonitas, respeitador da Moral...

Uma pancada leve soou na porta. Meio atrapalhado já, o rapaz enfiou o paletó, foi abrir, arrastando os passos. Quem seria àquela hora? A mamãe com certeza, ela tinha o hábito indefectível de madrugar. Mas não, era a preta Candinha, risonha, de carapinha lavada, a face fresca, num vestido engomado de grandes listrões vermelhos, com uns argolões de ouro nas orelhas. Vinha trazer o café, entrou logo a pousar bandeja de prata sobre o criado-mudo.

– Sinhozinho dormiu bem?

– Assim, assim.

E parou admirado diante daquela preta, que o trouxera ao colo, e a quem na rua da Glória, antes de partir com a mãe de São Paulo, vivera sempre muito agarrado, choramingando pelas histórias do arco-da-velha, que ela contava. Tão diferente da que fora, muito mais limpa, com um apuro até de asseio! Lembrava-se ainda de a ter muitas vezes chamado catinguenta. Que ela naquele tempo parecia toda desmazelada, com a camisa sempre encardida, com remela nos olhos e um cheiro nos seios a sarro de pito.

– Sinhozinho gosta de bastante açúcar?

Ela acabava de deitar duas colheres de açúcar na chávena de porcelana, tomou a cafeteira, principiou a escorrer o café, muito denso, um aroma delicioso. E disse logo que "perguntava", porque em outro tempo ele apreciava o café como tinta e meio amargo...

– Até agora, é o mesmo. Que café cheiroso!

Sentou-se na cama, recebeu a xícara, aspirando antes de sorver o primeiro gole. Começava a sentir-se bem, uma vontade de a interrogar, de saber dela muitos detalhes sobre a vida da prima. A preta, do seu lado, olhava-o teimosamente, banhando-o com uns olhos ternos de ovelha.

– O nhozinho Dêncio anda mofino?

Ele teve uma resposta vaga, um movimento de desprezo nos ombros...

– Incômodos, Canda. Umas picadas do fígado. Padeço também do estômago...

O rosto dela todo irradiou, aquele tratamento familiar de Canda, usado antigamente por ele, quando criança, quando lhe babava nas mamas flácidas. E pouco depois, timidamente...

– Sinhozinho foi muito achacado das lombrigas. Ainda me lembra uma que Sinhozinho botou, com dois palmos de comprida.

Fidêncio sorriu, encantado. Felizmente, não trazia mais bichas nas entranhas. Outros tempos, outros males! Agora, sofria os incômodos da idade. E vendo que ela abria muito os olhos, em um esforço de compreensão tardia...

– Você deve saber, Canda, um rapaz não é uma criança.

Um sorriso veio aos beiços grossos da preta. Sim, lá nisso Sinhozinho tinha razão!

– A Canda também deve saber a que obriga a mocidade. A gente cria amigos, precisa-se sair com eles e, de vez em quando, um copinho de cerveja, outro de vinho e...

Ela atalhou em um riso...

– Uma vez ou outra, uma chuva! Este nhozinho Dêncio.

Ele pôs a xícara vazia na bandeja, satisfeito, guloso de estirar a conversação. Era isso mesmo, uma chuva! Em seguida, bumba! outra chuva. De forma que, ao fim de um certo tempo, lá surgia um começo de afecção no fígado, nos rins, em uma porção de órgãos. E depois para quem estuda, para quem dá muito trato à cabeça, a bebida é um veneno. A preta principiou a enternecer-se:

– Por que Sinhozinho não larga de beber?

Ele levantou-se, chegou quase a tocar-lhe em um ombro. Mas, santo Deus, não fosse agora a Canda pensar que andava com o copo na mão! Nada, queria apenas dizer que toda bebida alcoólica lhe fazia mal. Houve um silêncio. A preta pegara a bandeja, mas ficava-se no mesmo lugar, indecisa, sem tirar a pupila lavada de ternura de cima dele. O Fidêncio entrou a afrouxar um dos seus cigarrões de palha...

– A Canda cozinha?

Foi um orgulho, em que ela se impou. Não só cozinhava, mas dava vazão a todo o serviço da casa. Varria, limpava tudo, saía às compras, arrumava a louça, lidava na cozinha. Às cinco horas da manhã, já estava de pé, vestida, pronta para qualquer coisa. Não que serviços não lhe faziam frente! A princípio pensara que não podia dar conta do recado, pedira uma servente. Mas fora pior. Uma peste de criada, muito resposteira, que a não ajudava em nada, que só sabia falar de namoros e outras indecências. Fê-la ir para a rua logo. E ela sozinha fazia todo o serviço, graças a Deus! Também como Sinhá não havia patroa nenhuma.

No espírito do Fidêncio curiosidades saltaram:

– A prima Feliciana é muito boa, não, Canda?

– Ah! Sinhozinho não podia fazer uma ideia. Um anjo, uma coisa por demais! E muito estimada, a melhor gente de São Paulo andava quase todos os dias por casa, vinham jantar, ficavam até tarde. Gente graúda, o nhozinho Dêncio ia ver! Moças então nem se contavam...

Ele encolheu-se todo, como um gato enervado de carícias:

– E moças bonitas, Canda?

– Moças do trinque!

Ele sorriu, cada vez mais encantado daquelas coisas bonitas a que uma ingenuidade natural revestia de um sabor doce. Ia falar, quando a preta avançou de pálpebras caídas:

– Sinhozinho com certeza achou Sinhá bonita...

O Fidêncio quedou-se embasbacado, em um acanhamento singular. Depois, em um esforço, soprou que a tinha achado lindíssima. A preta, no entanto, entusiasmava-se. Para ela, não havia outra mais chibante que Sinhá. E sem luxo de espécie alguma, sem os modos das outras, umas "não me toques", que pareciam ir ao chão com um sopro. O Fidêncio sentia uma agitação involuntária:
– E a prima não fala mais em casar? Você deve saber, Canda.
– Nunca. Nem queria que se falasse. Ah! Sinhá estava muito chocada, desde a morte do outro. Ela ria, divertia-se com todos, porém bem dentro do coração, lá roía o bicho daninho da dor. E se nhozinho Dêncio visse a tropa de namorados que ela tinha! Toda a gente lhe deitava um olhão sem-vergonha...

A preta aproximara-se da porta, aprontava-se para sair. Sem querer, o Fidêncio calou-se, em um pensamento vago, de sonho extravagante. E ia um silêncio aos poucos descendo, quando as campainhas de um bonde tilintaram vivamente lá fora. Ao mesmo tempo, ouviu-se a vozeria estridente do papagaio.

Ela assustou-se quase, deitou um derradeiro olhar ao rapaz:
– Estou aqui matraqueando, e o tempo correndo. Até logo, nhô Dêncio; vou de um pulo às compras.

Mas, além da porta, a voz dela veio ainda apressada:
– Sinhá já levantou. Ela mandou dizer para Sinhozinho descer logo.

Que maçada! E ele que pretendia antes do almoço abrir as malas, arrumar os livros, pôr a roupa em ordem, encetar a sua instalação na nova residência. Disfarçou um gesto de desagrado, meteu-se diante do espelho, começou a escovar-se melhor, corrigiu o desalinho da gravata preta, pôs-se em seguida a lavar furiosamente, pela segunda vez, as suas mãos de talhe feminino, muito delicadas. Debalde, porém, esfregou o sabonete de amêndoas no polegar e no indicador da mão direita avermelhados nas extremidades. As manchas do sarro permaneceram intactas, rebeldes. Uma praga rebentou-lhe do peito contra o maldito hábito dos cigarros caipiras... Minutos depois, ainda estava ferrado ao espelho, mirando-se frenesiado. Diabo, a Cândida notara bem. Tinha uma cara de sujeito doente... Ah!, dali em diante havia de abraçar um regime rigoroso, nada de deixar o seu temperamento extravagar. E fora aquele vinho da véspera, aquele Bordeaux, que a prima dissera ser quase água. Protestou imediatamente não beber mais nem uma gota de vinho, nem que viesse do paraíso! Ainda que a prima teimasse, dir-lhe-ia que não, que o seu estômago e o seu fígado estavam acima de todas as considerações...

E a prima que o esperava lá embaixo! Uma grandíssima maçada. Volveu um olhar às suas malas, que tinham de ficar fechadas, atiradas a um canto, foi-se chegando da porta, para descer. E ele que se achava havia pouco tão bem, naquele quarto, olhando a rua, vendo o papagaio dar às penas e ao bico, irrequieto e tagarela! Toda uma série de coisas que tinha a pensar, a arranjar, a dispor. Agora, aquela obrigação de ir dar os bons-dias tão cedo à prima... E foi um medo, ao começar a descer a escada, de a encontrar, de esbarrar nela, de a tocar com o cotovelo desastrado nos seios altos. Tinha ainda no olfato o perfume embriagante deles! Via já embaixo o corredor, o mesmo corredor escuro, que atravessara à noite e onde, na sua desorientação, quase se enfiara com ela ao braço na alcova iluminada.

A meio da escada, voltou-se para o quarto, pesaroso de o abandonar, como se dentro dele ficasse toda a sua isenção de espírito, a sua independência de rapaz bem educado, de alma retemperada ao sopro das ideias modernas, das emoções caudalosas. A cada degrau, um retrocesso operava-se nele; e quando se aventurou no corredor, a tremer, com um suor frio às fontes, era o mesmo Fidêncio chegado na véspera, dando logo de golpe a impressão de uma deserção à roça, de um deslocamento penoso dentro da civilização.

III

QUASE UM DIA GASTOU O FIDÊNCIO NA SUA INSTALAÇÃO. A prima mandara abrir ao lado do quarto uma sala, trancada desde a morte do marido. Sabia o seu parente inclinado a estudos pacientes, a investigações silenciosas de filólogo, precisava, pois, de um gabinete, um cômodo sério, desagregado de todas as apoquentações do serviço caseiro. Em nenhuma parte estaria tão bem como ali, podendo andar à vontade, metido na sua camisa, de chinelos, sem cerimônia. Ele mal respondera de comovido, tocado profundamente pela atenção da prima.

Depois, quando puxara a mala dos livros para o meio da sala, quedou-se de repente amedrontado, diante de uma secretária de carvalho, pesada, com lavores de arte, com brochuras na estante. Um lustre pendurado do teto representava uma mulher em bronze aguentando nas mãos uma fieira de bobeches armados de velas de cera. E lembrou-lhe, pela mesma associação de ideias que ia nele cavando um progressivo horror ao passado, o quarto em casa do João Carlos, a mesa de pinho, junto ao catre, e até o castiçal de latão onde a usura, a sovinice do outro, fazia-o consumir velas de sebo... Ao mesmo tempo, à porta, a figura da preta com uma vassoura na mão:

– Com licença de nhozinho. Eu venho limpar a sala.

E enquanto o Fidêncio decidia-se, enfim, a tomar posse da secretária, ela atirou-se a uma lida, começou pelo assoalho, varrendo-o cuidadosamente; e depois arremeteu aos móveis, um sofá ladeado de cadeiras de cabreúva, madeira de lei desbastada havia poucos anos. Aos cantos, dois aparelhos de mármore raiado de sangue, com jarras bojudas de faiança. A preta, de brusco, quedou-se de olhar pendido, numa emoção, da poeira que cobria o mármore:

– Coitada de Sinhá!

O Fidêncio escancarara a muito custo a mala de couro, começava a tirar, a arejar os seus queridos livros. Voltou-se logo abraçado ao enorme *Magnum Lexicon*, a obra de que tanto auxílio bebera para as suas discussões com o vigário:

– Coitada por quê, Canda?

A emoção cristalizou-se aos poucos, em uma lágrima farta. Ah!, nhozinho Dêncio não sabia... Aquela fora a sala do defunto, do siô Matoso. Ainda lembrava-se quando ali vinha trazer o café do meio-dia ao finado marido de Sinhá. Pobrezinho, tão moço! Também Sinhá, desde que ele esticara, não tinha querido entrar mais ali. Olhasse o nhozinho Dêncio para o pó. Até as aranhas já andavam no teto. E ela concluiu, levando o espanador de arrancada aos aparadores.

– Uma coisa que isto, no tempo do pobrezinho, andava que era um presépio de Nosso Senhor!

E na voz da preta foram-se diluindo saudades, reminiscências do outro tempo. Era ela que cuidava da sala, como da casa inteira. Logo de manhã, antes das compras, subia com a vassoura, o espanador e um pano molhado para os vidros. Ficava tudo cheirando que era uma gostosura de a gente estar ali! Depois a Sinhá, sempre muito amiga do siô Matoso, não se esquecia dos vasos, ela mesma ia ao jardim colher uma imensidade de flores. Ai, o pobrezinho morria pelas flores, vivia todo dia a respirar no meio delas, nunca deixara de levar à rua um botão de rosa no peito. Até na mesa ele queria flores!

Ela acabava de abrir bem as janelas, o sol entrava com uma pompa de chuva de ouro, sem queimar, em uma preguiça e em uma delícia. Ao lado do quarto, a sala abria para o jardim, para a rua aquela hora adormecida em um mormaço lento. Sentia-se um doce enervamento, como subindo das flores lânguidas, debruçando-se para a terra exaustinadas de orvalho; o chio de uma cigarra despertou, veio orquestrar com outros sons estrídulos que se lhe seguiram, o silêncio pesado das plantas. O Fidêncio largou os livros em cima da secretária, correu a deitar-se a um parapeito.

– Como é bonito isto! Eu parece que revivo, Canda!

Ela arregalou um olhar caricioso para a face amarelada do moço. E parecia mesmo! Ao menos mais alegre nhozinho estava. Só na véspera, ela o vira com uma feição tão jururu que pensara logo em uma doença.

– Feição de viagem, Canda!

Estirou os braços preguiçosamente, em uma sem-cerimônia que lhe dava a presença daquela que o trouxera nos braços, a quem outrora chamava catinguenta. E de repente, em um impetuoso bem-estar, que o alagava.

– Eu aqui vou engordar. Você verá, Canda. Com os quitutes que você sabe fazer, eu daqui a nada estou que nem o pachá, Canda!

Naquela alegria copiosa, vinha-lhe até o sabor à pilhéria. O jeito que ela fez, de embaraçada, ao responder que não conhecia esse bicho... Algum porco? E ele, todo sacudido em um riso...

– Mais respeito, Canda. Um homem grande, e um grande homem!

A preta ficou-se beiço caído, sem compreender a distinção sutil e sábia. Mas de brusco, o soído de uma campainha, longo enchendo toda a casa. Era Sinhá! E ela correndo, em um barulho de roupas engomadas, de que evolava uma sensação forte de limpeza.

Ele permaneceu ainda, enlanguescido ao parapeito, olhando o jardim, a rua, as casas fronteiras. Depois, como revigorado, o espírito aligeirado através de um esquecimento, em que toda ideia de passado acabava de dar o seu mergulho, avançou para a secretária, aquela arrumação metódica e paciente de sua biblioteca. Veneranda biblioteca! A par das obras de ciências, de lombada séria, as pequenas brochuras, as produções leves dos românticos descabelados daqui e além-mar. As obras de ciências eram, na sua maioria, repositórios de estudo filológico, seletas latinas, gramáticas de

Brachet e de Diez, e, sobre todos, imponentes, de uma lombada comida de traças, o vasto *Magnum Lexicon*. Foi enfileirando sobre a mesa todos os seus tesouros com um vagar, passado do espírito de ordem que punha em todas as coisas. Em seguida, ao primeiro remexer curioso nos livros que estavam na estante, uma careta lhe saltou à face, topando logo os tomos carcomidos das Ordenações do Reino. Teve uma impressão de velharia rançosa.

– Ah, o Matoso!

Mas a impressão amarga desapareceu rápida, diante de umas encadernações, carinhosamente conservadas, com títulos dourados no lombo. Foi todo um gozo da sua intelectualidade:

– O *Monge de Cister*! *O Panorama*! *Dona Branca*! *A mocidade de Dom João V*! E os sermões do Padre Antônio Vieira! Do meu idolatrado Vieira! – O seu gosto literário derramou-se subitamente em uma expansão larga, quebrou, desvairado, o silêncio religioso da sala. Uma paixão antiga, uma paixão que o acometera às primeiras noções de latim, ao conhecimento rudimentar da Literatura e da Arte, buliu-lhe de pancada com os nervos, atiçou-lhe na pupila uma sagrada chama devota. Desejara sempre possuir aquelas preciosidades! Desde que, no Colégio, o seu professor de latim, após uma tosa magistral nos modernismos literários, o que ele ex-cátedra pedia vênia aos seus alunos para classificar, num neologismo espirituoso, de estrumices de Arte, o fizera entrar num trato perfuntório de Herculano, através de umas páginas breves do *Eurico*. Ah, ele batera o pé, como um menino teimoso, pelo Presbítero. Mas o preclaro mestre – que não, que era cedo demais para a digestão de tantas e tamanhas belezas. Quando, fora do Colégio, na continuação do seu preparo intelectual, debalde repetidas vezes procurara recursos para aquela provisão da verdadeira Literatura, da santíssima Arte, o João Carlos, invencível, batia a sua frase mesquinha e odienta – que para o Colégio dera tudo, mas para romances nem um pico!

Agora, finalmente, amparado a essa fortuna que o trouxera a São Paulo, tinha sob os olhos gulosos, beliscava-lhe voluptuosamente o tato, o clássico amado de golpe, logo na preliminar, na dúbia manifestação de uma tendência espiritual. Como ia ler, saborear aquelas páginas puras, feitas de ouro virgem, trabalhadas que nem joias, que nem colunas de estátuas vencedoras dos puídos do tempo, e de que rajadas de iconoclastia apenas conseguem arrancar blocos, mas sem destruir a perfeição! Ali sim, ali vivia a Arte, através daquelas folhas, a cuja amarelidão a encadernação recente dava um toque de novidade. E, de um largo gesto sôfrego, ele folheava um volume do *Monge de Cister*, a obra-prima, muito perto do nariz, cheirando nas dobras o trabalho da traça, como a sentir o perfume devoto que se derrama das páginas de um missal:

– Isto, sim! Que beleza!

Manuseava ao acaso, lendo, truncando períodos, esforçando-se por meter na voz uma melifluidade cantante, numa luta verdadeira de adaptação de seu órgão vocal à canalização da frase clássica. Parecia um velho ledor de crônicas medievais, entusiasta, ufano de a cada passo despertar na alma profundas assonâncias, pruridos de evocações. E havia, preponderante ao gozo intelectual, uma volúpia quase, o prazer físico de remexer naquelas folhas, como se elas tivessem vindo bentas e sagradas de um grande templo, coevo das melhores conquistas do espírito.

Mas embaixo, no interior sossegado da casa, um relógio entrou a bater horas. Era o diabo, precisava primeiro rematar aquela arrumação; e largou sobre a mesa, vagarosamente, o volume do *Monge*. Uma pena deixar para depois! Começou a jogar os livros, na pressa de terminar trabalho tão maçante: o dicionário latino rangeu ao gesto brusco; e ele teve de demorar, de precisar os seus movimentos, com medo a um esfacelamento. De repente, porém, olhou para o fundo de uma prateleira; um livro jazia atirado, com certeza esquecido. Apanhou-o a custo, puxou-o à luz envolto numa camada de poeira:

– Mais esta!

Armou-se do espanador, limpou-o, esteve um momento olhando para a capa. *A carne*, de Júlio Ribeiro. Conhecia o autor por uma gramática da língua portuguesa. Ah, era verdade, o *Padre Belchior de Pontes* também pertencia à autoria do ilustre filólogo. Mas *A carne*? E a edição era recente. Abriu o livro à primeira página:

– Bem escrito!

Sentou-se numa cadeira, junto à secretária, a ler mais um pouco. E à primeira foram sucedendo todas as páginas do romance. O Fidêncio principiou a sentir-se mal, um peso nas têmporas inchadas da circulação apressada, e nas ideias um torvelinho, um caos, como se uma penosa elaboração as estivesse fecundando. Uma sensação esquisita, uma anormalidade febril. E sem saber por que, entrou a empolgá-lo uma recordação estranha, de passeios arrastados solitariamente ao campo, o sol alto e cáustico, muita relva torcida de langor, macegas tostadas, e na sombra um cheiro de verde, quase de carne suarenta, surpreendendo rudemente o olfato, e acidulando a boca travas mordentes, de frutos peçonhentos...

Por vezes, tirava cigarros, afrouxava-os, esquecendo-os rapidamente nos beiços. Já não lia, devorava. Tinha-se derreado com um entorpecimento nos membros, no esforço mole de uma posição cômoda, estava agora arcado, de cotovelos fincados na pasta. Ao cabo, levantou a cabeça, enxugou o suor que lhe umedecia as fontes:

– Bem escrito, mas porcaria!

No entanto, num golpe de sensação, foi lendo a "porcaria". Esquecera absolutamente o *Monge de Cister*, todas as suas tendências, paixões de classicismo haviam-se esbatido como em uma mancha vaga, de sonho infantil. Estava ali preso terrivelmente, sob a impulsão de uma sugestão pesada, mas guardando ao fundo uma doçura sombria de volúpia. Ergueu-se de repente, com a fronte doída, uma impressão de batida que lhe cavava nas ideias um redemoinho denso. Arrastou-se à janela, ávido daquela tranquilidade gozada havia horas ao lado da preta, bebendo o ar perfumado, ouvindo as cigarras lá embaixo. Sentia a vista turbada, de uma escuridão que a tivesse longamente velado.

Acabava de ler mais da metade da tal pornografia. E era agora uma dificuldade explicar-se o motivo por que Júlio Ribeiro despendera esforço e talento naquilo. Um filólogo tão ilustre! Ainda se fosse um desconhecido! E o que ninguém podia negar era que o estilo tinha um lavor extraordinário, a frase tendia-se nervosa, o período saía invariavelmente cheio, de uma beleza quase palpável, como um bloco, como um trecho de plástica morta. Que pena!

E o Fidêncio, arrancando-se vivamente da janela, ia continuar a leitura, ainda bambo, quando ouviu no seu quarto um passo arrastado, uma tosse penosa, que trovejou. A mãe! Arremessou a brochura para o canto, de onde a havia tirado, correu à porta.

– O Dencinho!

Ao almoço, ela se queixara de um reumatismo nos quadris e em uma das pernas, na esquerda, praguejando contra a viagem que a tinha moído como a um trapo. A cantilena de sempre, coitada! A implacável velhice arrastara-a pouco a pouco a um estado, em que todo o dia havia de lhe ouvir ais lastimosos; ora o estômago, ora o fígado; parecia que nela órgão nenhum resistira à idade, e o que mais a incomodava era uma espécie de asma, uma falta de ar que lhe vinha às vezes com uns flatos longos, que quase lhe suspendiam o coração em um estrangulamento.

Ela apareceu ao Fidêncio no mesmo vestido da véspera, muito raspado da escova. E a face cavava-se mais agora, com uma baça, umas pregas escuras de pergaminho velho aos cantos da boca e nas pálpebras.

– A mãezinha Úrsula vai melhor?

Ela resmungou a custo:

– Qual, Dencinho. Ando arrastada. Veja você.

E achegando-se do filho, agarrando-o pelos ombros, estirou-lhe à vista carinhosa uma língua revestida inteiramente de uma camada saburrosa, sem um bordo vermelho de músculo sadio. Ele semicerrou os olhos, desolado. Que era bom chamar um médico!

A velha soltou a sua costumada frase de desconsolação:

– Qual, Dencinho.

E pouco depois, bem sentada no sofá, um movimento de rancor a abalou. Médicos! Tudo uma corja. Entravam em uma casa com muitas promessas de cura, mezinhas sobre mezinhas, e no fim é que eram elas. Tudo ficava na mesma, menos o dinheiro, que eles comiam. Ah!, mil vezes a homeopatia!

A voz dela foi rolando até uma sombra de enternecimento íntimo...

– E para que havia de me curar, Dencinho? Eu já estou velha, não posso mais nada. Já tive o meu tempo. Ai, eu já fui bonita, fiz figura em Minas. Se a memória do teu pai pudesse falar, Dencinho! Dizia ele que não havia outra em Juiz de Fora. Só eu entre todas! Veja você, agora estas rugas. Tudo incômodos, desgostos, mofinezas! O que eu tenho sofrido, minha Nossa Senhora dos Remédios!

Era uma das devoções mais vivas nela, a da Nossa Senhora dos Remédios. O Fidêncio fechou um olho a espalhar uma lágrima, com uma emoção que o largou sobre o sofá, ao lado da mãe.

– Não se amofine mais, mãezinha. Eu estou aqui.

Ela o esteve contemplando vastamente, quebrada de ternura em uma alegria que se inflava como um triunfo. Sim, não devia amofinar-se! Ele estava ali, o seu filho querido, o Dencinho que ela educara, que com a ajuda de Deus fizera homem. Ah, não fosse ele, e pouco lhe importaria morrer. Mas queria vê-lo com um nome feito na sociedade, lutando, vencendo em todas as suas ambições, só isso, mais nada desejava. Tinha certeza de que o seu Dencinho ia fazer figura em São Paulo.

O rapaz, às palavras da mãe, sentia dentro de si, enlambuzando-lhe o coração, comovendo-lhe os nervos doentios, uma estranha suavidade, como de um ritmo que se derretia. Sentou-se ao lado dela, pôs-se a contemplá-la, em um desejo insofrido de carícias. E aos poucos um hábito de moleza infantil venceu-o, descaiu a cabeça para o colo flácido da mãe, que teve uma irradiação nas rugas da face e toda se vergou a tomar-lhe entre os dedos esguios a grenha macia, pesada de suor.

– Meu Dencinho!

Desde pequeno, essa molenguice. Na idade em que todos saltam de ânsias frenéticas, gulosos de campo, de ar livre, de corridas desabaladas, ele sempre se deixara ficar em casa, no meio das comodidades, colado às saias da "velha", gemendo não só pelos doces, pelos quitutes, pelos bons pratinhos, como pelos agrados, pelos olhares de proteção e beijocas babadas na face. Achara-se sempre abrigado, a salvo de qualquer contingência, cheio de força, à quentura das saias maternais. O João Carlos enfurecia-se. "Você anda estragando a coisinha, mulher!" Mas podia o danado cansar-se em ralhar, berrar, esbravejar diabolicamente.

A mãe era sempre a mesma! Uma ternura tal que o não queria distante um momento, havia de a seguir por todos os cantos da casa, dormia com ele, e uns ciúmes toda vez que ouvia falar em uma possibilidade do Fidêncio arranjar-se em um casamento, que a pobrezinha perdia o juízo. No entretanto, viera depois a ocasião de reconhecer a justiça dos ralhas do João Carlos. Foi quando, no Colégio, se descabelou perdido de saudades pelas carícias, pelos bocadinhos doces com que a mãe deixara de lhe regalar o coração e o apetite mal-educado. Até por causa dos cigarrinhos de palha, feitos pela mãe, ele chorou, passado de saudades! Sim, o outro acertara nisso: nada deve ser fora de termos, tudo tem medida. E o resultado veio depressa, uma quase impossibilidade de sair de casa, de largar uns suaves hábitos de gatinho sensual, adotado ao colo, e coisa pior, o produto de uma longa desobediência a preceitos irrevogáveis de higiene, o enlanguescimento precoce, que começou pelas vísceras, perturbando-lhes o funcionamento, e que não tardou a apanhar-lhe a energia moral, esmoendo-a, diluindo-a a leite, descaracterizando-a do impulso inato, cheio de virilidade. Até para os dentes aquela educação açucarada da mãe fora-lhe prejudicial. A cárie já mordia em um ou outro incisivo, e, de vez em quando, eram dores horríveis, que o faziam perder a cabeça. Longe dele, porém, qualquer revolta contra a ternura enfermiça e babosa da santa criatura que o aturara nas impertinências de crianças, e agora o amava mais ainda nos aborrecimentos, nas rudezas frequentes de rapaz, e de rapaz doente. Incompreendido, torturado pela ignorância e pela torpeza do mundo, constituía ela o seu refúgio natural, o único amparo das suas alegrias e das suas ambições.

A mãe continuava a cofiar-lhe amorosamente o cabelo preto. Ele descaíra mais, frouxo, gozando, ao contato do batido gorgorão roxo, um cheiro espiritualizado de incenso.

– Dencinho, como achou você Feliciana?

Ele gaguejou ao responder sem pensar:

– Como achei a prima? Bonitaça.

E curioso por seu turno:

– E a mãezinha?

– Achei ela na mesma. Antes era mais magrinha, engordou desde que saímos de São Paulo. Mas você tem razão. A sobrinha é muito bonita.

Houve um silêncio, o Fidêncio desprendeu-se dos braços da mãe, a fazer um cigarro.

– Mãezinha quer pitar?

Que não, tinha pitado antes de subir para ali. Curvou-se um bocado para lançar um gorgolejo de tosse. O Fidêncio assustou-se pensando em que ela se tivesse magoado a sustentá-lo ao peito.

– Nada, Dencinho! Acenda o cigarro e venha cá, tenho a dar um conselho a você.

Uma calma reinava no jardim, nem uma bulha, tudo parecia morto no mormaço. O moço, cigarro aceso nos beiços, ficou-se atento, cheio da quase religião com que ouvia a mãe.

– Olhe, Dencinho. Ninguém, mais do que eu, quer bem a você. Escute, meu filho.

Ele inclinou-se mais, a ouvir. E a mãe, baixando subitamente a voz, entrou a espremer-lhe ao ouvido uma confidência. Por acaso, havia pouco, enquanto a sobrinha conversava com a Cândida na cozinha, metera-se no quarto dela. Que imaginasse o Dencinho o que fora lá encontrar, à cabeceira! Um livro, não a cartilha, nem um tratado do bom-tom, mas um livro com estampas, que ainda a faziam tremer. E de fato, a velha tremia, arregalou um olhar devoto, enclavinhou as mãos encordoadas sobre o peito. Involuntariamente o Fidêncio pensou no romance que acabava de ler, baixou a fronte, com um calafrio.

– Sério, mãezinha? Então a prima...

A voz dela teve um cicio de látego. Mais do que sério, nada mais sério! E ela que deixara a sobrinha sisuda, amiga da igreja, de leituras religiosas, do Pensai-o Bem, do santo Catecismo. Agora, tudo mudado. Ah, se o Dencinho visse aquelas figuras! Nem era bom falar, dava-lhe vontade de benzer a boca, Jesus do Céu, imaculado São Luís Gonzaga!

O rapaz, porém, sentia mordê-lo uma curiosidade:

– Estampas muito feias então, mãezinha?

— Horrorosas! — O desejo dela era não contar, mas ia contar sempre, para edificação de Fidencinho. Que imaginasse em uma estampa um sujeito de joelhos junto a uma mulher, agarrando-a pela cinta, pedindo-lhe um beijo... Noutra, o beijo concedido, e onde, virgens que estavam no céu? Na boca, em plena boca! Que imaginasse mais... Não, que não imaginasse mais nada, bastava de porcaria, ela até estava ali pecando a contar aquilo.

Calou-se sufocada, em uma tosse trovejada que encheu a sala. O Fidêncio, como enterrado na confidência, esquecia-se, com os braços caídos aos joelhos, o cigarro apagado no beiço. Sentia-se bestificado, nulo para a mais rasteira reflexão, com o íntimo apenas trabalhando pela primeira repercussão de uma surpresa larga. Pois a prima!... Entrou a serenar-se, a compor as ideias, a atar recordações da véspera. Aqueles modos da prima, que tanto o haviam admirado, e que de golpe lhe tinham feito lembrar a espanhola, a mulher a cujo contato se poluíra pela primeira vez. Veio-lhe de repente uma gana de se abrir em toda a sanha da sua pudicícia arranhada, ferida, brutalmente desacatada. Mas a mãe ao lado gemia umas reminiscências batidas de outros tempos, de quando era moça e se ia à igreja, e se lia na velha cartilha católica. Então era que a gente levava uma vidinha regalada. Missinhas, devoções, tudo o que neste vale de lágrimas ainda nos consola. Nada de namoros, nada de mexericos, nem uma unha de porcaria! E uma emoção explodiu-lhe:

— E eu sinto, Dencinho! Criei a Feliciana como filha! No meu tempo, quando eu aqui estava, ela ia comigo à igreja pelo menos duas vezes por semana. Ah, a velha igreja de São Gonçalo! De manhãzinha, lá íamos as duas à santa missa. Ela tinha até um rosário de marfim, nunca se esquecia de rezar a sua coroa! E uma devoção ao Sagrado Coração de você chorar, Dencinho!

O rapaz enterneceu-se:

— Mas o caso ainda não é grave, mãezinha! Vossemecê pode remediar tudo. E eu estou em crer que a Providência a trouxe a São Paulo para prestar esse serviço à prima.

A face da velha esparramou-se toda em uma satisfação beata:

– Talvez. Sim, e não foi outra coisa. Eu vos rendo graças, meu Jesus Crucificado! Minha Nossa Senhora dos Remédios, ajudai-me!

O Fidêncio ergueu-se do sofá, foi aliviar-se à janela. O sol já não alagava o parapeito, podia-se agora estar ali gozando o ar vasto e doce. Pesava-lhe no espírito um começo de cansaço daquelas beatices da mãe, daquelas invocações frequentes e monótonas como antífonas. Ainda se fosse católico convicto! Mas não, acompanhava-a nesse particular somente para evitar dissabores, no propósito piedoso de a não magoar e simultaneamente em um intuito egoísta de não quebrar ou sequer amolecer os seus hábitos de vida pacífica, besuntada de afetividades, por uma coisa toda subjetiva e vazia de um prestígio sólido, conforme classificava o catolicismo. E era melhor assim! Com uma indiferença íntima, não lhe custava satisfazê-la em qualquer ponto de profissão religiosa.

A velha levantou-se logo, arrastou-se para perto do filho:

– Outra coisa, Dêncio. Ouça o conselho que eu tinha a dar a você. São Paulo não é o lugar de onde chegamos ontem, isto aqui é o inferno vivo. Você, moço bonito, há de se ver tentado, seduzido pelo demônio. O próprio Jesus Crucificado foi tentado, Dencinho! Quando você estiver em perigo, lembre-se de mim, lembre-se da Virgem. Foge do pecado, foge das moléstias!

Ela chegou-se mais, ciciou quase:

– Eu bem vi ontem, Dencinho. Aqueles modos da Feliciana, eu enxerguei tudo! Felizmente estou aqui, hei de vigiá-la. Mas porém tome conta em você, Dencinho. Lembre-se que é meu filho, que eu não admito bandalheiras. Antes de tudo, a salvação, meu Dencinho, o Céu em primeiro lugar! De todos os nossos inimigos o pior é a Carne. Não se esqueça, Dencinho!

Ele baixou o olhar contrito:

– A Carne, mãezinha. Não me há de esquecer, pode sossegar.

A velha então, tranquilizada, disse que precisava amadornar um nadinha. Ah, se o filho soubesse como passara a noite! Uma dor, a modos de cãimbras nas virilhas, correndo pela perna esquerda; não pudera pregar o olho. Ai, e já principiava, a maldita.

Nem se podia falar no diabo do reumatismo, era contar com ele. Nossa Senhora dos Remédios que lhe valesse!

O Fidêncio aconselhou:

— A mãezinha deve passar o unguento do Bernardo. Vossemecê me tem dito que é o mesmo que tirar a dor com a mão.

Ela soltou um gemido:

— Era assim; mas hoje nem o unguento do doutor Bernardo. Ai, uma praga!

E da porta, antes de sair:

— Não se esqueça do meu conselho, Dencinho!

— A carne, não me há de esquecer, mãezinha.

Momentos depois, debruçado sobre a secretária, o Fidêncio continuava a leitura do romance: não se esquecera da *Carne*.

Alguns dias correram, e o Fidêncio já começava a abarrotar-se do sossego do seu gabinete, de uma paz estudiosa, de que a prima o tirara somente uma vez a acompanhá-la em um passeio, quando, por uma tarde, a Cândida o foi chamar:

— Uma visita para o primo de Sinhá.

Assombrado, teve um gesto mole:

— Você não está caçoando, Canda?

Ela fincou as mãos na cinta, com um sério cômico de formalizada. Não, não tinha a balda de brincar com isso! Tão verdade como estar ela ali olhando nhozinho Dêncio, duas moças, amigas de dona Feliciana, o esperavam na sala de visitas. E que se apressasse, que eram filhas do doutor Florentino de Barros, gente fina, o que havia de mais escovado e chique na capital.

Vendo-se só no quarto, o rapaz inflamou-se de uma fúria. Começava a maçada! Não bastavam os frenesis, as amolações que não havia muitos dias aguentara em companhia da prima, na cidade. A cada passo cumprimentos, e uma tropa de apresentações, que o punham logo torto, quebrado de jeito, sem a sua linha natural, de espírito preparado. Insuportáveis, as lisonjas, os votos, as banalidades de uma estúpida convenção social, que teve de ouvir a pé firme, sem poder sumir-se. Tipos que via pela vez primeira a apertar-lhe a mão com entusiasmo – que havia muito o conheciam, que se desvaneciam em cumprimentar o primo da excelentíssima senhora dona Feliciana!

Agora, as filhas do doutor Florentino de Barros! Que figurão seria aquele? Um ignorantaço talvez; com certeza, um pedante. Sim, calava no seu espírito agora a convicção de que mais de que a ciência pura, positiva, indestrutível, sobredouravam na sociedade paulistana a exterioridade, a forma, o pedantismo. Ah, o seu raciocínio não permanecera inativo, entupido pela satisfação de uma vaidade balofa, a ouvir louvaminhas. Perscrutara através da frase ociosa, concluíra da banalidade inútil. Do meio de retalhos das conversas, de todos os encontros em que se vira contrafeito e automático, ele agarrara uma ilação de grande decepção e de indiscutível proveito! A análise do naturalista francês: através do estilo o homem. De conceitos fúteis, de palavras ocas, a conclusão sombria da ignorância de São Paulo. Tudo ali eram aparências! O que ele julgara ouro compacto, ouro sem mescla, palpava finalmente, em uma desilusão, como um metal miserável, de sonoridade falha.

Uma visita ao primo da senhora Feliciana! Ah, sinceramente, dispensava semelhante honra. Conversar com moças, bonito passatempo. E as filhas do tal doutor Florentino de Barros certamente não se distinguiam entre as outras moças, rastejavam pela medida vulgar, umas ilustres pretensiosas, sabendo apenas dizer do último baile, da reunião realizada em casa de Fulana, bruscamente deslocadas por menos que uma palestra enverede a assuntos sérios ou de transcendência. A mulher brasileira! Quanto atraso, quanta reforma a fazer-se na educação do belo sexo. Só sabiam ser mães, porque para isso de nada mais precisavam que da animalidade, afetiva e educadora por instinto. De resto, umas bonecas para enfeite de salas, que a gente nunca podia tomar a sério.

E o Fidêncio enfiou o paletó do seu fato novo, um fato de casimira escura que, a conselho da prima, mandara com urgência aviar no melhor alfaiate da capital. Ao espelho, logo depois, ainda praguejava, agora contra a parenta. Sim, era ela que tinha a culpa! A querer mostrá-lo como um brinco às suas amigas. Não, lá para brincos não tinha jeito absolutamente. E passou raivosamente a toalha na fronte, onde um suor frio brotava em bagas copiosas.

No corredor, embaixo, ao passo que repuxava as mangas do paletó, foi que pensou nas palavras a dizer às moças que o esperavam. Porque, em todo caso, não devia fazer figura triste, precisava mostrar às filhas do doutor Florentino de Barros que, na roça, também se sabia estar em uma sala. E vinha-lhe agora uma cócega de dignificar a roça, que ele havia dias reconhecera abominável, podre de todas as misérias, vazia de toda civilização. À porta, porém, antes de entrar, estava trêmulo, em uma agonia quase retrocedeu.

A prima, sentada no sofá entre duas moças, viu-o logo:

– Entre, Fidêncio. Venha cá, quero apresentá-lo às minhas distintas amigas Candinha e Melinha. São filhas do doutor Florentino de Barros, ilustre deputado que você conhece de nome.

Ele avançou, tropeçou em uma cadeira junto ao piano, indeciso, em um acanhamento que o fez estacar de pronto, suando frio.

– Então, primo? Chegue-se mais, as minhas amigas não são de cerimônia.

As duas raparigas, delicadamente, tinham-se levantado, estenderam-lhe largamente as mãos. Ele animou-se, apertou-as nas pontas dos dedos, o braço lânguido, e desorientado, em uma prostração, recuou a cair na cadeira em que havia desastradamente tropeçado. Correu um momento de silêncio, durante o qual sofreu angústias desconhecidas, vendo-se objeto da atenção, da curiosidade percuciente das filhas do tal deputado. E contra todas as hipóteses que a sua raiva de inacessível andara arquitetando, foi obrigado subitamente ao reconhecimento de uma inabalável verdade; a da beleza delas. E ele que as preferia feias, umas tipinhas raquíticas, de ancas arredondadas a estufamentos de algodão, face murcha, dentes com cárie, uns olhos quebrados no vício do namoro! Muito melhor que assim fosse, poderia fitá-las de frente, com olhares protetores para as pobrezas de estética ou arrepanhos de vestuário, podê-las-ia judiar do alto de sua superioridade de rapaz completo, ilustrado. Que as carregasse o demônio! E ficou-se deploravelmente sentado, a perna amolecida, pálpebras descidas, o espírito penetrado de um quase pânico, sem se atrever a um movimento, a um gesto, no desejo crescente e tresloucado de se anular e sumir na imobilidade absoluta.

As duas moças, àquela tarde, estavam adoravelmente bem dispostas. Traziam um vestido simples, cor de palha, os mesmos enfeitos, apenas a Melinha lembrara-se de alfinetar ao peito um botão de rosa chá, e subia de ambas, como de um jardim em flor, um perfume fino de carne moça, havia pouco refrescada em um banho tépido. Principalmente a Melinha estava de uma lindeza! Parecia que na face lhe andavam rosas sôfregas de reflorir em talas vivas, e no olhar azul, de densas pestanas irrequietas, batia-lhe uma fadiga, como de um longo exercício levado por subúrbios, vendo horizontes, sentindo relvas iluminadas, sugestionando-se a vastidões embalsamadas de natureza em ocaso. Ah, até a entrada do primo da Felicianinha, como ela familiarmente a tratava, estivera contando a fugida que, em companhia da mana, fizera ao Ipiranga. Um passeio lindo, feito tantas vezes, mas nunca tão gozado como naquele dia. E depois tudo concorrera. Um passageiro do bonde foi brigando com o condutor até o Cambuci, chamando-lhe uma porção de nomes escabrosos. Perto do Monumento, o bonde foi obrigado a parar por causa de uma senhora que, querendo fazer um bonito ao saltar, se estirou ao comprido no chão, com todo um comprometimento de saias arregaçadas, e, na volta, um seu antigo namorado, que até a cidade não lhe tirou o olho de cima, na teima inútil de a reconquistar. Uma verdadeira troça! Tarde cheia!

Em presença do rapaz, a moça sentiu como uma ducha na alegria ruidosa em que estivera a transbordar-se. Entrou-se em uma meia gravidade, contemplando-lhe o tipo batido de desalento, sem o destaque pronto dos espíritos fortes. Analisou-lhe todos os traços, um por um, da fisionomia abatida. Esteve longamente, religiosamente, com o olhar colado naquela cabeleira preta, tumultuária, empastada de suor, e, ao cabo, estranhamente, experimentou na alma uma sensação dolorosa de interesse. O seu espírito afinado a requintes de intuição parecia apanhar de brusco, através daquela postura derreada, daquela cabeça baixa, a trama subtilíssima de uma psicologia, um motivo sério de investigações. E ela, a namoradeira, a quem todos julgavam galhofeira por futilidade, tornou-se repentinamente pensativa, olhando o forro dourado, as mãos abandonadas sobre os joelhos. A voz da irmã feriu-a:

– O senhor Fidêncio anda doente?

Ela teve ganas de devorar a mana em um olhar. Que pergunta, falta de delicadeza! Se estivesse ao lado da outra dava-lhe com certeza um beliscão. O Fidêncio, penosamente, ergueu a cabeça:

– Coisa sem importância, minha senhora, estômago.

Mas a Cândida protestou.

– Sem importância! Pois papai quase morreu por causa disso. Curou-se com as águas de Lambari. O senhor Fidêncio devia usar as águas de Lambari!

Ele esboçou um gesto de desiludido, enroscado no seu silêncio. A Melinha agitara-se de impaciência! A mana, ordinariamente circunspecta, cheia de discrição, estava agora em uma maré de asneiras. Havia de lhe pregar na saída! Coitado! E de repente, na sua alma pura, um impulso vasto de compensação, de atenuar a rudeza inexplicável da outra em sorrisos, em palavras meigas, em expansões delicadas. Fosse lá o que fosse, bulira-lhe nas simpatias aquele rapaz. Depois, acrescentando-lhe o interesse, justificando-o, veio-lhe a lembrança das palavras da viúva anunciando a chegada dele. "Uma inteligência! Sabe mais latim que o vigário do lugar!" E o pai, em um instante de sinceridade, confessara-lhe que nada havia mais difícil que o latim, de que ele conseguira aprender unicamente os rudimentos.

– A minha querida Feliciana contou-me que o senhor Fidêncio é muito dado a estudos...

Malgrado seu, tocado pela doçura daquela voz, tão diversa, do timbre da outra, que o acabava de torturar que nem um zumbido de abelha, ele levantou o olhar repassado de uma timidez arisca. E quedou-se repousado, refeito de energia, nos dois olhos azuis que se derramavam nos seus:

– Tenho estudado alguma coisa, minha senhora. A minha prima exagerou, eu não sei quase nada.

Feliciana pôs-se de pé, com um gesto de simulada indignação. Não, ela não admitia semelhante modéstia diante de si! Fora com estranhos, então sim, que se fizesse de modesto. Mas ali, o senhor seu primo tinha a obrigação religiosa de ser sincero, de ser rapaz do seu tempo, isto é, sem esse absurdo sentimento que, em fundo, implicava a mais requintada das vaidades. Não fosse lá cuidar que a Melinha e a Candinha, suas amigas, ignoravam que ele trazia já do interior um nome feito. A Melinha não ignorava que ele sabia latim! A Candinha não ignorava que ele sabia escrever em jornais! E dirigindo-se para o piano:

– Vá sentar-se no sofá, Fidêncio. Ceda-me esse lugar, preciso mostrar umas músicas novas à Candinha.

Atordoado, em uma moleza, ele deixou-se ir até o sofá. Intimamente, recrudescia-lhe o rancor contra a prima. Estar ali, como um estafermo obrigado a atenções, a ouvir e responder banalidades, ele que nunca pudera, nem nos cavacos chãos da roça, afazer-se às conversações generalizadas e estéreis, às maledicências constantes que invariavelmente enchem uma palestra. Ainda na roça existia a liberdade, a gente achava-se à vontade, pernas estiradas, roupa caseira, cigarro de palha na boca. Ali, pelo contrário, havia toda a solenidade rígida da etiqueta. Puxasse ele por um cigarro, a ver como a tirânica prima já lhe ferrava um olhão daqueles que sempre o deixavam inerte, estatelado. No passeio à cidade, de uma feita que ele levava um cigarro aos beiços, soprava que devia largar de pitar, que reparasse para os dedos!, que fumasse charutos.

A moça, assim que viu a mana entretida com a viúva, aproveitou a ocasião de citar ao Fidêncio a frase do pai sobre o latim. Ele concordou:

– Com efeito, é muito difícil; porém nada tão difícil como o grego, minha senhora.

– E quanto tempo levou o senhor Fidêncio a estudar latim?

– Quatro anos. E até hoje estudo.

– Que tempo infinito, um horror! – E ela, no seu interesse crescente, envolvia a cabeça do moço na irradiação tranquila, inalterável, dos olhos claros. O Fidêncio começou a sentir-se melhor, à luz pacificadora das pupilas que para ele baixavam, aliviado em uma reação toda cheia de langor, como de um banho espiritual:

— Ah!, mas eu fiz um estudo metódico, minha senhora. Comecei por onde devia, traduzindo seletas: passei depois para o meu Cícero, para o meu Tácito; só no fim, quando já tinha um certo traquejo, foi que peguei nas *Geórgicas*, na *Eneida*, nas odes. A senhora não imagina o que é o latim!

Picada a fibra da sua vocação filológica, o rapaz animava-se, havia ainda o interesse com que ela lhe acolhia as palavras a aguilhoá-lo, a tirar-lhe vivamente sabenças. E, de fato, Melinha deliciava-se. De tudo que lhe dissera ele, compreendera simplesmente que sabia o latim. E foi uma admiração ingênua:

— Que inteligência tem o senhor Fidêncio! Nem o papai sabe o latim!

Varrido já o seu acanhamento, o rapaz sorriu, orgulhoso daquela superioridade que, no espírito da moça, acabava de assumir sobre a inteligência do deputado doutor Florentino de Barros. Ela, no entanto, queixou-se amargamente de uma preguiça que sempre arrastara consigo. Uma coisa só vista! E não era *burra*, compreendia à primeira explicação, mal ouvia uma lição ficava-lhe na memória. Mas uma vontade de não fazer absolutamente nada, de viver a pensar, ou se não de passar dias inteiros na sua rede lendo romances ou o seu Casimiro de Abreu. Ah, ela tinha um sentimento pelo Casimiro de Abreu, aprendera quase todas as poesias de cor. Tão sentido, hein? Esquecia-se de sua preguiça. O papai vivia a ralhar com ela todo santo dia — que era uma indecência, que precisava tomar juízo, uma porção de coisas a que dava muita graça engrossando a voz! Ele atreveu-se, na animação que lhe dava o olhar pousado nele:

— Uma mulher também não precisa saber muita coisa.

— Escola da minha mãe, coitadinha! Quando mamãe era viva, costumava ela dizer que nós, mulheres, só precisamos saber assinar o nosso nome. Que o que devemos conhecer bem é o serviço de uma casa.

Houve um silêncio entre os dois, ela ficou a ouvir a irmã que, ao lado da viúva, ensaiava em surdina uma música nova. Em seguida, de olhar baixo, a brincar com a rosa que lhe floria o seio:

— No entanto, sempre sei alguma coisa. Aprendi o português, o francês e o meu bocadinho de inglês. Falo o francês com o cônego

Fragoso. O senhor Fidêncio não conhece o cônego Fragoso? Ele há de visitá-lo qualquer dia, é muito amigo da Felicianinha.

Coubera agora ao Fidêncio de se quedar admirado. E ele que julgara todas as moças, sem exceção, umas presumidas, unicamente próprias para ornamento de salas! Logo a primeira moça com que conversava em São Paulo esmagava-lhe essa convicção perversa. Um novo silêncio passou, ela a fitar vagamente o retrato do morto, ele a olhar o jardim através das cortinas, aspirando o aroma que entrava avivado na serenidade da tarde. A viúva cochichava com a Candinha, muito interessada na exibição das músicas.

De repente, a Melinha queixou-se de que o pai não estivesse ali para conversarem os dois. Ah, um espírito muito instruído, o pai dela.

– O doutor Florentino de Barros ficou em casa?

– Nada, uma viagem ao Oeste, arranjos políticos. A vida do pai era essa, sempre na lida, de um lado para outro. Mas não devia demorar, questão de dois dias. E numa lembrança:

– O senhor Fidêncio precisa ver a biblioteca de papai. Uma enormidade de obras! Quando for nos pagar esta visita, o senhor Fidêncio há de ver os meus livros, tenho muitos romances, muitos versos. Ainda ontem, recebi de uma amiga um livro de presente. Um livro de Júlio Ribeiro, hei de lhe mostrar. Infelizmente, até agora não tive tempo de ler.

O Fidêncio teve um susto, pensando de golpe em *A carne*, na obra que tanto mal lhe fizera. E ia pedir-lhe que o não lesse, que o atirasse ao fogo, quando a prima se levantou, gritando de longe:

– Bravos, Melinha! Sempre conseguiu desatar a língua ao primo.

A Candinha, erguendo-se do piano, correu à cadeira, onde tinha deixado o leque, precisavam sair, a noite não tardava. A viúva protestou; ao menos pelo café tinham de esperar! Mas na outra vez o café, agora que o velho andava no interior, a casa não podia ficar só com os criados, tinham-se até demorado demais, era o diabo, e acabou declarando-se indisposta, uma dor surda na testa. A viúva quis ir buscar no seu quarto água sedativa. E ela – que não carecia, com o ar de fora passava!

A Melinha, de pé, com o chapelinho de sol debaixo do braço, calçando a luva cor do vestido, reiterava ao moço a recomendação de se não esquecer da sua casa, Santa Cecília. Felicianinha conhecia. Havia de gostar extraordinariamente da biblioteca do pai.

– Mas vocês não vão sozinhas. O Fidêncio vai buscar o chapéu para as acompanhar.

E a Candinha, precipitadamente:

– Escusa o senhor Fidêncio de incomodar-se. Nós temos carro à porta, vamos bem assim.

Foi a primeira a sair. A Melinha parou à porta, abraçada na viúva:

– Fica pois assentado, qualquer dia espero a Felicianinha em casa, com o senhor Fidêncio. Se você esquecer, temos um conflito armado.

A moça, risonha, estalou um beijo na face da amiga, apertou a mão ao Fidêncio, correu a acompanhar a irmã. Pouco depois, na rua, uma portinhola de *coupé* bateu, houve um rodar surdo.

O rapaz colara-se à janela, debruçado, a ouvir no começo o barulho do cascalho pisado por um passo breve, e em seguida, longe, um riso de ouro, que o encantou como um adeus. Viu a prima voltar do portão, até onde acompanhara as amigas, sentiu que ela mandava esperá-la na sala, mas isso numa espécie de sonho, a retina cheia de uma imagem, o peito trespassado de uma ânsia. A sós na sala, invadida de crepúsculo, uma rajada de cólera sublevou-o contra a sua hesitação de havia pouco, ao ouvir da moça que tinha, ainda por ler, o último livro de Júlio Ribeiro. Devia ter-lhe suplicado, com a alma derramada na voz: "Minha senhora, por tudo que há de sagrado debaixo do sol, pela memória de sua mãe, não leia semelhante livro. Ouça através de minha voz a voz de sua mãe, rompendo o túmulo, e a do seu pai, que está ausente!". Ah, confrangia-o agora a certeza de que, se assim tivesse falado, se teria expurgado de muitos pecados! O livro estaria dentro em pouco no fogo, seria devorado pelas chamas purificadoras, e ele calmo!, compenetrando-se unicamente, absolutamente na ventura dourada daqueles dois olhos azuis, que lhe haviam imposto uma sensação nova e inefável para o seu coração.

Agora, dali em diante, era um remorso! Que a Experiência tinha o dever de avisar, de guiar a Pureza: "Ide por aqui! Cuidado com aqueles espinhos!, E ele que ia começar a sua vida! Entrava para a luta com um remorso, e o remorso sangrento de uma alma agarrada na presença dele pelo demônio da Luxúria, epileptizando-se aos poucos, transformando-se a cada passo, da essência de estrela, para uma bolha de lodo, para um bocado de escarro...

Pareceu-lhe de repente que, esfuracando as sombras, cada vez mais densas, do jardim, dois olhos o espiavam... Eram os dela! Mas não os olhos límpidos, de cuja irradiação descera uma aurora estranha ao coração. Olhos diluídos no pecado, pálpebras floridas de violetas, pupilas varadas de agonias!

Nesse momento, calafriou-o uma sensação mordente de carne, o calor de uns seios que quase lhe roçavam o ombro. Voltou-se, devastado de uma ideia extravagante, absurda, que uma mulher, como a Lenita da *Carne*, o vinha puxar para o inferno.

Era a prima que lhe tomava o braço: o jantar estava pronto.

IV

NUM DOS DERRADEIROS DIAS DESSE MÊS DE SETEMBRO, o doutor Florentino de Barros, terminado o almoço, passara de chinelos, vestido do seu brim caseiro, a conversar com as filhas na sala de visitas. Chegara na véspera, noite cerrada, de sua viagem ao Oeste; muito cansado, despojara-se da poeira em um banho e fora para o leito; e logo de manhã saíra a negócios transcendentes de política, que o prenderam por fora até o almoço. Durante a refeição, havia-se inteirado do andamento da casa; felizmente, na semana de ausência, nenhuma novidade, cada coisa em seu lugar e, sobretudo, inalterável a saúde de Melinha e da Candinha.

Quase que não podia agora arredar pé de São Paulo por causa delas. Qualquer coisa que lhe rebatia dentro as mais extravagantes apreensões, um mal-estar sem explicações! Por vezes até ímpetos, desejos de chorar, uma sensibilidade esquisita, enfermiça, anormal. Ah!, se soubessem que ele tinha desses sentimentalismos! Ele de quem se contavam proezas de outros tempos, quando fazendeiro, severo, impassível diante dos suplícios dos escravos, encarando-os a sangue-frio atados aos troncos, carnes laceradas e sangrando dos golpes de bacalhau. Talvez a idade, estava mais velho, os anos nunca deixavam de quebrantar o ânimo, de amolecer o coração. Mas não com os outros, com o vulgo, permanecia sempre o mesmo, feito de uma têmpera rija, olhar pesado, voz autoritária, gesto seco e tribunício! Tornara-se mesmo mais reservado, mais rude, no trato com as pessoas que o respeitavam, que o cortejavam, invejosos de sua posição. Salvando-se uma roda diminutíssima, íntimos a quem se ligara por interesses de toda casta, a maioria dos que o frequentavam viam-no invariavelmente de gelo, raro lhe descobriam os dentes por sob o bigode grisalho. E habituara-se a uma frase: "Este mundo só mesmo a pontapés! Sem isso não vai direito!", O que fazia reinar entre as calúnias dos inimigos do deputado, a crença de ter ele apanhado muito em criança, vítima da brutalidade do pai português de origem, que lhe esmoía as nádegas a pancadas de tamancos... Pura represália, sem dúvida.

Datava aquela brandura de coração desde a morte da Bentinha, desde que vira as filhas órfãs de tanto carinho, como o da pobre adorada. Quanto esforço para lhes aliviar saudades da mãe! E um terror de que a mágoa, roendo profundamente nos corpos franzinos, os fizesse vergar bruscamente para a terra. De forma que foi forçado a amordaçar o seu desespero, a sua agonia, para as acudir, para aproveitar toda ocasião de rasgar nas almas abatidas brechas crescentes através das quais não se demorasse o sol, que é a alegria da vida intensamente gozada. E salvara-as, mercê de Deus, ajudado da natureza, da mocidade de ambas. Mas ficara-lhe no íntimo aquela fraqueza. O diabo era que parecia degenerar em doença! E que degenerasse! Filhas únicas, um mundo de afetividade, a que, de uma imensidade de ilusões, de todos os seus sonhos, se circunscreviam as exigências do seu coração, morto para qualquer outro afeto.

Entrando na sala, o deputado sentou-se em uma poltrona de madeira preta, austera, sem estofo. Toda a mobília caracterizava-se da mesma simplicidade, cheia de um conforto e repassada de um encanto: a um ângulo, o piano coberto de uma colcha de damasco; e pelas paredes, espalhadas com método, numerosas fotografias de família, quadros a óleo, acima dos quais o retrato do doutor Florentino de Barros, vigoroso de execução, fidelíssimo de traços dando uma flagrância feliz, o grande ar sobranceiro, o sorriso de alto, do ilustre chefe político. Abaixo do quadro a óleo, o retrato de Dom Pedro II, tela obscura, de pequenas dimensões. Em um aparador, dois molhos de rosas em jarras de faiança recendiam, com uma sensação doce de frescura.

O deputado permaneceu um instante derreado, no cansaço que sempre o acometia após as refeições, um amolecimento voluptuoso, pés enterrados no tapete alto. As janelas estavam escancaradas, entrava um ar agitado, molhado sadiamente de aromas agrestes; ruídos vagos, chocalhos de campainhas e vozes ásperas ouviam-se ao largo. Involuntariamente, começava a pesar-lhe nas pálpebras uma dormência, quando as moças, sem ruído, vieram de dentro. A Melinha foi a primeira a sentar-se quase aos pés dele, em uma cadeirinha que usava nos seus entretenimentos de leitura:

– Olhem o dorminhoco!

Ele sacudiu-se, arregalando os olhos. Não, não tinha sono! Estava mole, moído da viagem. E depois, ao almoço, excedera-se um bocadinho, bebera quase uma garrafa do ótimo Bordeaux. E tirando da carteira um charuto, dos que pouca gente em São Paulo fumava tão bons como ele:

– Vou espalhar a preguiça.

A Cândida acomodara-se no sofá, cotovelo fincado na almofada, com o seu ar todo pudico, penetrado em uma gravidade que nada desmanchava. Depois de um olhar caricioso ao pai, baixou as pálpebras sobre um trabalho de crochê, um peitilho de camisa de dormir em que havia dias trabalhava com afinco. O pai olhou-a enlevado:

– Sempre na lida!

Ela embeiçou, tediosamente. Se não fosse o trabalhinho, as horas que levava a costurar, a fazer os bordados ou o seu crochê, que havia de ser dela? Não sabia, teria remorsos de vadiar como a mana, todo o santo dia sentada com o livro ao colo, quando não estava à janela a namorar. Mas a outra, indignada, saltou da cadeirinha:

– Vadiar! Veja o meu querido pai. Chama-se vadiar a instruir-se. Ela, como nunca passa das habilidades de agulha, faz pouco caso das moças que leem, que estudam. É verdade, passo todo o santo dia sentada a ler! Mas, graças a Deus, não faço má figura em qualquer roda. E diz ela que eu levo a vida a vadiar!

A indignação perturbava-lhe a tranquilidade costumeira do olhar azul, veio-lhe uma irrequietação, começou a andar roçando nos móveis, foi até a janela, voltou em uma exasperação crescente. Sim, aquela birra da mana já era de dias! Desde a visita ao primo de dona Feliciana, depois do passeio ao Ipiranga, que ela ficara assim. Tudo o que Melinha fazia era malfeito, ruim, péssimo, contra as regras. E queria o pai saber o motivo de toda essa quizília? Oh, ela não tinha papas na língua; nunca se pusera de reservas. Deus a livrasse de cair um dia na hipocrisia da mana, aquele ar de santinha, encobrindo ruindades, disfarçando pecados. Ah, a mana que a não puxasse pela língua...

Candinha, até ali sossegada, esquecida no seu trabalho, picou de raiva o dedo com a agulha, o sangue borbulhou, ao mesmo tempo que ela se erguia de assalto:

— Eu puxo, Melinha. Pode dizer tudo ao pai.

A outra, porém, a um olhar paterno, pesado de censuras, quedou-se em uma mágoa, espantada do que acabava de avançar. Fora muito longe, arrastada pelo seu gênio assanhadiço. Nunca devia ter dito aquilo. Viu-a cair prostrada ao canto do sofá, retomar o crochê, cabisbaixa, com um beicinho de choro. A mana não tivera intenção de a ofender; dissera que ela vadiava, como podia dizer outra coisa, na sua despreocupação de sempre. Mais uma culpa no rol dos seus pecados! Porque ela tinha a obrigação de a não maltratar, de lhe justificar até os azedumes e as impertinências, como a uma irmã mais velha, e irmã única. E foi um arrependimento de repente, que a arremessou sobre a cadeirinha, a tatear os joelhos venerandos do pai em uma ânsia de reconciliação.

Mas o doutor Florentino de Barros coçava a barba, indiferente às carícias, em uma visagem de desapontamento. E a sua voz trovejou:

— Não sei por que estou aqui a assistir estas cenas edificantes. É melhor sair, ir atrás dos meus amigos, que me hão de respeitar mais do que as minhas filhas. Nem bem chego de uma viagem, estas brigas, mais próprias de mulheres da rua do que...

Um soluço da Melinha suspendeu-o:

— Basta de comparações, papai! O papai me conhece, sabe como eu sou. Um ímpeto, já não tenho nada. Quer que peça perdão à mana? Peço, não guardo rancor contra ninguém.

O pai enterneceu-se, cedeu ao seu temperamento trespassado de uma paternidade de velho, a voz inquisitorialmente engrossada caiu-lhe em uma entonação branda, cheia de meiguices:

– Não carece pedir, Melinha. A Candinha já perdoou, acabou-se.

A moça, ainda ressentida, balbuciou que sim, que nada tinha a perdoar. E o pai, para a consolar, em uma lembrança feliz:

– Então o coração, filha? Nada de novo? Anda, fala-me dele.

Ela, largando o crochê, com um meio sorriso de lisonjeada:

– Na mesma.

O deputado revoltou-se ante aquela indiferença. Na mesma! Ah, verdadeiramente a Candinha não parecia ser moça deste tempo. E demais ele estava ao corrente de tudo, já lhe não era mistério nenhum pormenor do caso, e, se ela quisesse, destrinçava a origem dele, tim-tim por tim-tim. Ele, apesar de velho, entendia ainda do riscado.

A moça pôs-se atrapalhada, baixou a face queimada de púrpuras:

– O "papai" sempre tinha coisas!

– Quais coisas, nem nada. Certeza, Candinha. Ele te quer e, se até agora não me pediu a tua mão, é porque da tua banda não tem havido uma certa animação.

Ela, toda acesa de rubor, em um constrangimento, suplicou ao pai que a não aborrecesse mais falando daquilo. E cruzou os braços ao peito, feições trancadas na sua seriedade habitual, o olhar verde parado como um lago de água imóveis, muito acima do sopro das paixões. Lembrava de golpe uma deusa caída no mundo, mas de coração inalterável, compenetrado de realezas apagadas, sobranceando aos golpes de uma humanidade viciada.

Diante da compostura da irmã, a Melinha sentiu-se de novo sublevada. Não, decididamente não lhe serviam aquelas hipocrisias! Para ela, nada como a franqueza, a coisa dita sem rebuços, sem pigarro ou dissimulação. Muito feio, semelhante disfarce! Se além dela muita gente já andava no conhecimento daquele namoro! Toda a cidade falava que a mana gostava do doutor Enéas Cavalcânti, ilustre moço que aparecia da última fornada de bacharéis e a quem pelo prestígio da família se destinava uma posição invejável. Toda a cidade sabia as loucuras que o rapaz fazia pela mana, menos ela. Aquilo era que não podia admitir; mas calou-se, receosa de provocar outra vez a zanga da outra, certa de que as suas palavras só acarretariam como resultado uma indisposição ao velho, que as estimava por igual. A Candinha não tomava mesmo emenda! E, ao passo que amolecia, ao lado do pai, sentindo o contato dos dedos cariciosos dele entre o cabelo farto, um pensamento de justo orgulho entrou a enchê-la. Ao menos, era sincera; acoimassem-na de feia, xingassem-na de epítetos inconfessáveis, assacassem-lhe culpas aos milhares, mas uma virtude ninguém lhe podia negar, essa da sinceridade, franqueza leal até a brutalidade. A mana, por vezes, atirava-lhe nomes, principalmente os de namoradeira e tagarela. Ah!, como ela se achava superior, melhor do que todas as que dela murmuravam malquerenças, simplesmente na posse da única virtude que reconhecia em si. Veio-lhe de repente o desespero de uma inquirição inútil ao seu foro íntimo, vazio de segredos, que àquela hora lhe seriam propícios e melífluos a contar, a repisar no mais comezinho detalhe, no mais breve enxerto dos rotos romantismos.

O deputado, a custo, recolheu um gesto de desgosto à impassibilidade forçada da Candinha. Apesar de seu amor pela filha, apesar de todas as suas necessidades de afeto, não lhe agradava que um partido tão vantajoso fosse acolhido por esse modo. O doutor Enéas Cavalcânti realizava na sua individualidade simpática toda uma segurança de futuro esplendente: família conhecida, fortuna assente, e um nome consagrado, rompendo da Academia como um triunfo real. Não levaria muito tempo e estava uma influência! Calou-se no entanto, convicto de que a filha havia de mudar, de que não tardaria uma oportunidade de a atacar de frente e com êxito. Era questão de maré! Chupou deliciosamente o charuto, sorrindo interiormente, na isenção de todas as suas preocupações. E, dali a nada, voltava-se para a Melinha:

– O cônego Fragoso tem aparecido por aqui?

– Desde que papai saiu, não veio. Eu mais a Candinha vimo-lo em um passeio que fizemos ao Ipiranga. Vinha da rua da Glória, de confessar uma moribunda.

– Ele!...

E o deputado esboçou uma careta. Se lhe não fosse atestado pela Melinha, estava a descrer de tal confissão.

– Ora essa, papai!

E a outra, do seu lado, escandalizada também:

– O pai está caçoando! O cônego Fragoso gosta muito de brincar, chega mesmo a sair fora do sério, mas em coisas de religião acho-o um bom padre.

A Melinha ajuntou, cheia de calor:

– E um padre sábio! É estar o cônego Fragoso em uma sala, ninguém fala sem a sua licença. Papai já reparou quando ele discute? Uns olhos tão claros, como de criança, a gente parece que está vendo a Verdade. E quando ele levanta a mão, aquela mão branquinha que nem cera e com um cheiro agradável de sabonete!

O doutor Florentino sorriu através de uma fumarada perfumada de charuto. Um felizardo, aquele cônego Fragoso! Não encontrara até ali uma moça, das muitas que conhecia, que a respeito dele soprassem calúnias, nem suspeições maldosas. Todas acordes em um entusiástico louvor ao senhor cônego – uma virtude viva, uma enciclopédia ambulante! Todavia, os diabos o levassem se o cônego Fragoso não era um devasso de chapa, com a sua cara aberta, a bochecha gordinha de candura, como a de um bebê, e a mão branca que tanto abalava a Melinha, quando se erguia em um gesto, rebentando calmarias e arremessando incêndios de amor evangélico dentro dos corações... Tinha uma arte suprema em ocultar as suas patifarias! De forma que era muito difícil apanhá-lo em uma queda espiritual, em um flagrante delituoso, que o fizesse imediatamente rodado da confiança das saias. O demônio salvava as aparência. No entanto, no Brás, falava-se de uma rapariga italiana a quem sua reverendíssima enriquecera com um repolhudo *bambino* e que ela descaradamente passeava pelo bairro como um produto genuíno de um dos conspícuos membros do clero paulistano.

Um silêncio correu; lá fora tudo parecia mergulhado no mormaço, o ar entrava quieto, sem o mínimo rumor das árvores do largo. Candinha continuava a mover a agulha, o doutor Florentino a pensar, com olhares de extremado carinho às filhas, esquecido completamente dos seus negócios. De repente, uma campainha guizalhou, e uma vaca veio enquadrar-se à janela aberta, um animal de raça, vermelha e anafada com um bezerro agarrado ao úbere exausto, caído, flácido. Melinha, sem saber por que, em uma nostalgia involuntária, começou a falar da fazenda de onde viera criança para São Paulo, bons tempos que ela corria pelos campos, o vestido aos joelhos, radiosa de saúde, sem o terror que agora lhe infundia o sol. Que beleza, a fazenda! Logo de manhã o copo de leite, ela mesma ia ao curral, aprendera até a ordenhar, era um gostinho a gente espremer as tetas à vaca, sempre parada, muito amiguinha dela... Lembrava-se de uma, da Ruça, com umas malhas cor de café na barriga, o melhor leite da fazenda. Assim que ela se aproximava, a Ruça entrava logo a rabear, como se lhe estivesse dando o bom-dia, escarrapachava as pernas traseiras; e ela então, com a sua caneca, chegava-se muito sossegada, a escorropichar no úbere enorme. Ai, que saudades! E os pretos que tanto a estimavam, e à irmã. Naquele tempo, coitados!, ainda eram escravos, pobre raça batida do rebenque dos feitores, obrigados ao eito, morrendo do sol e da fadiga nos cafezais, quando não sobrevinham as algemas, a prisão, o tronco, uma porção de maldades. Mas apesar desses horrores, ela tinha saudades. E, numa voz sacolejante de cuidados, interrogou o pai acerca duma preta, a Inácia, velhinha mamã que a amamentara e que nunca mais vira desde a sua vinda para a capital. Ah, ela amara muito a Inácia, com a sua carapinha feita algodão em rama, com os cantos dos olhos remelosos, mas limpa de resto, no vestido de chita, no corpinho sarapintado de riscas vermelhas, rasgado ao peito a mostrar uma imensidade de bentinhos, dentes de bichos, pedaços de chifres, farrapos de baeta e uma cruz de cobre! Coitada, talvez já tivesse morrido no meio da rua, atropelada pelos cães, assoviada pelas crianças vadias...

    O deputado declarou que nada sabia a esse respeito; com certeza, morrera. E levantou-se cansado dessas reminiscências de fazenda, que ele costumava chamar as criancices de Melinha. Saiu à janela, arrojou a ponta do charuto, voltando ao meio da sala a espreguiçar-se, enfartado de conversas. Disse que ia ao seu trabalho, precisava escrever duas cartas. A Candinha ergueu os olhos do crochê:

– Já! Hoje é dia feriado.

– O feriado já passou. Vou trabalhar um pouco.

Dera alguns passos para o seu gabinete, logo ao lado, mas estacou bruscamente:

– E não é que ia esquecendo? Você falou numa visita ao primo de dona Feliciana. Então, que tal o rapaz?

Voltou a sentar-se na poltrona, interessado. A Melinha, ansiosa de responder, fitou a irmã que ergueu a face sisuda, agora arrepanhada num amuo; e nenhuma palavra lhe saiu da boca. O deputado estranhou:

– Vamos, Melinha; não esteja aí com cerimônias. Diz o que pensas do rapaz. Ainda tem uma carinha amarela, espremida, enjoativa?

A moça, chocada, numa sensação penosa:

– Não reparei, papai. Eu, pelo que me toca, fiquei gostando do senhor Fidêncio.

O doutor Florentino voltou-se para a filha mais velha:

– E você, Candinha? Fala com franqueza. Sabes que eu me interesso pelo tal rapaz.

A Candinha sacudiu a cabeça, relampejou-lhe a pupila, a voz vibrou-lhe de um rancor íntimo:

– Eu, por mim, achei o tal primo da Felicianinha um urso. Imagine o papai uma cara amarela, como de doente. Não sabe estar numa sala, parecia que não estava em si, bulia com uma perna, beliscava na outra, quando não ficava pasmado a olhar para o chão. Digo ao meu pai: ele é um ignorante, não diz uma coisa com jeito. E depois tem as pontas dos dedos da mão direita imundas! Umas manchas vermelhas, enormes, fedendo a sarro de cachimbo!

A Melinha quis conter-se à bílis transbordada da irmã; uma ânsia, porém, a tomou, não pôde. Concentrou-se toda num esforço, a procurar convencer o pai, destruir-lhe no espírito qualquer animosidade extemporânea, maldosamente promovida pelo ódio inexplicável da Candinha. Acreditasse o seu querido pai que a mana falava cheia de paixão. O primo de Felicianinha não era absolutamente o que a outra pintava. Pelo contrário, muito bem parecido, faltando-lhe apenas um certo trato de capital, o que se desculpava facilmente. Pois se ele acabava de chegar da roça! A mana queria então que ele viesse como um daqueles estudantes que por ali passavam às tardes, descarados, insolentes! Grandíssima injustiça! E demais a Candinha não tinha trocado palavra com ele. Um moço ilustrado! Sabia uma porção de coisas, e com especialidade o latim. O velho sorriu:

– Diabo, você o defende com tanto entusiasmo! Enfim, havemos de ver o que é o bicho.

A moça magoou-se:

– O bicho! Que palavrão feio! Papai deixa-se levar muito pelas injustiças da Candinha.

A outra contentou-se em erguer secamente os ombros em resposta. Nisto, ouviram-se passadas no corredor; em seguida umas palmadas discretas, de intimidade. O deputado sacudiu-se da poltrona:

– Quem será a estas horas? Vá abrir você, Melinha. Em todo caso, é uma espiga. Eu que pretendia trabalhar!

A moça correu à porta, abriu-a de repelão, na pressa de estrangular uma palpitaçãozinha singular que lhe acudira ao rumor. E teve logo um ímpeto jubiloso:

– Feliciana, é você? Papai, é o senhor Fidêncio, o primo de nossa amiga! Entre, senhor Fidêncio, me dê o seu chapéu, sem cerimônia.

A primeira a entrar foi a viúva, que passou, toda corada, satisfeita, dos braços da Melinha para os da irmã, que voltava precipitadamente de esconder o crochê, desmanchando umas pregas do vestido caseiro. E estendeu pressurosamente a mão enluvada ao ilustre deputado:

– Soube que o meu nobre amigo andou de viagem. Vejo que chegou bem, sem novidade.

– Graças ao Céu, minha senhora!

E ficou todo desvanecido, bamboleando uma perna, enchendo-se de a fitar, naquela beleza de mulher feita, viçosa de mocidade, com umas formas que eram um feitiço. A viúva estava vestida de seda, um vestido cinzento, e sentiam-se-lhe os seios a arfar de canseira, sob o corpinho. Não sabia por que, mas aquela mulher dava-lhe uma sensação esquisita, uma onda embriagadora que o arrasava. Tremia sempre como um calouro debaixo do olhar dela, um olhar que o mordia na espinha em pruridos ásperos. Mas ela chamou logo a atenção do deputado:

— O meu primo Fidêncio. Ele já me tem por muitas vezes ouvido falar no doutor Florentino. Queria extremamente conhecer o meu nobre amigo.

— Agradecido, dona Feliciana. Agradeço-lhe também, senhor Fidêncio.

O rapaz, que se encolhera atrás da prima, metido no seu fato novo, viu-se imediatamente com a mão gelada dentro da do deputado, quase abraçado, conduzido a sentar-se ao lado de sua excelência. Intimamente, roncava-lhe a invariável sanha contra a prima. Depois do almoço, arrancara-o às suas comodidades, à sua sala e aos seus livros, que queria dar um giro em companhia dele. Ele, que havia de fazer? Baixara a cabeça, na passividade com que obtemperava a todos os caprichos da viúva. E ali estava obrigado a aturar banalidades estiradas, a matar o tempo numas tantas coisas estúpidas, que decididamente lhe quadravam ao temperamento. Logo na entrada o retrato de dom Pedro II assanhou-lhe os nervos; reprimiu um movimento de desgosto. E levantou de repente no espírito uma negra prevenção contra o deputado liberal. Este, por seu turno, examinava-o risonhamente, amontoando na mente superior esboços rápidos, que ao cabo constituíram um retrato muito parecido com o que lhe fora feito pela Candinha. Ele fora sempre homem da primeira vista; o que firmava numa análise de rama, perfunctória, ficava-lhe invariavelmente lei. Ah, para isso, tinha um olho educado, infalível! Debalde pesquisava naquela face macerada, como vira antigamente no menino chorão colado às saias da beata, um simples traço espiritualizado; veio-lhe a impressão de uma tela colorida da humildade, onde as tintas se houvessem esparramado em pastel; escalpelava somente ali a contrafação do indivíduo inferior, acostumado à obscuridade, corrido da roda dos fortes, dos vitoriosos. Que bom pedaço de escrivão! Certamente, dali a dias, arrumava-o numa secretária a rabiscar ofícios, a dobrar mais a verticalidade da espinha. E no fim rompeu-lhe o asco que lhe incutiam sempre os animais inofensivos, aqueles que diante de sua capacidade e sobretudo do seu busto de touro fatalmente se curvavam torturados de impotência, gemendo na imposição de uma dependência. Custou-lhe dissimular a ponta de uma ironia:

– Contou-me a Melinha que o senhor Fidêncio tem já uma bagagem de conhecimento.

O rapaz aventurou-se a olhar o deputado e animando-se depois dos olhos que o espiavam de perto:

– Sei pouca coisa, doutor. Foram bondades da senhora sua filha.

A viúva, que se sentara no meio do sofá entre as duas moças, não pôde deixar de intervir:

– Isto é demais, doutor Florentino. É preciso ajudar-me a civilizar este meu primo, sempre a proclamar que quase nada sabe! No entanto, ninguém o tira dos seus livros.

O Fidêncio embatucou; e em seguida, à medida que bebia no olhar caridoso da Melinha um alento e um aplauso, desatou-se algum tanto. De fato, dizendo que quase nada sabia, não estava longe da verdade. Quem se podia gabar de uma erudição vasta naqueles tempos? A ciência tinha caminhado tanto nos últimos dois séculos! Tudo estava subdividido em especialidades, tamanha a irradiação operada no saber humano; completamente impossível um conhecimento enciclopédico para qualquer mentalidade. Circunscrevendo, pois, a sua atividade intelectual dentro da filologia, que sabia ele? A filologia representava tão pouco no meio do mundo científico! Calou-se, assustado quase daquela reação que, contra a sua frouxidão, lhe transcorria no olhar da moça, e que por momentos toda a sua fisionomia radiou de uma inteligência forte e a sua pupila teve relâmpagos, que deixaram o deputado perplexo, quase renegando pela primeira vez um juízo de relance.

A Candinha mal disfarçou um gesto de aborrecimento. Decididamente, não simpatizava com o primo da Felicianinha! Magricela espigado que nem uma tripa e para ali com uma atitude de mosca, como pedindo por misericórdia que ninguém o apoquentasse. E quando o estimulavam a falar, então uma agitação, parecia que tudo nele se desengonçava, braços e pernas, e uma voz rachada! Nem que fosse de uma flauta, aos guinchos. Voltou-se todo para a amiga; mas esta, satisfeita da tirada do Fidêncio, não quis perder a ocasião de o exaltar no espírito do doutor Florentino, certo de que ele ainda estava a roer travas de decepção. As aparências recomendavam tão pouco o seu primo! E contou sem demora a visita do cônego Fragoso, pela manhã, depois da missinha da Sé. Sua Reverendíssima trancou-se na sala do Fidêncio uma hora inteirinha, a conversarem de línguas, ciências, assuntos de peso. O cônego, quando saiu, estava embasbacado; disse-lhe a ela que o seu primo era um assombro, uma precocidade de erudição filosófica. E rematou, citando, toda radiosa, uma frase do cônego:

– Chegamos até a falar latim, excelentíssima senhora! Parecia que os domínios da moderna civilização nos desapareciam e que regressávamos aos tempos de ouro da *urbs*, a confabular com os Virgílios, os Horácios e os Ovídios!

Houve um silêncio de sensação; a Melinha olhou a cabeleira do rapaz, que se lhe figurou resplandecente de auréolas; e a Candinha, enojada, quebrava a sua linha de rapariga educada com um movimento de ombros, empolgando logo a atenção da viúva numa série de perguntas sobre bailes e diversões. Havia muito que se não realizava em São Paulo uma *soirée* de gente limpa. Uns clubes recreativos nos bairros da gentalha! A viúva concordou e de repente esboçou um projeto de baile em sua casa. Infelizmente, a casa não servia, que maçada! A sala de visitas era pequena, a de jantar nas mesmas condições. E, dali a nada, discutiam o último baile em que se tinham encontrado, criticando *toilettes*, embarafustando-se despejadamente numa perquirição aos podres das conhecidas.

O deputado sorrira com superioridade ao dito de Sua Reverendíssima. Aquele cônego Fragoso! E lançou à conta de uma simpatia pela viúva o hiperbólico conceito. No entanto, a sua voz adoçava-se:

– Que tal tem achado a capital, senhor Fidêncio? Isto aqui é melhor do que a roça, ah?

O rapaz, novamente acanhado, murmurou um muito melhor vago. Então o deputado, aproveitando a ocasião, alargou-se a demonstrar a superioridade do meio paulistano, horizontes vastos, constantemente abertos para o encarreirar de todas as aptidões, para todos os voos da inteligência humana. E o seu gesto ampliava-se com violência:

– Lá, na roça, não há coisa que preste; é um horror. Vem-me até vontade de cuspir.

E, de fato, o prestigioso representante do Oeste, chegando com o pé a escarradeira, salivou ruidosamente. O Fidêncio, muito tímido, ia argumentar com a falta de recursos, inópia de materiais de civilização... Mas o outro atalhou com raiva:

– Porcaria, diga, seu Fidêncio. Ninguém se civiliza no interior. Andam todos como veem andar; sem jeito, chapados matutos. Tudo gentinha!

O rapaz, amedrontado, quebrada a energia para contestar, concordou. Tudo gentinha! E Sua Excelência, puxando a charuteira, com os olhos pegados da viúva, ofereceu magnanimamente:

– Um charuto, seu Fidêncio!

Depois de fitar a prima, que lhe sorriu, ele aceitou o genuíno "bahia"; e foi uma dificuldade para acender, as mãos tremiam-lhe desastradamente. Começava de novo a sentir-se mal. Involuntariamente, desagradavam-lhe os modos do deputado liberal, aqueles gestos desabridos e sobretudo a voz grossa, que ficava no ouvido como um atrito longo. Uma antipatia violenta, como a que costumava experimentar sempre que via adiante de si criaturas abarrotadas de músculos, empapadas de tecidos espessos, a que sua natureza não podia reagir em vigor, levava-o de impulso. De repente, um desejo de se pôr fora daquela casa, na sua liberdade intelectual, no sossego estudioso do seu gabinete...

Logo, porém, um olhar de Melinha animou-o, resignou-se ao seu estado passivo e reverente, ouvindo o deputado que agora indagava das suas ideias que ele professava em política. Sabia, por intermédio da dona Feliciana, que se batera muito no interior, escrevendo artigos, sustentando até um jornal. Com certeza, pertencia às fileiras dele, deputado, era liberal. Nem podia deixar de ser, um moço como ele, preparado, com tantas esperanças de futuro, só se acreditava liberal! Estava quase certo que votava um justo desprezo ao tal partido republicano.

O doutor Florentino falara de arranco, sem dar tempo a uma réplica, mascando um charuto, sem olhar para o rapaz, que todo se encolhia numa covardia de responder. Depois, ao cabo de um silêncio curto, ia gaguejar, protestando em favor do avançamento de sua crença política, quando sua voz de deputado trovejou novamente:

– Nem podia ser de outro modo. Pois o senhor Fidêncio havia de seguir o bando desses malucos que iam por aí pregando a República? Malucos e estúpidos! Todos sem exceção. Para mal dos nossos pecados, faltava ainda esta história de democracia: governo do povo pelo povo, e não sei mais o quê. Baboseiras! Acredite o senhor Fidêncio que me daria sincera mágoa se eu o ouvisse declarar-se republicano. Mais do que mágoa! Não lhe apertaria mais a mão. Não, nunca mais a minha mão apertaria a sua!

Estava soberbo de indignação contra o regime bafejado de uma forte propaganda. O Fidêncio refolhou-se inteiramente no silêncio, o charuto esquecido entre os lábios trêmulos, sem ânimo até de fitar aquela que, de dias para ali, lhe trazia o coração levantado num anseio estranho de coisas ignotas. Entre as moças e a viúva a conversação cortou-se, um silenciar respeitoso em que a voz do doutor Florentino vibrava ainda mais. E foi ele que indagou em seguida, já sossegado, bamboleando as pernas:

– Me disse a senhora dona Feliciana que o senhor Fidêncio sustentou um jornal na roça. Como se intitulava? Eu devia conhecer, com certeza conhecia. Sempre andei a par do movimento da imprensa.

O outro esmoeu monossílabos, atarantando. Um jornal! Sim, tivera um jornal, mas coisa pequena, que não merecia menção, nem se lembrava do título. E monossilabando sempre, queixou-se de uma falha quase absoluta de memória. Uma faculdade por pouco negativa nele...

Mentia, via-se forçado pela natureza amolecida na subserviência às organizações rijas e autoritárias, a contrariar a verdade, a anular-se numa faculdade que nunca deixara de sentir intensa, predominantemente entre as outras. Ele que, em pequeno decorara o teatro clássico e, taludo, nas aulas de latim, aprendera de cor a maioria das odes de Horácio, esquecia agora o título de uma folha, lançada com evangélico entusiasmo, feita com toda a vibração dos seus ideais de moço, e moço do tempo, fundamente revoltado contra as velharias herdadas do passado... Teve um momentâneo nojo de si próprio, esteve um instante a maldizer-se intimamente, a achar-se fraco, mole como uma mulher, pusilânime e miserável como o escravo ao chicote e ao "sim, senhor"... Mas como proceder contrariamente? De um lado, a prima nunca o consentiria mais em sua companhia fora de casa, desde que a uma amizade dela se fizesse renitente e desaforado. De outro, e com mais veemência, com uma energia invencível, a filha do deputado, tão meiga no trato, com um olhar tão doce, em que ele principiava a ler qualquer coisa fora do interesse vulgar que se tem por conhecimento de pouco tempo.

Permaneceu, pois, mudo, nulo, embora lhe rugisse dentro do coração torcido de angústia. Continuasse o abrutalhado político, o fazendeiro de outrora, a descompor a obra de uma propaganda que havia de ser, mais dia menos dia, vitoriosa em toda a linha! Não só podia, mas devia reagir. Era força deixar que o enxurro das invectivas contra a República se escoasse impunemente. Mas o deputado poucas palavras mais lançou, no sentido do combate inglório, irreplicado. Ia-se sentindo enlanguescido numa preguiça doce, transcorrida no seu organismo pela contemplação minuciosa, levada com devoção, de todos os encantos físicos da viúva. Esta agora falava de costuras com as moças, sempre correta, brincando distraidamente com um broche lindamente cravejado posto acima dos seios, que uma palpitação parecia encher, de eretos e rebeldes às pregas da seda. Um pancadão, o diabo da mulher! Uma onda de sangue remoçava-o, batendo-lhe vivamente nas carótidas, foi-se aos poucos avermelhando. A viúva notou:

– O doutor Florentino veio mais forte da viagem; pelo menos mais corado.

Ele sorriu:

– Calor, minha senhora! Veja a dona Feliciana o mormaço. A gente, nem acaba de almoçar, fica-se num forno. Um calor horrível! A mim até dá cócegas, comichões nas pernas, nos braços, no peito...

Na face angélica da Candinha uma careta esboçou-se, a outra não pôde conter-se:

– Papai!

Ele exasperou-se procurando chalacear. Que tinha falar de comichões? Se as sentia, se tanto Candinha como a Melinha sentiam comichões, cócegas ou coisa que melhor haja! Demais, o termo era português, apelava para a filologia do seu jovem amigo Fidêncio. Este murmurou um "muito português" ao passo que, no íntimo, se aprazia em classificá-lo entre os palavrões dos carroceiros, jogados como esterqueiras nas ruas escusas.

Dona Feliciana tinha um meio sorriso, quando o seu desejo era mudar rapidamente de assunto, a fim de que naquela atmosfera de intimidade logo se dissipasse o mau efeito da terminologia habitual do deputado liberal. Sempre lhe haviam desagradado os modos dele; e se não fossem as filhas, moças bem educadas, disciplinadas por índole no gosto, nas maneiras, teria havia muito deixado de frequentar a casa. Ah, que nada a vexava, a feria tanto como um dito mal soante, uma frase atirada sem escrúpulo, um palavra de rua, deslocada numa sala, por menos decente... Deixou correr algum tempo, e depois com discrição soprou uma necessidade de se retirar, que já estava longa a visita.

Candinha revoltou-se, o doutor Florentino clamou:

– Visitas de médico, em minha casa, não admito. E da senhora, dona Feliciana! Ora essa. Ô, Candinha, vá buscar um cálice de licor para a nossa amiga. Eu e o senhor Fidêncio bebemos uma garrafa de cerveja.

A viúva, que se soerguera, foi obrigada a sentar-se, a servir-se de um cálice de Chartreuse; e a conversação continuou, agora sobre os projetos de agradáveis noitadas que ela acariciava havia muito para a sua casa da Liberdade. O deputado, que acabava de oferecer um copo de Mainz, cerveja de sua predileção pelo sabor adocicado, ao moço, era todo pelas noites de boa prosa e música clássica na residência da sua ilustre amiga:

– Principalmente se a senhora dona Feliciana tocar. Ah, Melinha, não tenho falado a você do muito que gosto de ouvir tocar a senhora dona Feliciana?

– Tem. É verdade, Feliciana, papai não se cansa de falar.

A viúva teve um jeito de modéstia; e ficou mais encantadora, os beiços estirados em pouco caso, o olhar posto na moça, que por seu taciturno não desfitava o Fidêncio. Este bebia vagarosamente a cerveja, achando-lhe um gosto esquisito, com um desejo vago de vômito, uma ânsia que lhe metia o estômago num embrulho. Quedava-se amolecido, face descaracterizada, pálpebras trêmulas, através das quais a pupila batia indecisa.

Súbito, Melinha acudiu:

– O senhor Fidêncio precisa conhecer a biblioteca de papai.

O doutor Florentino sorriu com orgulho, ergueu-se pesadamente – que ficava ali ao lado, se a senhora dona Feliciana quisesse ir também era um imenso prazer. Ela declarou-se profana, mas desejosa de conhecer a biblioteca de que ouvia sempre dizer com entusiasmo.

– Qual, minha senhora, uma pequena livraria, vai ver. Seu Fidêncio, venha comigo.

Deixaram as moças passar, os dois seguiram atrás, em uma gravidade, como se fossem penetrar em um templo. Uma sala extensa, onde a luz fluía demasiadamente, da janela aberta, pondo nas lombadas dos tomos variegados um brilho seco, de couros ressequidos. Os livros às paredes, mas sem método, num caos, com um cheiro a mofo e a pó. Uma impressão pesada: e esta enraizava-se mais diante de uma secretária, com algumas obras arremessadas ao acaso, o verniz embaçado e uma tênue poeira na aguazinha de bronze que servia de tinteiro.

O olhar da viúva passeava, em uma admiração religiosa, livro a livro, através das prateleiras; eram exclamações, que faziam o deputado exultar: "Muito lindo! Tudo muito arranjado! um brinco!". Fidêncio imperceptivelmente franzia a testa, procurando disfarçar um gesto de nojo. Bem lhe estava parecendo havia pouco, pela conversação grosseira, sem rebuscamento de palavra, indicador de gosto, que o doutor Florentino de Barros não passava de

uma cabeça vazia, soprada apenas de uma insuportável presunção. Caía-lhe o espírito desoladamente, nem que estivesse ante obras de arte, repositórios de ciência, sepultados no exílio, mercê da profanação ou esquecidos na indiferença odienta dos bárbaros...
O homem da política olhou-o:

– Que tal, hã, seu Fidêncio?

Ele soltou um "magnífico" esmaecido; e a ansiedade veio-lhe mais violenta, de se pôr longe daquela casa. Ah, se não fora a moça, que lhe seguia o olhar, sôfrego da sua curiosidade, palpitando num desejo de ouvi-lo, tinha certeza que debalde buscaria sopear o ímpeto de sair, e para sempre, do sítio em que se achava. Era por ela, somente por ela, o sacrifício. E foi assim que pouco a pouco se foi esquecendo dos livros, disseminados para ali como objetos assimétricos de *bric-à-brac*, entregue de repente a uma sensação maior, decisivamente empolgante, vindo da clara pupila azul num quase cântico de aleluias... Ela aproximou-se logo que pôde:

– Ainda não li o livro de que lhe falei, senhor Fidêncio. Está aqui, entre as obras de papai. Tenho muito que fazer, é uma maçada.

Remexia na secretária, tomou a brochura de sob umas encadernações carcomidas, produções do classicismo que o deputado costumava mostrar aos amigos sem ler. O coração do rapaz teve um baque:

– E vai ler o livro?

Agarrou-o com uma fúria irresistível, como se o quisesse afogar sob as unhas. Maquinalmente, abriu-o, e foi um calafrio, deparando por um acaso diabólico com a página em que começava a descrição da loucura torpíssima de Lenita, a mulher feita cadela, empurrada de uma grande rajada de cio. Ficou-se trêmulo, fitou a moça com um imenso acanhamento piedoso.

– Que tem, senhor Fidêncio, que tem?

A voz dela vibrava ansiosamente; e aos seus protestos de que nada tinha, um ligeiríssimo incômodo de cabeça, certamente devido ao charuto, entrou a queixar-se da sua vida de contínuo ocupada em coisas fúteis, com poucas horas entretidas a ler ou a fazer um benefício espiritual. Falou das visitas cacetes, unicamente para criticar de bailes e vestidos, para bulir nos podres de um, no sossego de outro, uma indecência. Ai, que ojeriza quando por vezes tinha um trabalho sério, uma ocupação útil com que passar algumas horas... Estava ali, por exemplo, aquele livro, que ainda não tinha podido ler. Ia uma sincera tristeza na entonação, no tom de ouro da voz. E com uma sinceridade maior, levada de um impulso desconhecido:

– Ai, se todas as visitas fossem como a sua, senhor Fidêncio... Em sua companhia, a gente aprende, não se perde um momento. O senhor pode não acreditar, mas é certo, lhe digo de coração.

Estava comovida. O rapaz largou o livro, esquecia a porcaria que, ao seu critério, se condensava no volume, para só se dar inteiramente a um júbilo estranho que lhe banhava a alma como num clarão de alvorada. E permaneceu mudo, um silêncio em que havia os primeiros frêmitos do crente amoroso; olhava-a, porém, olhou-a minutos seguidos, garantido num ângulo do gabinete, na coragem incrível que lhe vinha do esquecimento momentâneo em que o deixavam. Ia falar, transbordar-se numa manifestação incoercível, quando a viúva se voltou:

– Então, primo, que tal? Você com certeza desejaria possuir uma livraria assim. E que sossego, hein? O doutor Barros deve estar muito bem aqui para os seus trabalhos.

Ele protestou, que não, os demônios das filhas o vinham perturbar de contínuo. Também para o que fazia!... Não era homem de literaturas; a bonita frase, na sua opinião, não valia migalha; o que queria era a clareza, a linguagem simples, para todo o mundo; e para isso não carecia de grande sossego. E concluiu:

– Os bocados bem escritos são para o seu Fidêncio, para os moços.

O rapaz gaguejou, atabalhoadamente, que o doutor Florentino ainda era moço; e a viúva, para cortar o embaraço do primo, lançou uma necessidade decisiva de se retirar. O deputado, numa familiaridade quente:

– Pois sim. Mas fique a senhora dona Feliciana ciente de que a quero sempre em minha casa. E ao seu Fidêncio também as portas estão abertas. Venha, tudo quanto puder fazer por si, desde já me comprometo. É preciso aparecer, figurar; o governo carece de rapazes como o senhor. Não se faça rogado, ouviu?

Batia-lhe no ombro, olhando largamente a viúva. Esta lembrou, à porta, as suas noitadas, para as quais fazia questão da presença do doutor Barros. Ela avisaria logo que ficasse concertada a primeira.

– Conte conosco, minha senhora. Eu, a Melinha e a Candinha não havemos de faltar.

E o deputado, da porta, esqueceu-se um momento contemplando o talhe onduloso e rijo da viúva ao lado da figura esguia, meio inclinada, do primo, que ele conhecera muito tempo antes de o ver colado às saias de uma tia beata, amarelo e chorão.

V
___

CHEGARA OUTUBRO E, POR UMA MANHÃ ILUMINADA DE DOMINGO, o Fidêncio punha-se, mercê duma faculdade de rememorar que lhe era própria, a reviver espiritualmente aquele mês decorrido.

Estava mudado. O físico ainda era o mesmo, quebrado, e o estômago pouca influência havia sofrido com a mesa da prima, escolhida, condimentada a primor por uma cozinheira sabedora do oficio. E insignificante diferença assinalava-se nos seus hábitos de rapaz, continuamente fechado, rebelde às relações novas, amando o recolhimento, o seu buraco, a sua sala repleta de silêncio estudioso e agora dourada dum raio de sol que entrava, janela adentro, como uma aleluia. Debalde a prima procurara torná-lo sociável, penetrá-lo de ideias e sentimentos justos relativamente aos conhecidos da casa, civilizá-lo, na expressão dela... Era neste ponto o mesmo Fidêncio conduzido da roça, enxerto dum acanhamento absurdo, feição morta, olhar sonso, boca trancada, nem que estivesse a remoer no espírito incessantemente imprecações contra a humanidade inteira.

Um urso! Ele mesmo outro conceito não fazia de si, mordia-se de raiva quando a sós, numa análise penosa à sua conduta, se reconhecia bestificado numa educação rotineira, com vícios de origem insanáveis por força de uma desoladora idiossincrasia. A prima tinha razão de lhe censurar os modos, ele ralhar com um azedume crescente, de o achar molengo, acanhadíssimo, estúpido muitas vezes, quase sempre inconveniente.

Ela de começo se contivera, derramando-se apenas em acusações vagas, sem um ataque direto, a quando foi apresentado ao senhor Fulgêncio, correto de maneiras, duma amabilidade difusa, instando-o do seu emperramento para uma intimidade estabelecida com fogo – que aquilo não se fazia, era feio, depois de todos os louvores que tinha levantado em torno da inteligência do primo... Uma frieza sem nome! Um odioso acanhamento! Depois, no dia seguinte, por ocasião da visita do capitão Bento Galvão, ela abriu-se, surgiu o ataque direto, a verberação franca, em plena cara: "Senhor Fidêncio, tome jeito! O senhor está desonrando a minha casa. Lembre-se o senhor de que eu, sem o conhecer, o pintei muito bonito, dotado com muitas qualidades!...".

Ficou chocado, quebrou-se murcho, uma ânsia esquisita de choro que por pouco não o estrangulou. Nem tanto pela acusação, mas por causa dos termos daquele "senhor" que lhe custou a morrer no ouvido. Meteu-se o dia inteiro, sombriamente, no quarto, sem poder ler, olhando as paredes, vendo-se perdido para sempre na amizade e na confiança da prima. Foi necessário que a mãe Úrsula o fosse consolar, pintar-lhe a parenta como um espírito violento, cheio de irresponsabilidades em suas continuadas impertinências, dizendo as coisas por dizer, por passatempo, por mania, de birra.

Estava mais avelhentada. Na curta temporada de São Paulo, fizera-se imensamente triste, cavara-se-lhe a face, umas olheiras medonhas, em que as pupilas, sob as sobrancelhas preguiçosas, pareciam ir morrendo. Mais doente agora, a dor das pernas continuava, e não era só isso, os rins, os intestinos, tudo nela acordava frequentemente numa palpitação dolorosa. Ah, se não fosse o filho, o Dêncio que carecia da capital, que viera para ali se fazer homem, e puxar pela cabeça, e aparecer! Por ela, já teria partido para bem longe, para Juiz de Fora, para a terra amada onde lhe seria tão doce gastar o pouco que lhe restara de vida no corpo... Mas o Dêncio!, o Dêncio! E era uma obsessão, crescente todos os dias, a carreira que o filho devia seguir. Passava horas, perdia-se a matutar nisso.

Porque, decididamente, o modo de vida da sobrinha não lhe quadrava. Passeios quase diários, visitas a cada passo, jantares cheios de cerimônia, chás em que infalivelmente a etiqueta reinava, e uma ostentação, que a fazia sempre nervosa, recaída em todos os seus padecimentos. Era verdade que a outra gastava o seu rico dinheiro, o cobre que lhe viera do marido; não lhe cheirava, porém, a moral semelhante conduta. Andava ali tentação do diabo. Pressentia, numa aproximação assustadora, a queda da parenta. O dia em que foi obrigada a jantar com o capitão Bento, fugia pouco depois para o seu aposento a arrastar-se, repuxada de nervos, com uma palpitação, um ai que quase lhe afogava o coração. Debalde o Dêncio procurou arrancar-lhe do miolo que acabava de ver o demônio vestido de militar, bigode teso à guisa de espeto. Esteve minutos seguidos, séculos dum pânico incrível, a clamar exorcismos, benzendo-se, sovando o peito, os rins duma tortura devota.

Mais do que nunca, vigiava a saúde espiritual do filho. Abria os olhos dele, prevenia-o acerca da prima, tudo nela convidava ao pecado, rezasse continuamente a São Luís Gonzaga. Pôs-lhe um bentinho ao pescoço, que o dele perdera a virtude, a baeta rustira duma banda. Ele ouviu religiosamente a mãe e, ao cabo, ficavam-se muito colados, pitando no silêncio, lembrando coisas do passado através do fumo espiralado dos cigarros. À noite, antes de deitar, subia ao quarto dele, e punha-se a beijocá-lo, numa ternura enfermiça, entremeando a sua lengalenga de pragas por causa das dores, de censuras acres à sobrinha, de recomendações à reza, a um infindável rosário de cuidados espirituais...

A mãezinha, repleta sempre duma meiguice infinita, como a queria! Por vezes, a ele, rapaz feito, espírito desenvolvido, vinha-lhe uma ponta de choro ao senti-la perto de si, amparando-o, acarinhando-o inesgotavelmente, rezando em sua intenção, afrouxando-lhe cigarrinhos de palha. Acudia-lhe então babosamente, como uma antífona sagrada, o diminutivo: Mãezinha, mãezinha!

Mas, pouco e pouco, a sua afeição filial foi minguando, ou pelo menos espaçando as suas explosões. Outro afeto, com um sabor estranho de novidade, com um extraordinário prestígio de sugestões, levava-o de vencida.

Por essa manhã clara e cantante de domingo, o seu pensamento corria limpidamente para Ela. Habituara-se em suas cismas a esse anonimato, cheio duma encantadora ingenuidade, esquecia-se constantemente do seu nome, querendo apenas sentir dentro, junto ao coração aberto numa primavera e num cântico, o esboço ideal, sem muita precisão de linhas, do semblante dela. Que lhe importava o nome? A gente nunca denomina a estrela que nos faz sonhar, a vaga que nos embala a alma através da noite e do luar... Pensava n'Ela.

E a sua metamorfose, a única, mas radical, estava nesse amor em botão. O que outras, por uma sucessão teimosa de tentativas íntimas, não haviam até ali conseguido, a filha do deputado fizera-o, e simplesmente com sua face esperta de menina-moça, com seu olhar de pureza, com o seu sorriso de arminhos e luz. Macambúzio e frio no contato com o resto da humanidade, pairava com ela como um coração florido que era, pleno de ilusões, francamente, sem desconfiança nem timidez. Violento, atrabiliário, no trato de qualquer amizade, revelava-se com ela doce, cordial, duma extrema ternura que sabia a favos de mel. Neste ponto, era outro, muito diferente do Fidêncio casmurro, contumaz no silêncio, enclausurado no recolhimento como numa toca inexpugnável. Sabia coisas e tinha sorrisos que encantavam sob o buço, agora cultivado, sem a antiga amarelidão das pontas de cigarro esquecidas ao canto da boca.

Madrugara após uma noite com poucas horas de repouso; mas achava-se leve, a cabeça fresca, com um trino de ave dentro, no peito amante. Quando o sol penetrou no quarto, teve um extravagante desejo de cantar; ensaiou, apenas lhe lembravam cantigas monótonas de roça, modinhas de violão, que ouvira muita vez ao campo, nos acasos lentos, à beira dos cercados das chácaras; e esteve depois a meditar, seriamente, na possibilidade de escrever um verso. Quem sabe se ele, como outros muitos, possuía dentro da alma o dourado canário da rima. Esmola espiritualmente versos, sonoridades irmãs, numa ânsia. Minutos depois, estava sentado à secretária, a pena no ar, face luzida, o olho revirado num sonho: acabava de lançar numa folha de papel, ao alto, a dedicatória a Ela.

Quando chegava a completar uma quadra, rabiscar quatro versos incolores, a que insanamente buscara insuflar uma faísca do fogo que lhe ardia no sangue, a voz da prima ressoou, com um timbre vivo de cristal. Chamava para o almoço. Ele desceu às pressas, desesperado do esforço, um peso na fronte; e, à mesa, custou a equilibrar-se, a entrar em si, a achar gosto aos pratos.

A prima censurou-lhe a distração; parecia que estava sonhando, quase metia a faca pela boca; que tivesse cuidado, e sobretudo modos. Falava azedamente, num tom insólito de rispidez. A voz saía-lhe em vibrações ásperas, arranhava. Ele enfiou, começando a enrolar entre os dedos trêmulos o miolo de pão, desanimado até para comer o bife. Sem coragem de erguer os olhos, sentiu-se de repente apoiado numa revolta da mãe, que toda se remexeu, fazendo a cadeira estalar. Teve um ímpeto, mostrou-se homem, cruzou o talher; a instâncias da preta, replicou que perdera o apetite; e, soberbamente, recusou o café. Coisa que nunca se atrevera a fazer às refeições, tirou do bolso um cigarro, entrou a ajeitá-lo pachorrentamente, riscou o fósforo, acendeu-o; mas a mão tremia-lhe, chamuscou o buço, quase bateu na chávena vazia de porcelana. A viúva observou-o um momento, e a voz dela subiu depois maciamente, velada de cordialidade:

– Fidêncio, você é muito nervoso. Digo-lhe qualquer coisa por bem, sem intenção má, você põe-se zangado logo, faz-me uma cara fechada. Pra que isso, primo? Emende-se enquanto é tempo.

Calou-se, principiou a sacudir-se, a bater o guardanapo ao colo varrendo migalhas de pão. Ele animou-se a erguer o olhar, reparou de relance que ela estava vestida para sair, rigorosamente de preto, bonita como nunca, as formas gritando sob o gorgorão, numa opulência exasperadora, numa sofreguidão de liberdade. A carne parecia gemer, torturada no espartilho.

– Você é melindroso em extremo, primo. Não posso dizer nada, parece que o mundo vai desabar, fica sentido, nem me olha direito. Eu, se lhe digo certas liberdades, é para bem de você, primo. Quero que faça figura, que se dê bem nas minhas rodas. Depois, num rapaz inteligente como você é, qualquer defeito ressalta, torna-se muito reparado.

Ele, enfiado, mascava o cigarro. A viúva levantou-se lentamente:

– Agora, santo Deus, não vá ficar zangado comigo. Você já sabe como eu sou; tenho momentos; depois tudo passa, estou boa. Até logo, titia: vou sair um bocado, fazer visitas. Primo, adeusinho, queira-me sempre bem. Olhe, venha para a sala, tem livros, jornais, você se distrai.

Ficou sentado, aspirou longamente o aroma que ela deixou em derredor; ouviu-a no quarto, andando dum lado para o outro, baques de objetos soaram; em seguida o ruído duma porta arremessada. Houve um silêncio. De golpe um pranto recalcado rebentou perto dele, violentado de tosse: era a mãe que chorava. Levantou-se, aflito. Que era aquilo? Assustava-se, abraçou-a muito, enxugou-lhe as lágrimas, botou-se um instante sem fim a olhá-la. Ela gemia agora, uma palavra saltou-lhe, repisada:

– Desaforo, desaforo, desaforo!

Ele, generoso, tratou de acalmá-la, que não fizesse caso.

– Faço. Pois não hei de fazer caso? Ver você assim desfeiteado em minha presença, como se fosse um criado, um cachorro!... Não, Dêncio, enquanto eu for viva não, Dêncio. Matem-me primeiro, matem-me primeiro!

A voz rugia-lhe, estalando-lhe de indignação. Um tom violáceo cobriu-lhe a face, quedou-se tragicamente convulsa. E gania revoltas de mãe amantíssima, golpeada em pleno seio. O Fidêncio teve medo. Sabia-a tão fraca, tão doente, podendo dum incômodo qualquer afundar-se na cama! Entrou a consolá-la, num esforço de lhe quebrar a santa cólera, de a ver novamente na sua paz devota, sempre meiga, sem aquela roxidão que o calafriava. Ela regougou, enfim:

– Pois sim, Dêncio, escusa de desculpar aquela peste. Eu sei o que ela é! Mas que não me torne noutra. Meto-lhe as mãos naquela cara, ainda tenho forças pra isso! Mostro-lhe o que é ser mãe.

Apaziguava-se, porém o tremor não lhe fugia dos membros:

– Ainda se você lhe tivesse mendigado o pão, Dêncio! Mas você não carece dela, peste! Foi ela que nos chamou, foi ela!

O Fidêncio era todo mansidão. Sim, fora ela, mas de que valia estar a mãe se amofinando por aquele modo! Ela gemeu. E amofinava-se mesmo, doía-lhe a cabeça, nem que tivesse recebido uma pancada. Estava certa que ia dali para a cama. Ai, Nossa Senhora dos Remédios que lhe valesse.

Nisto ouviram-se passos do lado da cozinha, era a preta que vinha arrumar a mesa. Ele animou-a:

– Mãezinha, vá descansar um pouco, isso passa. Ó, Canda, ajuda mãezinha a ir para o seu quarto.

Viu-a sair, apoiada ao braço da preta, gemendo sempre, torcida de dores. Depois dirigiu-se para a sala de visitas, lentamente, como se levasse a arrastar uma angústia. E sofria, de fato, entregue inteiramente a um pensamento doloroso – aquele pouco caso da prima, a princípio latente, contido por civilidade, e agora transbordando em asperezas cruas. Os agrados, as festas dos primeiros dias, iam precocemente acabando. Pouco tempo ainda fazia que se instalara na casa da Liberdade e já era forçado a sentir junto a si um começo de frieza, surpreendia bocejos de fastio, todo o mal-estar que vem para um intruso, para uma pessoa demais. Da preta não, coitada da Canda!, essa, toda a vez que o topava, no quarto do corredor, em qualquer canto do prédio, era a mesma de sempre, com indagações quase maçantes sobre saúde, amiga constantemente de chás de erva-cidreira e outras drogas, e tudo num sorriso em que lhe subia o coração. Com a prima, porém, as coisas haviam virado. Quando falhava a franqueza, a acusação amargamente lançada em rosto, assumia umas maneiras tão reservadas que ele permanecia murcho, sem saber o que pensar com surdas irritações contra o seu eu. Havia dias, aprazia-se em criticar na presença dele a ideia republicana; atirava rancores fortes, violências de linguagem a respeito dos pregadores da nova crença; chamava-lhes arruaceiros, e bêbados, e vagabundos! Chegara, e isso ainda na véspera, a classificá-los odiosamente de porcos. Tinha por vezes raivas longas, engraçados frenesis, que ele deixava passar, incapaz de uma réplica, na sua passividade de doente, de criatura inferior, sem fibra nem dignidade. Fechado no aposento, debatia-se na cama, gania como um possesso, achando-se miserável e criançola; inspirava-se, gozava na pintura da degradação em que se revia; e consolava-o uma caudal de lágrimas, que nele era inesgotável no repouso de todas as coisas, e de que, pelo intérmino das noites, encharcava as fronhas e as pontas do lençol... Para que tinha vindo ao mundo?

Chegado à sala, pôs-se da janela aberta a olhar tristonhamente as plantas. O sol alagava os canteiros, espalhava ouro no verde, e tão brando, tão macio, que as flores pareciam gozar, como num banho. Quedou-se um tempo esquecido a considerar na grande alegria imaculada que desabrochava no seio da natureza. E sentiu-se de repente enfermo duma melancolia sem nome... Na casa tudo se aquietara, um silêncio de sesta convidando ao sono. Pouco e pouco caído num amolecimento, foi jogar-se como um fardo acima do sofá.

De repente, à vista do retrato do defunto, entrou a sonhar no futuro. Um sonho vago, tristonho, através do qual a alma se lhe esfarrapava em angústias. A compreensão exata do que era e do que valia descia-lhe pelo espírito, com uma violência devastadora de rajada. O seu amor nascente ficava embaixo, estorcendo-se na asfixia, na lamentação inconsolável do vencido. Esteve minutos assim, sem ânimo de perscrutar o que lhe ia em torno, de tomar um jornal, dos muitos que via ao pé de si, espalhados sobre as cadeiras. No entretanto, dali a nada, um objeto beliscou-lhe a curiosidade: insensivelmente levantou-se, foi ao aparador, pegou-o com ânsia. Era o álbum, grande, aparatoso, em que começou a remexer febrilmente. A princípio fotografias de pessoas desconhecidas, relações certamente do finado marido dela, entre as quais se reconheciam muitos patrícios d'além-mar: ao cabo, finalmente, estacou deslumbrado e sequioso. O coração rebentou-lhe num olhar de insuperável paixão. O retrato d'Ela! Voltou ao sofá a estudá-lo com vagar na doçura da luz.

A imagem do busto era perfeita. Tirado de frente, as linhas ideais do rosto, a modelação e a suavidade de todo o conjunto destacavam soberanamente. Estava ali inteira a filha do deputado, com a ternura com que viera entesourada para o mundo e o olhar que acordava sempre no íntimo um acorde estranho de desejos e sensações. Pareceu-lhe, ao fim, que confabulava com ela, concertando no silêncio estático um grandioso futuro para ambos.

Tão enlevado ficou que nem ouviu um ruído na areia do jardim. A duas palmas batidas à porta, o álbum caiu-lhe para o lado, aberto mesmo na página em que procurara ler o roteiro para a sua felicidade e para a sua glória. Ergueu-se demoradamente, foi com timidez abrir a porta. Teve uma exclamação indefinível, recuou, numa palidez que esmagou todo o seu ser de criatura secundária.

Recolhida a visão para os reflexos do íntimo, acreditou que o sonho de havia pouco continuava; e permaneceria hirto, imobilizado de pasmo religioso diante da encarnação, se esta não se encaminhasse para ele, numa cordialidade confiante.

– Senhor Fidêncio, bom dia.

A voz amiga, companheira de longos cismares, evocadora da felicidade absoluta, houve dentro dele a costumada pacificação. Apertando-lhe a pequenina mão enluvada, não pôde conter um estremecimento de alegria, e botou-se a contemplá-la numa coragem crescente. Estava vestida de cassa, um vestido branco e azul, em que todo o seu corpo de virgem se sentia bem, recatado e tranquilo. Enleada de começo, explicou que, tendo deixado a mana ali perto, viera dum pulo visitar a Feliciana. Uma visita de corrida. Ele, embevecido:

– Mas que pena, dona Amélia! A titia saiu fará meia hora. Porém, se quiser, vou chamar a mamãe.

Não, não a fosse incomodar. Ficava para outra vez a visita, viria com mais vagar, com o pai. E indagou obsequiosamente da saúde da "mamãe", que lhe parecera adoentada quando a vira ultimamente.

– Está piorando, dona Amélia. A mamãe sofre muito dos achaques velhos, que mesmo os médicos não entendem. Complicações.

– Por que não chama um médico daqui, senhor Fidêncio?

Birra dela, não queria. Só confiava no doutor Bernardo de Queiroz, lá da roça. Coitada da "mamãe"! E ele tinha a certeza de que, nesse andar, qualquer dia a encontrariam morta na cama. Ah, como lhe agradecia aquele caridoso interesse pela pobre doente!

Não havia de quê; e agora, olhando o álbum, revendo-se na página aberta, quedou-se embaraçada, numa larga compreensão. Ele nem se animava a oferecer-lhe uma cadeira, de enleado também: quedaram-se de pé, na dolorosa busca mental duma saída para o lance. A moça foi a primeira a falar:

– Pois hoje papai faz anos. Vinha convidar a Feliciana e o senhor Fidêncio para irem tomar chá em nossa casa. Está convidado, não é assim?

– Estava, e se a prima fosse...

– Garanto que vai. É uma festinha caseira, arranjada à última hora. Depois do chá, com certeza dançaremos um bocado. O senhor Fulgêncio e o doutor Enéas Cavalcânti vão. O senhor conhece o doutor Cavalcânti?

Atropelava as palavras, buscando aturdir-se, esquecer na leviandade ordinária. Dirigiu-se ao piano, apoiou-se ao teclado com Cavalcânti?

O Fidêncio, agora radioso:

– Conheço o doutor Cavalcânti simplesmente de vista. Um sujeito alto, espigado, sempre de sobrecasaca e cartola?

– Isso mesmo. Diz o papá que ele vai fazer um figurão na política. Vai casar com a mana.

– Sério?

Muitíssimo sério. Contou com desembaraço o namoro da outra. Fingida, com mil expedientes, ela conseguira iludir a todos. Até que um dia "pescou" a coisa, no largo do Rosário. O pedido de casamento tinha sido feito na véspera.

Um novo acanhamento atava agora o espírito do rapaz. Quis falar, dizer uma multidão de coisas, mas sentiu-se perdido no desalinho das ideias, e sem uma palavra a jeito. No entanto, a moça aproximava-se dele, tomava-lhe a mão, dizia-lhe adeus, desaparecia. Momentos depois só se lembrava de que ela, ao despedir-se, lhe pedira não se esquecesse do convite, e esse pedido, com uma promessa que lhe ficou cantando ao ouvido – tinha um grande segredo a contar-lhe à noite.

O jantar, aquele domingo, fez-se num quase silêncio. A Úrsula tinha-se fechado no quarto, que não queria saber de comer. Nervosa, agitada, tendo tocado apenas num ou outro prato, a viúva ergueu-se sem esperar o café recomendando ao primo que se aprontasse depressa.

No quarto, espartilhando-se mais por causa dum vestido novo de seda azul *foncé*, ela experimentava na alma, como um peso, um dissabor vago. Aqueles estúpidos! A sós, em suas horas solitárias de viúva, aprazia-se em classificar de estúpidos à tia e ao primo. Especialmente a velha. Uma mania de viver entocada, coruja sofredora de fantasmagorias, que de moléstias não partiam suas continuadas queixas, e sempre rezingueira, murmurando por uma nonada, babando-se somente pelo Dêncio – Dencinho, como ela chamava. Uma vergonha. A quando as primeiras visitas, que dificuldade, que trabalho para justificar, para remendar com mil desculpas a casmurrice da tia. Decididamente caíra num inferno.

O Fidêncio, esse, ia melhor, descascava-se a muito custo do caipirismo; em todo o caso, aparecia na sala, saía com ela à rua. Desajeitado ainda, com rebeldias demoradas à acomodação no meio paulistano, mas felizmente lutando por não fazer figura triste. Aconselhara-o de começo, até acerca de detalhes comezinhos, modo de andar, postura da cabeça, das mãos, dos pés; limpara-lhe o bigode, tirara-lhe umas nódoas de fumo da mão direita; estava menos urso; ela chegava, porém, à conclusão de que sem energia não conseguia um resultado completo. Daí por que lhe gritara ao almoço. O bonito era que, ao cabo, costumava arrepender-se. Produto irresponsável da roça, ele não tinha culpa.

Consumiu largo tempo a meter as bichas, último presente do Ângelo, a completar o penteado, a rever-se ao espelho. Esquecidas as preocupações, sentia-se faceira na pesquisa interminável do realce, diversa da que, não havia muito, fora – viúva atufada no luto. Achava-se bonita, com uma frescura de apetecer. À voz do Fidêncio, enfiado timidamente no corredor, que estava pronto, mandou-o esperar na sala um bocado. Afinal, saiu, deslumbrante, levando ao olhar uma onda de mocidade feliz que estonteava.

O rapaz nunca a vira tão formosa, embasbacou, dificilmente se arranjou ao lado dela, fechado na sobrecasaca, incomodadíssimo nas luvas e botinas de verniz; mas ela deu-lhe parabéns, elogiou-lhe a decência. Na rua, metidos num carro, aconselhou-o caridosamente no sentido de se tornar amável ao deputado. O doutor Florentino estava maçado com ele, ao que percebera, queixara-se até da raridade de suas visitas. Por que não havia de contrariar o seu gênio, os seus hábitos e mesmo as suas ideias por causa duma carreira bonita? Que o deputado era duma influência enorme e, quando alguém lhe caía em graça, triunfava fosse lá no que fosse.

O Fidêncio gaguejava, prometendo tudo, amolecendo-se, sem opinião, sem vontade ou antes com a vontade simplesmente de chegar. Quando o carro parou, anoitecera de pouco. Familiar na casa, a viúva entrou pelo braço do rapaz, indo logo despertar um amplo vozerio amistoso na sala de jantar. Estavam ali, gozando o quilo do suculento jantar, o doutor Barros, as filhas e o doutor Cavalcânti, que foi imediatamente apresentado, com a pompa oficial, como noivo da Candinha.

Alto, espigado, conforme dissera o Fidêncio, o bacharel mostrava ao primeiro golpe um meticuloso alinho no bigode louro, no cabelo cortado rente e no mínimo ponto do vestuário. Usava *pince--nez*, e bastante graduado. Vivia a lamentar-se de sua miopia, o que lhe dava ensejo para uma série de casos em que se encontrara intrujado. Gostava de contá-las, possuía um timbre aveludado de moça. Chegou-se logo ao Fidêncio; ofereceu-lhe uma cadeira, tomou outra, e entabulou a conversação sem cerimônias, indagando--lhe a idade, o parentesco, a vocação. No fim, sabendo-o amante da literatura, começou a discorrer sobre as impressões que recebera dos romances de Alencar, venturoso dum ouvinte paciente, remexendo no *pince-nez*, tirando-o, limpando-o a cada passo.

O deputado fora sentar-se mais longe, junto à viúva, que palrava com as filhas. Desapertara o paletó caseiro, meio ansiado na vermelhidão do rosto; e vieram desculpas sobre desculpas pela demora do convite. O caso era que esquecera do seu dia de anos; ao almoço é que foi lembrado; e as filhas então saíram sem ele saber para quê. De volta para jantar, em companhia do doutor Cavalcânti, foi que viu aquilo, e indigitava a mesa ornamentada a primor, com um luxo extraordinário de flores, as janelas vestidas de cortinas e reposteiros senhoriais nas portas. A sala esplendia com as luzes. E vinha ao deputado uma conformação:

– Elas querem festejar, seja-lhes feita a vontade. Agora, se a dona Feliciana quer o meu parecer, eu não gosto disto. Dias de anos festejam-se quando são de moços. Mas de velhos, não têm graça!

Ouve um protesto da parte da viúva:

— O doutor Florentino está moço ainda. Dou-lhe mais uns cinquenta.

Ele aceitou o voto com uma alegria comunicativa; e, numa contemplação em que verdadeiramente se rejuvenescia, rendeu a gentileza:

— A senhora dona Feliciana é que está realmente muito moça. Nem no tempo de seu marido, nunca vi a senhora tão fresca. Parece a irmã mais velha da Amélia e da Cândida.

A viúva, meio embaraçada, voltou-se a dizer a Amélia o sentimento que tivera ao saber, pelo primo, de sua visita. A outra, involuntariamente, corou, fitando furtivamente o rapaz:

— Ora essa, Feliciana! O senhor Fidêncio me contou que você acabava de sair.

E foi esta uma ocasião de se falar do primo de dona Feliciana. O deputado não poupou elogios, achava-o mais atirado, mais bonito, um perfeito moço. Ele havia de dar alguma cousa; existia muita ciência dentro daquela cabeça; só lhe faltava a coragem. O cônego Fragoso apreciava-o muito, andava constantemente a tecer-lhe encômios. E num orgulho quase paternal:

— Ele que siga o exemplo do Cavalcânti, e está feito!

A viúva então discretamente quis saber a época do casamento. Breve, muito breve, que assim o desejava o noivo. Ao ver dele, também os casamentos, apenas falados, deviam realizar-se. Era só o tempo para os arranjos, o curto prazo para a feitura do enxoval, e sua Santinha que lá partia, casada, para a Corte, onde o Cavalcânti tinha um glorioso papel político a representar. O deputado estava comovido; a Amélia, muito sentimental, pôs-se a lacrimejar, fitando longamente a irmã que permanecia numa indiferença venturosa, correta no seu vestido branco com uma camélia desabrochada nos cabelos. Feliciana ficou surpreendida:

— Para a Corte? E o doutor Florentino consente?

Ele não consentia, resignava; e principiou a falar do Rio como dum paraíso para a vida – uma terra em que o europeu vivia como no seu próprio país. Quem sabe? Talvez fosse acabar os seus dias em Botafogo, bairro que a senhora dona Feliciana devia conhecer.

– Só de nome. Infelizmente, além de Juiz de Fora e São Paulo, não conheço nada.

O deputado continuou a falar do Rio; descreveu o Pão de Açúcar, o largo do Machado e a estátua de Dom Pedro I; na rua do Ouvidor, passara uma vez só, com medo da aglomeração; e o que mais o impressionou foram os bondes, cujo serviço não se cansava de elogiar. Mas lembranças duradouras, trouxera duas: uma visita ao Imperador, apresentado pelo Visconde de Ouro Preto, e um passeio de bote em que por pouco não morrera afogado. Contou minuciosamente o ar bonachão de Dom Pedro, a sua barba patriarcal, o respeito que impunha; e neste ponto esbravejou:

– Corja de republicanos! Eu queria que estes vagabundos que vivem a escrever todo o dia contra o Santo, o vissem como eu, com aquele sério, com aquela barba! O Cavalcânti também viu, sempre que está na Corte está com ele! Não é, Cavalcânti?

Interpelado, o noivo levantou-se, veio dar a sua opinião sobre a barba do Imperador. O ataque aos republicanos prolongou-se, assumiu uma acentuação mais positiva, personalizou-se, colorido, vibrante. O doutor Cavalcânti falava bem, argumentava cerrado, não perdia brecha, numa linguagem correntia, sem rebuscamentos, e no sestro de remexer no *pince-nez*. Segundo o seu costume, o deputado era todo agitação, um largo dispêndio de gestos. No calor virulento do ataque, a individualidade do Fidêncio sumia-se, incapaz duma reação, aprovando pelo silêncio, pela pusilanimidade dos indivíduos secundários quando colocados numa emergência séria. A arma dele era a pena, manejada no gabinete, descarnando tipos e enegrecendo aspectos sociais para a grande ventilação da imprensa. As situações não condiziam com o seu fraco. Assim que pôde, fugiu a discretear com as mulheres, agora instaladas no terraço em que abria a sala de jantar, sob a claridade doce de lanternas multicores. A prima conversava com a noiva, austeramente; e a Amélia, vendo-o, convidou-o para mais longe a encetar o cochicho dos namorados.

Silenciaram a princípio, ambos trêmulos, com as mãos álgidas, num esforço de disfarce. Olharam por momentos a noite, o sereno espaço picado de estrelas, com um pedaço de lua a afundar-se no poente. Ela agitava a flor do peito, ele procurava uma palavra. Lançou afinal a banalidade:

– Uma noite linda...

Quis concluir "para noivos", mas suspendeu-se, mais nervoso. A moça pediu-lhe a impressão sobre o Cavalcânti.

– Me parece um bom rapaz. E a dona Amélia, o que acha?

– Acho-o simpático, porém muito prosa. Tem a mania de escancarar a boca para mostrar os dentes chumbados a ouro.

A crítica rompia-lhe sempre assim, inofensiva. O Fidêncio ajuntou que ele tinha o vício da redundância, e empregava mal os termos. E inquiriu logo se era arranjado.

– Riquíssimo, senhor Fidêncio. Só ele tem uma fieira de casas. Já viajou pela Europa, me disseram que fala perfeitamente o francês.

Novamente silenciaram. Semelhantes banalidades custavam--lhes, sentiam-se melhor no mutismo em que os corações se lhes estreitavam na compenetração única e absoluta duma verdade. Ele estava agitado. Tirava o lenço a cada instante, mordia o buço, bulia na cabeleira. Uma posição anormal a que a sua natureza fugia, como sempre. Ela, no entanto, começou a dizer-lhe um sonho da noite passada, "o seu segredo". Era um encanto aquela ingenuidade de adolescente em que o desabrocho do coração se fazia como uma nascença de luar:

– Sonhei que via a defunta mamãe perto de mim, sentada na cadeira de braços, branca como um lençol. Ela me falou umas coisas incompreensíveis... Vi depois o senhor Fidêncio sentar-se ao lado dela, conversar com ela, mas fiquei na mesma. Depois... depois... tudo desapareceu.

Acabou com uma lágrima na voz. Ele teve uma palpitação rija, e ficou empolgado de um impulso triunfador de sua individualidade, de cujos refolhos o seu coração veio subindo, subindo que nem uma cheia marulhosa encosta acima, em demanda do céu. Lançou confidências sem pensar ou às quais, de pensar, se assustava de emprestar vida. Confidenciou as esperanças do coração desde que a vira pela primeira vez; esperanças recalcadas e moídas pela ideia do que era – miséria de nome e de fortuna; amarguras decorrentes da mais rápida análise à sua natureza; mas o seu amor, através de tudo, cristalizou-se como um poema, esplêndido como a virtude real de toda a sua pessoa. Sabia o que ele fazia, horas esquecidas, à banca do estudo ou do leito? Atirava os livros ou esquecia Deus para pensar exclusivamente nela. Aquela manhã ainda, quando ela entrara e o fora encontrar só, estivera a ver no álbum o retrato de sua Santa. Concluiu chamando-lhe santa. Estava cansado do esforço, esfuracou a noite com os olhos buscando um abrigo, e ficou-se na situação dum viajante, a quem, depois de um abismo transposto, um novo abismo acaba de se rasgar aos pés. Não teve ânimo de a fitar. E ela silenciosa, nem uma palpitação partia do seu lado a demonstrar, não já consonância de fibra, mas sintoma de vida. Teve um dos seus momentos alucinantes de crise, permaneceu como uma massa bruta, inerte por completo. O cérebro rodava-lhe, tocado de idiotismo. Afinal, um gemido irrompeu-lhe sufocado, com ânsias de estrangulação:

– Perdão!, perdão!

– Perdoar o quê, Fidêncio?

A moça repusera-se de pronto; onde ele julgara o silêncio da revolta, do coração indignado, existia apenas a ansiedade pela normalização das funções do organismo; assustara-se vendo-o superexcitado, numa metamorfose a que não se achava preparada; um choque, nada mais. Agora, ao percebê-lo mais calmo, gozava-se interiormente concertando um dueto divino. Ao coração dele respondia o seu, no íntimo do peito; a cada confidência fazia outra, de modo que dali a nada as notas harmonizavam-se, e o concerto ficou perfeito. Não proferiu palavra, porém o olhar que deitou ao rapaz foi uma resposta cabal, sem falha duma expressão.

Durante a noite, somente esse olhar o atraiu. De forma que não enxergou nem as demais pessoas que entraram a tomar o "chá" do deputado, genuína ceia opípara, nem as iguarias, nem a filarmônica que pelas onze horas rompeu a começar o baile. Tudo lhe ficou baralhado num sonho. A propósito da ceia, lembrava-se unicamente do discurso do doutor Barros em que tudo veio à baila, consoante aos seus discursos na Assembleia: fertilidade do país, precisão de trucidar republicanos, formosura da mulher brasileira. Acerca do baile, sabia que a prima dançara por diversas vezes com o senhor Fulgêncio de Abreu.

Na rua, a viúva chamou-lhe basbaque; portara-se pessimamente; devia ter dito qualquer coisa em homenagem ao doutor Barros, que tinha razões para estar ressentido; prometeu, jurou não sair mais em companhia dele: envergonhava; e, por último, à porta do quarto, que guardava uma conversa importante para o dia seguinte.

Fidêncio subiu ao seu aposento, despiu-se, jogou-se na cama, pegou num ou noutro livro para conciliar o sono. Pela primeira vez, não dormiu.

VI

NO DIA SEGUINTE, DEBALDE AGUARDOU A CONVERSA IMPORTANTE. A prima esteve silenciosa, carrancuda: parecia concentrada no trabalho pertinaz dum projeto. Uma linha na testa, muito conhecida dele, fixava-se persistente. Da sala de estudo, ao meio-dia, ouvira-a bulir numa tecla, noutra, notas vagas, sem sentido. Depois do jantar, anunciou que ia sair, mesmo para provocar qualquer coisa, incapaz duma expectativa mais longa. Que era senhor de si, foi a resposta.

Antes de sair, visitou a mãe. Encontrou-a na cama, estirada como um cadáver, com os dedos tremendo nas contas dum rosário, e muito amarela, os beiços descoloridos. Ficou a contemplá-la, angustiado. Ela então, sentindo alguém, sem abrir os olhos, remexeu-se, ergueu as mãos, resmungou rabugentamente que a deixassem só com Nossa Senhora, que não queria saber de caldos. Cuidava que era a preta. O filho retirou-se penosamente e, no jardim, à viração que aflava, abriu com sofreguidão o peito. Experimentava a necessidade do exercício atropelado, sem norte, em que o pensamento aos poucos acaba por adormecer como num embalo.

Logo adiante do portão, teve um encontro. O capitão Bento vestido de fraque, calças brancas e de botinas de verniz. Vinha murcho, um ar mole e, o que era notável, uma guia de bigode pendia-lhe, esquecida. Achava-se de sueto, perguntou imediatamente se o "senhor Fidêncio" ia passear. O outro, desesperado, remoendo uma praga íntima, balbuciou que saíra com esse fito. O capitão ofereceu-lhe um charuto, acendeu outro, enfiaram Liberdade abaixo, num passo arrastado, grave, de mal-estar.

O Fidêncio, decididamente, não apreciava o militar: além do tronco atlético, do pescoço taurino, assustava-o a rudeza de maneiras, o descosido da linguagem: um homem de tarimba; e mais, o que dele se contava era de molde a matar simpatias. Nem sabia como a prima o recebia em sua casa, lhe dava jantares, palestrando sempre amistosamente com ele. Um sujeito de quem se comentavam os debochess, indigitando-se uma série de rabichos, jamais deviam dar-lhe entrada numa casa de peso. Teve quase um desejo de arrojar o charuto, pedir desculpa, voltar; era necessária, porém, a energia de alma que lhe falhava nas situações.

Ao mesmo tempo fizera-se objeto de análise. O capitão costumava dizer que possuía vista dupla, para a frente e para o lado; a verdade era que, enquanto olhava para a rua, não perdia um gesto, um esgar do rapaz. Sem ser arguto, lia-lhe o estado espiritual; e foi um gozo diabólico que o ganhou. Queria tirar uma prova decisiva acerca daquela natureza de moça, cuja molenguice o exasperava logo na primeira visita; embalou a ideia de o lançar nalgum episódio de que fosse espectador; pouco lhe importavam as consequências. Tomara birra ao perfil, à cara, ao buço do rapaz: toda aquela lazeira física estava a reclamar um reativo, uma ducha vigorosa da higiene moderna. Vendo-o a fitar o charuto, sem decidir-se:

– Pode fumar, é dos bons. Você quer um fósforo?

Pela primeira vez, tratou-o de você; e na maneira por que tirou o fósforo e lhe ofereceu havia um ar evidente de proteção. O Fidêncio lançou um "muito obrigado" pesaroso, entrando sem entusiasmo a chupar no "bahia". O outro, por dizer qualquer coisa, quis saber do baile do deputado, se fora muita gente.

– Foi. Eu estive lá com a prima.

– Não se lembra você de alguém mais?

– Me lembro só do doutor Cavalcânti e do senhor Fulgêncio de Abreu.

O capitão soprou um "hã", mordeu no charuto, enveredou na sua maledicência habitual ao político do Oeste. Desafogou-se da veia atrabiliária que o comia aquela tarde. Pintou a cena da Chiquinha da Ponte Grande, em que o deputado mostrara a sua raça, os seus baixos instintos de bode; e em seguida a conversa na casa de dona Feliciana, antes de ele chegar do interior. O bonito era que as filhas do tipo, tanto a Melinha como a Candinha, o tratavam divinamente; e o seu amor-próprio, ao contar, inchava-lhe as carótidas. Mas ele não gostava nem duma, nem doutra; ambas espevitadinhas, namoradeiras de quanto sujeito passava por Santa Cecília. Ele, como vizinho, estava inteirado.

O Fidêncio doía-se no silêncio, covarde, deixando impunemente correr a onda da calúnia; mas vingou-se no charuto, jogando-o raivosamente na sarjeta.

– Você não está acostumado a fumar charuto, hã?

Pretextou uma azia, jurando aos seus botões que à primeira esquina debandava. O capitão continuou a resmungar maledicências, agora contra o doutor Cavalcânti, politiqueiro duma figa, bacharel formado à custa de empenhos. O casamento com a Candinha levava água no bico: tinha sido apanhado em flagrante; não garantia, mas tinha base para afirmar a bandalheira. E se não, por que a precipitação do enxoval, a pressa dos banhos? Interrompeu-se para resfolegar ruidosamente: estava soberbo de vigor, reagia involuntariamente contra a prostração de momentos antes. Então, de repente, inquiriu da estada do Fulgêncio no baile.

– É verdade, lá esteve, o doutor Barros considera-o muito.

Inexplicavelmente, sentia um pique de exaltar o negociante: interrogado sobre o baile, botou-se a avultar o caso das danças do outro, multiplicando as vezes que tinha valsado com a prima. E muito estimado, o deputado não o largara ao correr da noite, eram considerações sobre considerações. Quanto à parenta, sabia que voltara para casa satisfeitíssima. Suspendeu-se, admirando e simultaneamente gozando o efeito produzido: o charuto descaíra nos beiços do capitão e, cabisbaixo, demorando o andar, não procurava disfarçar o desapontamento. O Fidêncio batera na ferida, com uma consciência demoníaca; sabedor dos galanteios, da ação manhosa do militar junto à prima, elevara adrede o prestígio do negociante; o seu intento era desforra, e desforrava-se. Houve um silêncio largo, em que os dois se restabeleciam, um do exultamento incoercível, outro da rudeza do golpe. No entanto, a imaginação do capitão trabalhava, galopando segundo o hábito; todo um quadro pavoroso se lhe desdobrava no espírito; e foi aos poucos uma ansiedade, estugou o passo. Bruscamente, parou:

– E o senhor Fidêncio o que diz?

Reassumia a etiqueta do "senhor", convencido de que onde julgava um amigo acabava de arrumar uma hostilidade. O rapaz pediu explicações.

– Sim, o que diz o senhor Fidêncio? Dona Feliciana gosta do comerciante?

Estava novamente autoritário, brutal.

– Eu não sei nada de positivo. A minha opinião é que ela o considera muito. Agora, que ela gosta do senhor Fulgêncio, nunca lhe ouvi.

Ele repuxou tremulamente o bigode:

– Pois me admira. O senhor Fidêncio, inteligente como é, devia saber; isso é coisa que se conhece logo. Basta ter olhos, não se carece dos ouvidos.

O Fidêncio intimidou-se, não retorquiu palavra, foi olhando para as bandas, a buscar uma esquina. Chegaram ao largo da Assembleia, a tarde esmorecia, uns toques de ave-maria subiam docemente. Mais adiante, o capitão deteve-se com uma calma dissimulada, e muito de manso tomou um braço ao companheiro:

– Agora, seu Fidêncio, não vá cuidar que eu tenho interesse nestas coisas. Pouco me importa que a sua prima goste de quem quer que seja. O que eu sou é amigo de dona Feliciana; e nunca deixo de avisar os meus amigos. O senhor Fidêncio se admira? Pois, se sua prima gosta do negociante, é preciso avisar a tempo. – Havia parado, rosnou: – O sujeito é coisa muito ordinária; vale-se do dinheiro que tem e pratica as maiores imoralidades. Ainda há poucos dias montou casa para uma italiana casada: foi necessário que eu me pusesse no meio para o marido não lhe trincar o coração. Um filho de português, alma barata!

Uma roxidão invadia-lhe a face. Fidêncio desesperado, com o braço dolorido, reteve uma tentação de gritar aqui d'el-rei. E foram descendo a rua, abeirando o São José. Ao primeiro beco, o capitão deu um pretexto, desapareceu. Ao entrar no largo da Sé, o rapaz não acreditou que estivesse livre, examinou o bíceps esquerdo, aliviou-se numa aspiração infindável.

De recolhida, foi encontrar na sala, a conversar com a prima, o senhor Fulgêncio. Teve de sustentar uma discussão sobre o baile da véspera. O negociante, como conhecedor, criticava as iguarias da ceia, as *toilettes* e, por fim, o casamento da Candinha: o seu estômago agradeceu, o seu gosto aprovou, a sua amizade pronunciou-se num voto de ventura. Muito delicado, os modos ressentiam-se-lhe dum requinte de bom-tom, máxime no cavaco com as moças quando regalado numa poltrona confortável.

Com a viúva, então, era todo doçuras. Quis discretamente a opinião do Fidêncio, "dum moço tão instruído, tão entrado em leituras"; mas este esquivou-se, alegando desconhecimento, pouca prática de salões. No entretanto, gostara.

A Feliciana tomou a palavra, lamentou a partida da Candinha para o Rio; era mais uma amiga que perdia. Foi uma oportunidade para o negociante deitar sabenças, estabeleceu comparações entre o Rio e as capitais europeias. Ele, logo que pudesse, ia morar em Botafogo; a senhora dona Feliciana também devia ir.

– Muito difícil. Se fosse casada, tinha esperança.

Ele tentou dizer alguma coisa, mas ficou silencioso. Saltou a falar do doutor Cavalcânti, moço sério, a quem certamente estava reservado um belo futuro. E a conversação foi caindo. Ouviam-se fora, na escuridão, uns sons roufenhos de realejo. O negociante de repente levantou-se, que se demorara demasiado, pediu licença. Ela perguntou do capitão.

– Não o tenho visto, dona Feliciana. Contaram-me que ele ia ser removido para um lugar do interior, esqueci-me do nome. Aqui há muita gente que lhe faz guerra.

O senhor Fulgêncio saiu. Sozinho na sala com a prima, o rapaz entrou-se dum desassossego; viu-a chegar-se à janela, olhar a noite, tamborilar umas notas vagas ao piano; não pôde conter-se mais e, silenciosamente, retirou-se para os seus aposentos. Velou horas a pensar na atitude dela, no que poderia ter feito. Chegou, afinal, a inferir que o seu amor estava descoberto; e quando conseguiu dormir, foi um sonho extravagante, em que se viu estrangulado pelo doutor Barros, possesso, apoplético, rugindo que a sua filha não era para vagabundos.

Uma semana depois, de volta de Santa Cecília, onde fora espreitar a criatura amada entre cortinas, rebentou-lhe na cabeça uma ideia. Veio acariciando-a até a Liberdade, subiu com ela para o quarto, e ficou sentado na cama, unicamente possuído do pensamento luminoso a que procurava emprestar fundamento e colorido. Como não se lembrara disso mais cedo? Diante da compostura grave da prima, tendo por confidente exclusivo o coração, já devia ter pesquisado um refúgio para as suas aspirações e um consolo para as suas desesperanças. Esquecido e obscuro, devia colher um meio, qualquer que fosse, para acentuar, impor a sua individualidade. E esse meio, esse consolo, esse refúgio estava dentro de si, no seu espírito, na sua ilustração! Outros não haviam principiado de camadas inferiores e sem os elementos que ele possuía?

A ideia, vinda do vago, não passava dum amontoado caótico de lineamentos; lentamente, porém, um bosquejo, um plano se foi definindo. Quando, dali a minutos, se atirou à secretária, a febre duma concepção agitava-o, e começou a arranjar o papel, a limpar a pena, com um desembaraço de orientação firme. Ia escrever uma obra, trabalho ponderoso, que o faria imediatamente conhecido; tinha dados, era só coligi-los, dar-lhes relevo e estilo. O título ficou logo assente – *Filosofia da história nacional*: traçou-o ao alto duma tira e permaneceu fitando-o, vista arregalada, como se a tarefa já estivesse terminada e próximo o galardão. O galardão era, através da glória, a mão da Melinha. Ah, como aquele amor nascente o fazia corajoso, capaz de todos os sacrifícios, superior aos doestos do mundo, acima de tudo!

Deu de sair raríssimas vezes, desse dia em diante; tornou-se esquisito, sombrio, mesmo com a mãe que, se queria vê-lo, tinha de se arrastar até o seu quarto gemendo, com todos os sintomas de uma moléstia grave. Pelo seu lado, a prima emperrava na indiferença, a ponto que ele chegou a pensar que ali andava novidade. Que estava na posse do segredo, já não havia duvidar; não era tola, pelo contrário: lia nos olhos de ambos como num livro aberto. A moça rareava as visitas, propositadamente, para evitar desconfianças. Quem aparecia quase sempre era a noiva, por causa do enxoval; queria que a Feliciana a aconselhasse num ponto, noutro, em mil dificuldades; e ele constantemente as deixava vendo mostras de fazenda, rendas, fitas, quantidades de enfeites. Uma noite apenas ele saíra da sala, a viúva interrogou a Candinha sobre o estado da irmã:

– Anda esquisita. Não sei o que ela tem, mas há qualquer coisa.

A suspeita da viúva realizou-se: o seu primo conseguira apaixonar a Melinha. Sem saber por que, achou aquilo estúpido; e ela era culpada – devia ter avisado a moça, cortado cerce o namoro. Por que, no fim de contas, quem era o Fidêncio? Um rapazola com veleidades de sábio, uma figura ridícula de quem esperara muito, mas que, a toda parte a que o levava, lhe punha na alma travos de decepção. O seu juízo a respeito dele ressentia-se duma extrema hostilidade; elogiava-o em público, para não dizerem que falava dum parente: atualmente não experimentava o mais leve interesse pela carreira que pudesse seguir. E logo a Melinha, coração de anjo, alma de eleição! Não, o seu dever exigia um corretivo ao primo; ia abrir-lhe os olhos, mostrar-lhe a distância que o separava da mulher amada, e, no caso do naufrágio de sua energia, enxotava-o para rua como um urso que era. Mas a mãe, a velha Úrsula? Rabugenta embora, era sua tia; aturara-a muito nos dias idos, de Minas e rua da Glória, para ser enxotada; e quem tocava no Dencinho, tocava no melhor bocado do seu coração. Que maçada! Mas ficou resolvida a descomponenda.

No outro dia, depois do almoço, a visita do cônego Fragoso que, trocadas as primeiras palavras, perguntou logo pelo "seu amigo filólogo". Convidado a subir, não se fez rogado, enfiou pelo corredor, dizendo que ia em demanda da ciência. Quando voltou, meia hora depois, trazia um assombro no gesto e na voz:

– É um prodígio o seu primo, dona Feliciana. Com aquela idade, nunca vi outro. O que nós temos em São Paulo não passa de pomada. Ninguém, em nosso meio, escreve com o brilho, com o sabor clássico que ele tem. *Il y a quelque chose là*.

Contou então, entusiasmado, a surpresa que acabava de ter: fora encontrar o rapaz escrevendo, produzindo uma obra suculenta, de valor incomensurável. Imaginasse a dona Feliciana só o título – *Filosofia da história nacional*! Um trabalho de homem encanecido no estudo, de espírito desabrochado na lógica dos tempos! E um estilo, um estilo! Os beiços vermelhos do cônego espichavam-se, como se sentissem mel:

– A dona Feliciana não faz uma ideia da prenda que tem em sua casa. Ah, se tivesse a pomada, a bazófia da atualidade, que futuro! Foi necessário que eu lhe arrancasse os originais para ler; não queria, que a coisa não prestava. Além do talento, a modéstia! Levo comigo um capítulo da *Filosofia*.

A viúva ficou meio admirada. Para que queria o senhor cônego aqueles papéis?

– Para que, dona Feliciana?! Então eu, podendo, não hei de prestar homenagem ao mérito? Não, eu quero ser o arauto deste cérebro paulista. *Il y a quelque chose*. Leia amanhã a *Província*, minha senhora!

De fato, o capítulo, que era uma espécie de introdução ao livro, veio publicado no dia seguinte; e não só publicado, festejado: no corpo da popularíssima folha saiu a notícia seguinte: "O artigo que estampamos hoje, sob a epígrafe 'Filosofia da história nacional', é a introdução dum livro soberbo, completamente original, que breve será dado a lume. Constitui, além disso, a estreia auspiciosíssima dum talento de primeira grandeza, que nos foi permitido conhecer por intermédio do ilustrado cônego desta capital, Fragoso Nuno. O estudioso moço chama-se Fidêncio de Azevedo e é natural de Juiz de Fora, da bela cidade de Minas". Uma notícia destas, e no jornal referido, equivalia a uma consagração: o nome do Fidêncio começou a aparecer. Nessa mesma tarde, o artigo foi discutido na sala do deputado, onde estavam, além da gente da casa, o doutor Cavalcânti e o cônego. Este, caloroso, acabava de ler vários trechos, que deixaram o doutor Barros embasbacado:

— Pois foi ele que escreveu isso! Me custa acreditar, cônego. Um rapaz que eu vi com carinha de bichas, em pequeno.

O cônego pegou na frase e, com a loquacidade costumada, discorreu sobre o aparecimento, a gênese de muitos talentos, até de gênios; citou logo Scarron. E Milton, o que diziam do autor do *Paradise Lost*? No entanto, alegrava-se de afirmar que o seu afilhado era uma natureza completa. Acanhado, era verdade, mas quem não se intimida vindo da roça para uma capital civilizada? Voltou-se para o Cavalcânti:

— Pensa ou não comigo, meu caro? Este capítulo constitui ou não uma estreia auspiciosíssima?

O outro, dogmático:

— Distingo, reverendo. Se se trata do literato, do artista, nada a opor; os períodos são muito bem-feitos, as frases cantam agradavelmente ao sentimento de arte; porém, quanto ao historiador, acho-o deficiente, e ao filósofo, pessimista demais para as minhas ideias.

O cônego sacudiu o jornal vitoriosamente:

— Perdão, meu amigo, eu devo lembrar-lhe uma coisa: sem fundamento seguro, não há verdadeiro critério. Como o doutor Cavalcânti há de julgar do historiador, se não leu a obra toda? O artigo publicado é simplesmente a introdução, o programa. Agora, quanto ao filósofo, ser pessimista, nos tempos de hoje, equivale a uma virtude. Não há quem não o seja: os maiores homens o são em sua terra, pela razão muito clara que não existem governos sem erros. Então o doutor Cavalcânti queria que a forma governamental adotada no Brasil fosse a única imaculada?

Servia-se o café, e o noivo, tomando uma chávena, disse, já enfastiado da discussão, que, no artigo do rapaz, havia a notar o sentido subjetivo. O cônego deixou cair o dito, por vazio, enveredou a perguntar se o doutor Barros não tinha também o seu pessimismo.

— Lá isso você tem razão, cônego. Todos erram.

O reverendo declarou logo o seu pessimismo, não quanto a forma de governo, pois não era político, mas quanto à Igreja. Até a Igreja, de vez em quando, prevaricava, jurisdicionava mal a consciência universal! O deputado gostou de ver a Madre achincalhada:

– Pois se ela ordena que vocês se conservem solteiros!...

O outro corou, afiançou que nesse ponto o espírito católico andava bem. O celibato é o verdadeiro estado do sacerdote, que tem por missão ser heroico na virtude. O doutor Barros fez o "hã" do costume e mudou de assunto. Para um canto da sala, já se fora o doutor Cavalcânti a cavaquear com a noiva, sempre lânguida, dentro da sisudez em que se fazia soberana. A Melinha, distraída, melancólica, esquecia-se junto a uma janela, olhando a rua. Ao mesmo tempo, abençoava intimamente a defesa entusiástica do cônego ao Fidêncio que, ao seu ver também, era um prodígio de inteligência. Sem compreender muita coisa embora, lera o artigo inteiro até a derradeira linha; repetia diversos períodos em voz alta, a sentir a música do estilo. Que lindeza! E foi como se, através daquelas coisas austeras de filosofia histórica, lhe estivesse cantando um poema de recatado amor.

Sabido o colóquio do deputado, do cônego e do Cavalcânti, a viúva cuidou seriamente do futuro do primo. Descobriu ao primeiro relance, naquele trabalho pesado de investigação e de crítica, um supremo esforço, atrás do qual se levantava, irresistível, uma onda de paixão. A criança se revelara inopinadamente uma cabeça energicamente pensante. Não era, pois, justo levar a coisa de chacota; começou a tratá-lo distintamente, ouvindo-o com uma atenção desusada; e uma vez pediu-lhe o segredo do trabalho, se levava muito tempo a pensar, se lhe custava a composição. Ele estranhou, mas explicou que a dificuldade estava só na reunião dos materiais. Doutra feita, estando a escrever, em seguida ao café, viu-a entrar subitamente, de roupão, com os cabelos ainda molhados do banho matinal. Ficou quase assustado, com uma surpresa admirativa nos olhos: pela primeira vez, via a parenta em hora tão fresca e com aquele traje, em que toda uma perfeição se debuxava vigorosamente. Ela ria:

– Ora, primo, por que se assusta? Queria vê-lo trabalhar. Trago a você uma rosa que eu mesma apanhei.

Meteu-lhe a rosa na mão, esteve curiosamente a olhar os livros, a mexer nas tiras empilhadas na secretária, a limpar a pena. Em todos os objetos da sala começou a espalhar-se um perfume esquisito, daquele corpo opulento que acabava de sair do banho. Ele o sentia como uma embriaguez, ergueu-se perturbado.

– O cônego tem falado muito de você, primo.

Informou-o da conversação na casa do doutor Barros:

– Veja só, primo, que importância você vai adquirindo!

Nunca aquele tratamento de você lhe saíra mais açucarado: sabia a rebuçados. O Fidêncio retorquiu que o cônego era seu amigo deveras, inspirava-se unicamente na amizade, não fazia como os "outros". Ela quis saber quem eram os outros.

– Eu falei no sentido geral. Hoje todo o mundo vive para maldizer de tudo, seja lá o que for.

Concordou, dizendo que o mundo formava uma corja de maldizentes; mas não devia fazer caso, caminhasse para a frente, sem dar ouvidos a nada. O que ela desejava sobretudo era que se fizesse homem da época: sem pomada, não se arranjava figura. E ele precisava figurar, depois de tão magnífica estreia. Sentou-se numa cadeira, chamou-o para junto de si:

– Venha cá, Fidêncio; vamos conversar seriamente.

Ele sentou-se abalado, com uma desconfiança, e sem a fitar, com um pânico quase àquela beleza desenvolta. A ideia dela rompeu sem delongas:

– Por que você não se faz político, primo?

O rapaz correu as mãos nos joelhos, pegou numa rótula, noutra, foi derrubando o queixo, assumindo a postura indecisa de sempre. O homem das situações falhava nele: nem uma fibra bulia, ficava absorto, quebrado. Mas a viúva desta vez estava armada dum poderoso reativo:

– Você quer ou não quer casar, primo?

Houve na face amarela do moço uma onda de sangue que galopou; uma chama extraordinária lhe incendiou a pupila; e quedou-se suspenso. Então uma voz sonora vibrou numa ânsia de convencimento. Para casar era preciso um nome; e nada mais fácil para ele do que a carreira política. Queria um auxílio eficaz, capaz de o levar rapidamente à realização dos seus desejos? Ela tinha à mão, era só falar com o doutor Barros, e uma recomendação dele valia tudo: dentro de pouco tempo, uma vaga que se oferecesse, estava deputado ou o que quisesse. Que importava a crença política que professava? Quem, em São Paulo, sabia que tinha sido republicano? Outros renegavam por menos; e demais, o republicanismo era uma história de rapazes, e ele ia entrar na vida séria. Não acreditava? O doutor Cavalcânti, o noivo da Candinha, quando acadêmico, escreveu até nos jornais em favor da causa republicana. No entanto, todos tiravam o chapéu ao doutor Cavalcânti que, apenas casasse, seguia para o Rio, e de lá para o estrangeiro a ocupar um lugar no consulado de Londres!

O Fidêncio atordoava-se, mais por causa da boca vermelha, da voz sirênica da prima, que pelos argumentos que o inundavam. Que não sabia, não sabia...

– Olhe, primo, não se ponha com bobagem. Relutância neste caso é bobagem. Reflita bem e veja. Você republicano, quando há de se fazer gente? Todos gritam contra a monarquia, mas, empilhando uma mamata, não se põem com cerimônias; faça o mesmo. Você, com a ajuda do doutor Barros, está arranjado; e depois de arranjado ninguém vai censurar a você nada: é o senhor Fidêncio de Azevedo daqui, dali, você vai ver. Ora o primo com histórias!

E bateu o argumento capital: para ele o casamento estava na política, não deixasse voar a fortuna. O Fidêncio permanecia ainda calado, com certeza relutando; um sorriso, porém, encrespava-lhe o buço; e acabou por declarar que estava nas mãos da prima, que ela fizesse dele aquilo que desejasse. Ela teve um grande riso radioso:

– Um deputado, Fidêncio!

E foi um ímpeto inexplicável nela, correu à secretária, onde ficara a rosa, colheu-a e veio alfinetá-la na lapela do primo. Nunca a sentira tão perto, uma névoa passou-lhe nos olhos e, quando os abriu, ainda tonto, achou-se só, com a flor ao peito. Cuidou num sonho, e debalde, momentos depois, procurou concatenar duas ideias para a continuação da sua Filosofia da história nacional.

Decorrido tempo, faltava apenas uma semana para o casamento, conversavam com a viúva, em sua sala de visita, o primo e a Melinha, que viera passar a tarde. Entrava pela janela uma fresca agradável, depois de uma abrasadora calma. A moça estivera lamentando a partida da irmã, logo em seguida ao casamento; mostrava-se muito sentida, com um trêmulo na voz; e houve um momento de melancolia. O Fidêncio não se animava quase a erguer o olhar contrafeito na descoberta do sentimento a que devia a sua transformação. Todavia, tinha certeza da simpatia protetora da prima, cuja conduta naqueles dias últimos lhe custara explicar, de tão afetuosa, tão apadrinhadora. Sabia-a por toda parte elogiando-o, fazendo-lhe propaganda: de cada vez que saía à rua, trazia-lhe referências encomiásticas: era uma legião de pessoas que lhe augurava um esplêndido porvir e de quem constantemente lhe chegavam desejos de conhecimento. A viúva bruscamente tomou a palavra:

– Mas para que tristezas, Melinha? A Candinha vai ser muito feliz. Na Corte ou em Londres estará muito melhor que em São Paulo.

– Lá isso! – concordou a moça.

A viúva então delineou a vida regalada que a gente pode levar no estrangeiro: passeios diários, novidades a cada hora e honrarias. Candinha era uma felizarda! Apostava que o Fidêncio invejava a sorte do Cavalcânti... Lançou a frase sem intenção, mas a Melinha corou, ao passo que o rapaz protestou que isso não, que não desejava lugar nenhum fora de sua terra. A moça, ainda corada, disse que o pai ultimamente ocupava-se bastante do "senhor Fidêncio". O cônego também não saía da casa, e a conversa constante dos dois era o "senhor Fidêncio".

– O doutor Barros é tão bom, tão nosso amigo!

E a entonação da prima velava-se dum agradecimento copioso.

Ele não sabia o que dizer, emudecia diante da imerecida consideração. A modéstia pronunciou-se logo:

– Eu não valho nada para o doutor Barros se ocupar de mim.

A viúva ficou radiosa; levantou-se, ela mesma foi buscar o licor, serviu os dois com uma cordialidade disfarçada; e, ao largar a bandeja sobre um aparador, não se conteve:

– Melinha, que diz você do primo? Não o acha mais escovado?

A outra, de atrapalhada, ergueu-se, foi ao piano: na face queimava-se um pudor vivíssimo. A confissão foi por demais eloquente em seu silêncio; e Feliciana, compadecida, quis salvar a situação, convidando a moça a acompanhá-la numa linda composição que comprara aquele dia. Sentaram ao piano, o Fidêncio aproximava da janela, quando duas palmas rijas soaram no corredor. Houve uma certa surpresa, quem seria? Ele foi abrir a porta, e instintivamente recuou diante da figura do capitão Bento, de fraque, calças brancas, gravata preta, do mesmo modo que o vira fazia cerca de um mês.

O acolhimento foi cheio de moleza, com a etiqueta apenas da boa educação. O capitão reparou imediatamente na seriedade da viúva, na cara contrariada da filha do deputado e no gesto de quase franco desagrado do moço; mas se a impressão o desalentou, foi só interiormente. Principiou por desculpar-se, os muitos afazeres não o deixavam mais sair a visitas como dantes. Ninguém imaginava de que maneira trazia a vida atarefada.

– Eu imagino, capitão. Principalmente agora que vai retirar-se de São Paulo.

Ele por pouco não rebentou um fio ao bigode, que estava a endireitar:

– Retirar-me de São Paulo?...

Ela explicou que ouvira um rumor a esse respeito. O capitão teve uma brancura nos beiços:

– Não foi o Fulgêncio que lhe contou, dona Feliciana?

Com uma reserva cheia de sobranceria, respondeu que não, para não irritar a animosidade do militar contra o negociante. Sempre o conhecera irascível, violento, capaz de despropósitos por uma palha. Ele soprou um rancor surdo:

– Se não contou a dona Feliciana, contou algures. Tenho certeza de que foi ele o autor do boato.

A palestra continuou sobre banalidades, e com uma lentidão de fastio. A viúva entre si inquiria como pudera sentir uma "queda" por aquele homem, de quem tanto se rumorejava a cada canto da cidade; convinha agora que era um tipo vulgaríssimo, e até repulsivo no desabrimento dos modos; e meditava num expediente de se libertar de suas visitas. Fez-se insensivelmente reservada, perdeu a pouco e pouco aquele ar expansivo e cordial, a que ele se habituara. O Fidêncio, que lia perfeitamente no semblante da prima, ia, com um júbilo crescente, analisando-lhe as impressões, agradecendo-lhe intimamente a secura. Ah, nunca lhe esqueceria o passeio daquela tarde em que ouvira "que tanto a Candinha como a Melinha eram umas espevitadas e namoradeiras"! Não abriu a boca: quando não olhava a prima, encarava a moça, que dava igualmente mostras dum enfaro progressivo. Era que ela igualmente tinha a sua queixa, tomara birra do capitão; não por causa do pai, que toda vez que podia, arrasava a reputação dele; mas por causa daquele que a fazia mulher, rica dum coração amante, feliz de toda a sua leviandade perdida. Fora havia poucos dias uma denúncia do cônego, a quem ele dissera que o primo da Feliciana não passava de um grandíssimo tolo, dum refinado hipócrita, cujas patifarias mais dia menos dia haviam de ser descobertas.

O capitão estranhou-a sem demora:

– Nunca vi a dona Melinha tão séria.

Ela encolheu os ombros, não deu resposta.

– Alguma paixão, dona Melinha?

A moça demonstrou desabridamente o seu desgosto, levantando-se de golpe, indo à janela respirar; voltou indagando à viúva das suas flores. Ele então quis entabular o cavaco com o Fidêncio:

– Soube que você vai publicar um livro.

Tornava ao você antigo; o rapaz, porém, foi duma coragem insólita:

– É verdade, senhor capitão.

Aquele "senhor" arranhava, a ferida começou a sangrar:

– Me disseram também que o senhor Fidêncio vai entrar na política.

Um sim quase mudo foi a resposta.

– O que é a gente mudar de terra! O senhor Fidêncio não há muito tempo ainda era republicano... Me escreveram até lá do lugar onde o senhor morou, que o senhor sustentava um jornal republicano com um apelido esquisito de corneta ou clarim...

O ataque era direto. A viúva, com uma cólera irresistível, sentiu bem fundo a degradação moral do sujeito; e ficou olhando a face do Fidêncio que se inclinou sob o ultraje, pálido como cera, duma palidez em que uma impotência ralava de agonia. A princípio foi pena, depois orgulho que experimentou. Levantou-se com um olhar de mal contido desdém:

– Melinha, vamos tocar a nossa música.

O capitão, jogado no sofá, com as mãos nos joelhos, asfixiou por momentos um suplício sem nome. Tendo vindo aquela tarde para atacar a "praça", a preciosa beleza em flor, que substanciava para os seus sentidos a suprema perfeição, atacara desastradamente o primo; quando devera mostrar-se cavalheiresco, grande, em virtude do tesouro ambicionado, estava para ali reconhecido como um covarde por ter ameaçado um criançola: era, no fim de contas, um grandíssimo bruto. Que lhe importava a frieza da recepção? Devia ter-se comedido, pondo-se acima de tudo. Agora, sentia-se irremediavelmente enxotado daquela casa: aquela música a quatro mãos, atropelada, fogosa, tinha algo de *dies irae*; equivalia, depois do que dissera, a um profundo desprezo; elas tocavam como se para ali estivesse estirado um cachorro, cuja língua só babava calúnias. As carótidas inchavam-lhe, o sangue ganhava uma precipitação de aneurisma. E jamais o desejo do corpo da viúva o dominava tanto como naquele minuto, vendo-a ali, altiva, indiferente, olímpica, tocando uma música a que se afeiçoava... O Fidêncio afastara-se a aspirar o ar do jardim. Ficou completamente isolado. Ergueu-se justamente quando o piano se calava numa nota cheia de fogo.

A viúva agora estava calma, quis saber o que era aquilo, se já se retirava. Ele gaguejou uma necessidade, apertou-lhe a mão, pegou nos dedos da Melinha, estalou os ossos ao Fidêncio, rompeu pela porta afora. Fez-se uma intermitência de silêncio, em que os três ficaram escutando: de começo a bulha da areia, sob um passo rápido e pesado, depois o portão que rangeu a um empuxão violento e finalmente, fora, as campainhas dum bonde...

A voz da viúva ergueu-se então risonhamente, no sossego da sala, na modulação lenta dum conto da carochinha.

– Era uma vez um capitão...

Tanto a Melinha como o Fidêncio riram, aliviados.

VII

OS DIAS, ANTES DO CASAMENTO, CORRERAM DEPRESSA. O convite para a viúva, o doutor Barros em pessoa veio trazer, todo correto, de sobrecasaca e cartola. À saída, abraçou o rapaz: "Depois do casamento, temos muito que fazer!".

O Fidêncio, risonho, não sabia como agradecer a boa estrela que o guiava, ou antes, à sua prima: convencia-se mais e mais de que ela, sempre que saía, lançava uma pedra na obra do futuro dele. Entrou a tratá-la com uma confiança ilimitada; contava-lhe as impressões variadas, por mais fúteis, que recebia a cada passo; tudo lhe detalhava, menos os seus sonhos de amor – esses constituíam um relicário, um livrinho de horas em cujo mistério nenhum olhar humano queria consentir.

Ela notava a mudança com uma alegria, que procurava explicar; e era agora um carinho, como se o primo houvesse chegado na véspera, pilhava-se a miúdo esquecida a fitá-lo, numa observação minuciosa à feição, à cabeleira, aos olhos do rapaz. O nome do primo vinha-lhe aos lábios adocicado; chamava-o por qualquer motivo, para fazê-lo falar; e uma ocasião desmanchou-lhe a gravata, preparou demoradamente um laço chique. Chegou o afeto a ponto que, uma tarde, entrando do jardim, surpreendeu-se pensando no Fidêncio, meditando com amargura no amor que devotava à Melinha...

No meio de tudo, uma grande tristeza pesava: a moléstia da Úrsula agravando-se de dia para dia. Pelo menos, os gemidos recrudesciam; nunca avançava até a sala, vivia aos cantos da casa, enchendo-a duma lamentação uivada; quando não estava no quarto, arrastava-se na cozinha, e era a Cândida que a tinha de aguentar, caldos a cada instante, e uma enfiada de chás, que outra mezinha não aceitava. A ouvi-la, trazia um inferno dentro dos intestinos, de permanecer horas com as mãos no ventre, chamando por Nossa Senhora dos Remédios. No fim, cansava-se, e ficava sossegada, mas eram intermitências; dali a nada, voltavam as jeremiadas. Agora, acendia-se-lhe uma sanha contra o filho: que a não procurava mais, que estava perdido, que ali andava feitiço. Entrou depois a arrepender-se de ter vindo para São Paulo: gemia saudades, abençoava o João Carlos, gania maldições contra Feliciana – que ela desencabeçava o filho. A preta ouvia, calada, com os olhos redondos de lástima, sem poder e sem querer desculpar a dona da casa, achando que, afinal, era uma mãe, e uma mãe tem sempre razão.

Bem que, por vezes, o Fidêncio lembrava-se de ir dar uma prosa com a velha; mas ela andava tão impertinente, tão lamuriosa! No estado em que se via, aquelas queixas o aborreciam. Além disso, o costume dela fora sempre queixar-se de doenças imaginárias. Demais, nada lhe faltava: boa mesa, cigarros e cozinha. Lá na roça, ela não saía de perto do fogão, que a vida de sala não era com ela. Santa mãezinha! Havia de lhe dar uma larga compensação, assim que montasse casa: para ela só, dois cômodos bem arejados, uma rede e um oratório com bonitas imagens. Que regozijo não a inundaria quando soubesse o filho no caminho da glória, tranquilo acerca das necessidades da existência, com uma mulher ao lado, dando-lhe a esperança venturosa de ser avó...

Que ele, após a frase do deputado, ficou convencido: algum cargo de prestígio lhe iam conferir. Na corrente que o impulsionava, só lhe eram dados minutos de concentração – minutos em que se revia, no Oeste, evangelizando o povo indígena na dogmatização das liberdades democráticas; passavam, todavia, como relâmpagos de que não ficava traço. Até a sua *Filosofia* recebia agora a influência da posição nova: o pessimismo edulcorava-se aos poucos, e ao cabo já se fazia sentir a necessidade duma modificação no começo, a fim de que a unidade de opinião do livro não sofresse quebra. Rompia-lhe uma luz brilhante através da qual os aspectos e tipos históricos surgiam risonhamente; o sarcasmo perdera a força e, se o regime monárquico não merecia consagração, atravessava incólume as páginas cantantes de estilo. Escrevia devagar, já o não mordia a febre do trabalho: a concepção andava-lhe atualmente numa preguiça. Ansiava sobretudo que o casamento da filha do deputado passasse, para se ocupar seriamente da vida.

Chegado o dia, um sábado, teve um grande cuidado na sua *toilette*; a prima, ao meio-dia, veio encontrá-lo numa agitação, tomou-lhe a sobrecasaca para ela mesma escovar:

– Parece que é você que se vai casar.

Ele gaguejou que ainda era cedo para isso. Depois de tudo arrumado, ela desceu a ver, a experimentar o vestido: o Fidêncio tinha notado nela uma preocupação anormal. A prima trazia qualquer coisa na cabeça. Durante o jantar, viu-a abstrata, o apetite falho e parcimoniosa de seca. À hora marcada, vestiu-se, perfumou as mãos, calçou-as de luvas novas em folha, desceu martirizado ainda pelo bigode que não tomava o aprumo necessário. Ia passar pela porta entreaberta do quarto da parenta, quando a voz dela o fez estremecer, mandando-o entrar. Poucos passos além do limiar deteve-se, num quase susto, deslumbrado pelo luxo que lhe era dado aquilatar pela primeira vez. Ela terminava o toucado diante duma *psyché* aparatosa; o vestido de seda, cor de vinho, ajustava-se-lhe às opulências do corpo, com um ligeiro decote; e todo o seu cabelo era uma cintilação soberba de brilhantes. O leito era o mesmo de quando casada, madeira preta, atufado de rendas. O rapaz enfiou medrosamente o olhar através do cortinado espesso e arrepanhado, até as almofadas enfronhadas de linho e a colcha de seda cor de rosa. Sentiu-se colhido dum mal-estar.

– Primo, que acanhamento é esse? Estou pronta, graças a Deus.

Voltou-se, examinando-o, deu-lhe um toque na gravata, saíram. O *coupé* estava à porta, rodaram ruidosamente, ao anoitecer, para Santa Cecília. A casa do deputado tinha um aspecto festivo, iluminada, passeio juncado de flores, com uma mó de curiosos em frente. Ele apeou-se, largou a prima, sumiu-se entre os convidados, já numerosos, conversando na sala vestida de tapeçaria, com grandes lustres acesos. O Fulgêncio viu-o logo, agarrou-o, conduziu-o a conversar com vários amigos, entre os quais o doutor Álvares Trancoso, redator da *Província*, um indivíduo alto, franzino, de *pince-nez* e com a face picada de varíola. Extremamente delicado, tratou-o imediatamente de colega; disse-lhe a satisfação de o conhecer intelectualmente mediante a apresentação dum cônego tão eminente como o Fragoso; e analisou o artigo publicado, uma análise rica de conceitos e de síntese. O Fidêncio ficou bem impressionado do conhecimento, prometeu uma visita à redação, com vagar, podendo então ministrar um exame minucioso da sua *Filosofia*. O outro agradeceu acaloradamente a preferência. A roda foi-se avolumando, pessoas na maioria desconhecidas para o rapaz, amigos do jornalista e do comerciante. Vendo-se alvo de observação, procurou dar-se uma atitude grave, palestrando mais com o doutor Trancoso, cujas maneiras começava a apreciar e de quem, de repente, uma curiosidade o alagou de deliciosa sensação. Ouvira ele dizer que o senhor Fidêncio ia entrar na política.

– Uma simples experiência, doutor Trancoso.

O jornalista gabou-lhe o gosto. Pois que há de fazer um homem, consciente do seu preparo, se não prestar serviços políticos ao seu país? Bastava a corja dos cegos de espírito que já enchiam a canoa. Augurava-lhe a ele, espírito esclarecido, uma carreira grandiosa. O rapaz teve uma resposta esquerda:

– Bondades suas, doutor.

O que era preciso, volveu o outro, era moralizar a política nacional, não admitir profanos dentro da grei liberal. Quantos inimigos do governo, com fumaças de mantenedores da ordem pública, não iam jesuiticamente cavando a ruína da monarquia! A moralidade na política, eis a grave questão. O Fidêncio engrossou, dizendo que o governo precisava de energia.

Nisto o doutor Barros apareceu, de casaca, muito vermelho, cumprimentando de um lado e doutro. A hora estava chegada, e os convidados um a um foram saindo, enfiando-se nos carros, para assistirem à cerimônia na Sé. O cortejo abalou ruidosamente, cortou a custo a multidão de curiosos. O Fidêncio, apertado entre o jornalista e o negociante, sentia o colarinho amolecer no calor da noite, uma noite sem estrelas, ameaçadora. Experimentava uma melancolia vaga, não tendo visto a Melinha, e foi então uma ressurgência da sua birra inveterada a festas. Numa reunião íntima, numa festinha familiar, as pessoas são poucas, existe a liberdade de a gente aferrar-se a quem quer que seja, conversar à larga; mas num casamento de etiqueta!... Quando chegaram, o suor gelara-se-lhe nas têmporas, achava-se incomodado; percebeu indistintamente as luzes, os paramentos da igreja; só notou que o noivo tinha uma palidez de morte, ao abraçá-lo; e foi com um suspiro de alívio que se meteu de novo no carro, para a volta. Nem enxergou o senhor Fulgêncio, no atabalhoamento do embarque: só o viu quando o carro rodou:

— Onde está o doutor Trancoso?

Desaparecera no aperto, com certeza. Regressavam felizmente mais desafogados. O negociante queixou-se do "calorão", uma coisa impossível, estava pingando, ventarolou o claque com fúria. Parecia agitado:

— Que tempo, hein, senhor Fidêncio? Um braseiro.

O ventarolar do claque foi-se acalmando:

— Graças a Deus, voltamos os dois sozinhos. Eu preciso muito falar com o senhor Fidêncio em segredo.

Houve um silêncio mais ou menos prolongado: o rapaz esperava atento, ao passo que o companheiro não se aquietava, mexendo-se, com um leve pigarro. Finalmente, desembuchou um rosário de protestos de simpatia ao senhor Fidêncio, cujo talento ficou admirando desde o primeiro instante, cujas qualidades morais não se cansava de elogiar e de quem se confessava um amigo sincero, para tudo. Só o senhor Fidêncio, como primo da senhora dona Feliciana, lhe podia prestar um inolvidável serviço. O moço, atrapalhado, quase adivinhou, mas trancou-se no silêncio, sem saber o que dizer. O outro arrojava-se, sentindo o rápido rodar do cortejo:

– O favor, que eu lhe peço, senhor Fidêncio, o favor de que lhe vou ficar devedor toda a minha vida, é entregar esta cartinha à excelentíssima senhora dona Feliciana.

Estava já com a carta empalmada, procurava meter-lha na mão: o Fidêncio, porém, resistia, numa negativa tácita, e ele doeu-se numa compreensão do movimento:

– Senhor Fidêncio, se eu lhe peço este favor de sua amizade, é porque ele está de acordo com o seu brio de moço. O objeto desta carta é muito puro e muito digno, e quem a escreveu não escreverá segunda.

A tirada do negociante foi nobre, não havia mais motivo de recusas: guardou a carta, com solenidade e com uma ponta de sentimento involuntário. Não que não encontrasse no senhor Fulgêncio um cavalheiro honesto, um partido de vantagem; pelo contrário, dos amigos que frequentavam a casa da prima, era com quem simpatizava mais, fora o cônego. Constrangia-o, contudo, o pensar que a parenta dum dia para o outro podia casar: um sentimento inexplicável para ele, que observara não fazia muito tempo nela uma oposição latente ao seu pendor amoroso. Uma contrariedade toda atual, estranha, e a que estranhamente se enraizava a reminiscência do quarto em que a vira, toucando-se, com o linho e o luxo do leito às vistas dele. Uma correlação extravagante com a impressão que ela tivera, dias antes, ao pensar no seu amor com a filha do deputado... Enquanto o companheiro se enfronhava numa meditação, ele também meditava buscando fundamentar aquilo que não estava no seu coração, mas no seu temperamento de sensual. Que ele amava cada vez mais a Melinha, era assunto indiscutível; para a concentração absoluta dessa paixão fora preciso, porém, o recolhimento, o abandono de toda outra familiaridade. A vizinhança, o contato diário com a prima mordera-lhe a carne, sem prejudicar a pureza do único ideal de sua existência. Ah, nunca lhe esquecera aquela sensação logo de chegada, os seios dela avolumados sobre o seu braço! Ultimamente, então, a intimidade ultrapassara o limite do razoável, tornara-se perigosa, ela a cada passo no seu quarto, impondo-se com aquela correção de formas que nenhuma outra possuía, soberba de curvas e, o que era mais, delineando-se no roupão bem talhado, nem que fosse feito por mãos do demônio, para atear o fogo. Sentia, agora, na noite, uma atração mordente para aquele corpo viçoso, onde as formosuras recônditas queimavam sob o gorgorão ou sob a seda. E esteve um momento olhando, através do calidoscópio espiritual, a colcha de seda cor de rosa, a fronha mole, o cortinado preso ao alto como sobre um estio fecundado de desejos... De repente, a voz do negociante acordou-o:

– Senhor Fidêncio, estamos a chegar. Não me esqueça a carta, pelo amor de Deus.

E rapidamente, enquanto se preparavam para apear-se, resumiu o seu acanhamento, o medo de falar duma coisa tão grave. Ele apertou-lhe a mão gelada:

– Confie em mim, senhor Fulgêncio.

Apenas entraram sob o dilúvio das flores destinadas a saudar os recém-chegados, buscou aturdir-se, banir de vez as ideias com que viera no carro. Uma verdadeira aberração de sentidos, aquela! E justamente com a prima, que devia ser para ele uma pessoa sagrada, em quem jamais devera ter cheirado a carne. Jurou entre si, firmemente, entregar a carta na saída, desatar a incumbência. E dentro da casa do doutor Barros, na sala de jantar ornamentada, enfestoada com pompa, diante da mesa de doces esplendorosa sob os bicos de gás, tudo lhe esqueceu na ansiedade deliriosa de conquistar a única felicidade a que ia fazer jus na carreira política. Que pena não poder reter à vista a noiva que sua alma elegera! Mas a Melinha, de vestido cor de creme, modesta no seu penteado florido dum botão de rosa, não parava, dona de casa agora, dum lado para o outro, levantando um bocado de conversa aqui, atendendo além a um desejo, a um chamado, a uma solicitação; mas o seu olhar de cada canto, radiava para ele.

Começou a considerar o mulherio, espalhado nas cadeiras, enfatuado de arrebiques, fisionomias brancas de pó de arroz, decotes fartos, sorrisos de ensaio, para o namoro. Teve asco, olhou logo o casal de noivos ao fundo, numa solenidade embaraçosa. A noiva estava muito bonita, o vestido e a grinalda ficavam-lhe bem, como numa virgem para culto. Feliciana, ao lado, falando com ela, tinha uma beleza fidalga; ele reparou que todos os olhares estavam pegados nela. O murmúrio das conversações subia de ponto; *flirts* cruzavam-se entre as moças, sentadas ao comprido dos muros, e os rapazes aglomerados às portas; e o calor crescia naquela atmosfera em que todos os corações pareciam sucumbir sob palpitações ardentes. O rapaz ia retirar-se, sôfrego de ar, quando viu a prima encaminhar-se para ele, com uma das mãos cerrada. Trazia um botão da grinalda da noiva para ele morder. Ficou redondamente pateta.

– Ande, Fidêncio, morda, é simpatia.

Mordeu vagamente o botão, e saiu de golpe, sentindo que muitas pupilas femininas se fixavam nele. Chegou precipitadamente à sala, onde o doutor Barros pelestrava com o Trancoso e sujeitos graves da política. Foi apresentado à roda pelo deputado que, entusiasmado, lhe deu ruidosamente o nome de "amigo ilustrado e esperançoso político". O jornalista tomou novamente conta dele, proclamando-se honrado com a privança dum espírito tão lúcido como o do autor da *Filosofia*; indagou-lhe a idade.

– Vinte e dois, doutor

Foi um assombro. Vinte e dois anos! Uma genuína precocidade literária e política. Que ótimo elemento para o partido liberal! E veio-lhe uma curiosidade de saber qual a primitiva tendência do talento do seu novo amigo. Notando que o rapaz esperava uma explicação:

– Sim, meu ilustre confrade, o que escreveu nos seus anos mais verdes? Prosa ou verso?

Fidêncio protestou sua completa negação para coisas de metro. O outro, calorosamente:

– Pois eu comecei pela lira, como quase todos os nossos grandes homens. Um livrinho de versos, com o título *Lira do sertão*. O sentimento desabrocha cedo no Brasil. Aposto que o doutor Barros já pagou também o seu tributo à musa...

O deputado, com franqueza:

– A musa, doutor Trancoso, nunca eu conheci; mas me lembra uma ocasião ter deitado umas trovas ao violão por causa duma mulata:

> Mulata da serra acima,
> vem cá ouvir meus ais:
> canto, como este de amores,
> jamais o ouvirás, jamais!

Houve uma hilaridade, todos riram na roda; mas o deputado, sisudamente, anunciou a hora dos doces. O doutor Trancoso tomou o rapaz pelo braço, e, enquanto os outros seguiam na frente, ele foi contando o gênio do doutor Barros, sério só em casa, um verdadeiro endiabrado quando se achava com bons amigos, num botequim, a palrar de contos velhos, de troças, de mulheres. Uns cinquenta anos que valiam a mocidade!

A mesa, vasta embora, não chegou para todos os convidados: as pessoas mais gradas sentaram-se, aguardando os outros, de pé, que viesse a sua vez. O Fidêncio esgueirou-se para o terraço, ansioso da sombra, dum canto em que ficasse momentaneamente esquecido, capaz de associar os seus pensamentos. Sentou-se justamente no lugar santificado por um minuto delicioso da sua vida; olhou o céu, agora claro, sem uma nuvem sequer das que havia pouco o faziam tempestuoso. Estava trespassado da ansiedade de alguma coisa que devia suceder ou de alguém que devia chegar. Chegou, de fato, com o seu vestido claro, leve como uma visão, meiga como um anjo. Ele suspirou o nome dela, e foi como se uma familiaridade se prendesse a outra, a reintegração do minuto delicioso no presente: entrelaçaram as mãos. A moça desabafou-se:

– Você não imagina como eu estou cansada, Fidêncio. Duma banda para a outra, nem tenho tempo de olhar você.

– E sente falta, Melinha?

– Nem você pergunte, Fidêncio!

Era mais um cochicho do que uma fala. Na sala de jantar, através das cortinas, percebiam-se indistintamente os vultos; os cristais principiavam a tinir, animava-se o vozerio. A moça tocou nos seios:

– Olhe, Fidêncio, está aqui.

Ele quedou-se a fitar, aparvalhado.

– O botão da grinalda que a Feliciana me deu, mordido por você.

– Você acredita, Melinha?

Acreditava. Como não acreditar numa coisa que lhe fazia bem?

– Você gosta mesmo de mim a sério, Melinha?

Ela teve um quase grito de sofrimento, magoou-se deveras. Justamente naquela hora em que estava tão triste por perder a mana, o Fidêncio duvidava dela! A voz dele atalhou atropeladamente, que não era dúvida da sinceridade do amor de Melinha, mas compenetração incessante da sua miséria. Obscuro, pequenino, precisava duma certeza absoluta do amor dela para não enfraquecer na luta que ia travar pelo seu nome, pela sua carreira, pela sua glória.

– Trabalhe, Fidêncio, eu estarei sempre ao lado de você.

– Melinha, Melinha, eu enlouqueço de felicidade.

As mãos desataram-se, para se conchegarem os braços: iam-se esquecendo da situação, quando ela despertou:

– Até logo, Fidêncio. Tenha fé neste botão de noiva.

Desapareceu, abandonando-o ao gozo solitário de uma ventura. Como aquele rápido colóquio o havia purificado, expurgando-o das impulsões de sua animalidade! Como se sentia cheia da alma, daquela alma de criança, que escolhera a sua para irmanar na longa romagem da vida! Esteve um minuto a desfrutar-se na brancura de seus pensamentos, na honesta palpitação do seu coração. Bruscamente, porém, um calafrio longo, fibra a fibra, por todo o corpo atrozmente: a apostasia de suas crenças, a sua mocidade recalcada para a craveira duma degradação... Casado, e embora feliz, não viveria continuamente no receio duma ressurreição do seu tipo antigo, mercê do ódio que tantos lhe votavam? Lembrou-se a princípio o *Sétimo Distrito*, lá da roça, e o seu horror cresceu visionando uma imagem na escuridão. Através da noite, dos brindes que se levantavam agora, do regozijo recente, de tudo, o visionamento foi completo – os olhos do capitão Bento, esfuracando a escuridão, vieram espiá-lo bem ao vivo da sua consciência...

Quando em seguida se achou na sala de jantar, o seu esforço foi todo para varrer do espírito um receio vago. Sentado à mesa, procurou aturdir-se, bebeu insensivelmente várias taças de champanhe. Ao cabo, alheava-se escutando apenas os brindes que não terminavam. O último a falar foi o cônego Fragoso, que havia pouco entrara, vermelho da corrida, desculpando-se da demora e que discorreu elegantemente sobre o matrimônio, na sua forma habitual, rica de citações francesas. Ficou-lhe de memória uma frase, duma moça quase colada às suas costas: "Que pena o cônego não poder casar!". Para a pacificação do seu ânimo foi necessária a prosa do reverendo, sempre afável, curvado de considerações, atirando-lhe a cada passo epítetos graciosos. Teve que dizer das apresentações de que tinha sido objeto. Ao saber entrado na simpatia do redator da *Província*, o cônego bateu-lhe nos ombros:

– Você, quando conhecê-lo de perto, vai gostar muito dele. Um talento para escrever qualquer artigo dum fôlego. Ele tem uma mulher, Fidêncio... muito fresca e habilidosa. Ela faz uns pastelinhos de você revirar o olho. Qualquer sexta-feira você vai comigo a comer-lhe os pastelinhos!

Quis por seu turno apresentar o rapaz ao doutor Álvares Trancoso: foi encontrá-lo na sala de visitas a cavaquear com o doutor Barros, ambos no sofá. O jornalista mostrou-se agradavelmente surpreendido:

– Estava agora mesmo conversando com o nosso eminente chefe a seu respeito, senhor Fidêncio. O doutor Barros, assim como eu, tem fundadas em sua inteligência as mais robustas esperanças. O que diz, cônego?

O outro, acaloradamente, corroborou. Pois não tinha sido o arauto daquele belo espírito? Exigia para si semelhante glória.

– Não lha disputo, cônego; mas exijo também a minha – a de ser a *Província* o órgão preferido do nosso jovem patrício. Quero que a partir de hoje o senhor Fidêncio frequente a redação do meu jornal, e aí se instale como um elemento de prestígio. Há de me procurar, não é assim, senhor Fidêncio?

Estava largamente familiar, depois do doce molhado a champanhe. O cônego aproveitou a oportunidade, desejoso de que entre o seu "afilhado", como chamava ao Fidêncio, e o doutor Trancoso, o estabelecimento da camaradagem caminhasse depressa: disse que acabava de convidar o rapaz para o acompanhar numa sexta-feira à casa dele. A face do jornalista teve uma expansão gloriosa:

– Muito bem, cônego, muito bem! Vá na próxima sexta, Fidêncio. É o meu dia grande, a sexta-feira! Passo a peixe como se fosse um católico beatarrão. É o único dia da semana que minha mulher vai à cozinha.

O cônego descreveu logo um jantar em casa do seu amigo como um banquete real.

– Exagero, Fidêncio! Você não acredite.

A intimidade estava começada, o "você" repetiu-se, e foi imediatamente uma troca de opiniões, em que os dois se aprofundaram, esquecendo-se a pouco e pouco do deputado e do cônego. Diziam da literatura, da política, dum aspecto social, de tipos proeminentes, quando bruscamente o jornalista se recolheu, pensativo, com uma ruga na fronte. Em seguida a voz veio-lhe lentamente:

– Fidêncio, as verdadeiras amizades estabelecem-se depressa. Sou tão seu amigo já, como se o conhecesse de muito tempo. Eis a razão do conselho que lhe vou dar. Conhece o capitão Bento Galvão?

O rapaz empalideceu extraordinariamente, gaguejou que o conhecia.

– Pois de hoje em diante é tratá-lo como um cão! Fuja-me dele como da peste! Quer o motivo do meu conselho, Fidêncio? Foi-me há poucos dias ao escritório com um artiguete contra si para a seção livre. Uma verrina inqualificável, nojenta! Repeli-o imediatamente, assegurando-lhe que, no meu jornal, não se admitia a menor ofensa ao ilustre autor da *Filosofia da história nacional*. Entupi-o, Fidêncio!

O cônego, depois de apertar a mão ao jornalista pela sua conduta, abraçou largamente o rapaz, proclamando-o acima dos ataques do aleive perfilhado pela ignorância. Mas a indignação do deputado foi que não pacientou, rompeu como uma catadupa:

– Pois então a cavalgadura!... Bulir com você, Fidêncio? Um tratante que não sai de quanto bordel, de quanto covil existe nesta capital! Que vive dando escândalos todo o santo dia! Ah!, que se o apanho, Fidêncio! Doutor Trancoso, se agarro aquele tipo... se...

O doutor Barros estava gago, vermelho de furor: não concluiu; porém, o gesto, em que se violentou, equivalia a uma condenação para o militar. Com certeza, na ocasião, se o apanhasse, fazia-o em trapo. O cônego, no entanto, intervinha com a sua voz aflautada de orador sagrado:

– Para que tamanha exaltação, doutor Barros? Não desçamos à imundície. Quem não conhece em São Paulo o capitão Bento Galvão? Você, Fidêncio, não deve fazer caso nenhum de quejandas calúnias. É prosseguir na carreira encetada, meu caro, ouvindo os conselhos cá do doutor Barros, do Trancoso, e os meus, se alguma autoridade de Mentor porventura você encontra em mim. E um supremo desprezo pra canalha!

Esmagado sob tão pressurosa e cordial demonstração de estima, o rapaz, ainda trêmulo do choque, buscava uma saída, quando a prima, a quem se agarrava a Melinha, apareceu na sala para se despedir. Servido o doce, a noitada acabava, porque era vontade do noivo que não houvesse baile, tendo exigido o máximo de simplicidade na festa. O deputado, todavia, clamou logo contra a pressa.

– Onze horas, doutor Barros, e a caminhada é longa. Vamos, primo.

A despedida foi larga; o doutor Trancoso soprou ao rapaz, abraçando-o juntamente com o cônego, que se não esquecesse da sexta-feira, do jantar em sua casa; e a viúva por minutos conservou perto dos seios a moça que chorava a partida da irmã, agora casada. Saíram, finalmente, para a rua, onde o carro os esperava. Caminho da Liberdade, a Feliciana começou a queixar-se da noite abafada: respirava penosamente; e a sua mão, desluvada, agitava sem cessar o leque. Ele calava-se, com a cabeça trabalhada por pensamentos múltiplos e sem direção fixa, palpando o peito onde guardava a carta do negociante. Mas a prima pedia-lhe agora sua opinião acerca do casamento:

– Muito boa festa, prima. O doutor Barros tratou-me com distinção.

– Só o doutor Barros?

Ele enleou-se e a pergunta ficou sem resposta. Ao mesmo tempo, sentado como ia ao lado da prima, ouviu-lhe o coração num movimento de galope. O leque agitava-se cada vez mais; e de brusco, maquinalmente ou por intenção, a única mão enluvada veio cair sobre a perna dele. Foi um calafrio, depois a pouco e pouco, no calor, uma sensação esquisita, senhoreando o seu organismo como uma verdadeira loucura, crescente de momento a momento. Ela entrou a emitir as suas impressões alagadas de fastio, não do doutor Barros nem da Melinha, mas da noiva, dentro duma reserva ridícula, e com especialidade do Cavalcânti, empertigado e seco. Por vontade, havia mais tempo se teria retirado.

O Fidêncio mal ouvia, na onda de sensações que o acabrunhava. Até a seda cor de vinho, a que por vezes tocava com o braço, fazia-lhe mal, era como um prurido que lhe ia morrer no coração. Suspirava pela chegada, pela liberdade silenciosa do seu quarto. Minutos depois o carro parava, apearam-se, e ele involuntariamente quis apressar-se, quando se sentiu agarrado pelo braço, chegando quase aos seios dela:

– Espere, vamos juntos, primo. Estou meio incomodada.

Arrastava-se, de fato, ao braço do rapaz, como se uma extrema frouxidão lhe quebrasse o belo corpo. A noite em torno era toda uma treva pesada, e apenas ao longe os relâmpagos ziguezagueavam. Fidêncio, desatinado, esbugalhava o olhar num esforço quase doloroso; e ao chegar à sala, àquela hora soturna, o seu primeiro ímpeto foi de fuga, nem que o atropelasse o pânico duma catástrofe imensa.

– Fidêncio, Fidêncio...

Enfiou-se com ele através do corredor e, à porta do quarto, teve um movimento insólito, pegou-o dum braço, que viesse, antes de subir, acender a vela do criado-mudo. Acentuou-se então nele o tremor, e foi aos tropeções, tateando num objeto, noutro, com as ideias em completo turbilhão, que se aproximou do leito. A muito custo acendeu a vela, e ficou-se colado à parede, na postura do criminoso, o suor frio às fontes, bambo como um ébrio, cavado apenas dum pressentimento de desgraça.

A viúva, fechada a porta, olhava-o num enlevo em que a chama dum triunfo cintilava; e estava duma beleza surpreendente, no esplendor fogoso de sua mocidade. Maquinalmente, silenciosamente, principiou a desacolchetar a blusa; a seda rangeu na precipitação febril, e os seios saltaram enfim de sob as rendas da gola da camisa, gemendo debaixo da compressão do espartilho; mas a loucura tomou o rapaz neste momento, viu-se apertada num abraço e, aos gritos roucos dele, o vestido, as saias, a camisa, tudo caiu em farrapo, ficando unicamente de pé a obra perfeita da natureza, a estatuária desnudada e estonteante...

O Fidêncio lançou um soluço de gozo infinito.

Pela manhã, imediatamente depois do banho, ainda de roupão, Feliciana subiu aos aposentos do primo. Ele não estava nem no quarto, nem na sala e, o que era mais, a cama achava-se intacta. Sentou-se no sofá, procurando uma razão para aquela saída tão matinal. Onde fora e por que não se deitara, tendo-se retirado do quarto dela às três horas da madrugada? Pieguice do primo! E jogou-se inteiramente à rememoração do mínimo detalhe daquela noite, noite golpeada de alucinações, dentro da qual a sua alma, o seu temperamento, todo o seu ser se sentira tão bem, num gozo tão pleno, como nunca havia sentido...

O certo era que, após a birra, a irritação movida pelo acanhamento do parente, chegara a um estado de coração estranhamente imprevisto. Gostava mesmo do Fidêncio, e agora que o tinha gozado, que lhe tinha entregue de envolta com os mistérios dum amor brusco e tirânico os segredos mais recônditos do seu corpo, era a paixão que lhe comia fibra por fibra o organismo inteiro. Ela, até ali inflexível em pontos de dignidade, publicaria o seu amor pelo primo a todo o mundo, diante de quem quer que fosse e em qualquer canto do universo... De que inefável delícia se vira presa, a fazer-se pequenina, sem vontade, completamente desorientada, sob a pressão dos braços dele, sob os beijos que lhe viajaram dos seios aos pés em caravana de desejos tresvariados e insaciáveis! Ah, guardava ainda no pescoço, abaixo do queixo, a impressão dos lábios sedentos, uma mancha escura, de bordos violáceos. Correu a um espelho, e esteve examinando-a, com um vagar trespassado de volúpia. Um ruído à porta fê-la voltar-se, inquieta: era a Cândida sobraçando a vassoura, o espanador e um pano úmido:

– Com licença de Sinhá, eu venho alimpar a sala...

– E eu, Canda, estou disposta a ajudar você.

Deixou-a primeiro varrer, pondo-se em seguida a espanejar a secretária, a ordenar os livros, os papéis e o tinteiro que simulava uma miniatura de choupana. A preta, com os beiços arregaçados, sempre risonha, admirava a patroa, ao passo que no seu olhar nadava uma curiosidade, que veio ao cabo, gaguejada:

– Sinhozinho hoje madrugou.

A viúva disfarçou um gesto de surpresa e, amarfanhando raivosamente uma tira de papel, arremessou-a para a cesta. Acabava de ler duas quadrinhas amorosas e, por cima, uma dedicatória – "a A., àquela que o meu coração elegeu para o noivado eterno"...

A Cândida continuou manifestando a sua admiração ao ver de madrugada o Fidêncio já de pé, caminho da rua. Imaginasse Sinhá que ela havia se levantado naquele momento e ia acender o fogo para fazer o café. Ele, que tanto gostava da cama, que só descia para o almoço...

– E você, Canda, não lhe disse nada?

– Fiquei sonsa, somente lhe perguntei se não queria café. Ele arrespondeu que não e foi-se.

A cara da preta pasmava-se, como se esperasse uma explicação. Então, ansiosa, a viúva indagou o estado do primo:

– Ah, Sinhá, muito bão ele não estava. Uma coisa a modos de lua. Eu parei sem saber.

Estranhou depois que ele não se houvesse deitado, encontrara a cama do mesmo jeito como a arranjara, sem uma prega nos lençóis. A viúva, terminado o seu trabalho, voltou a sentar-se no sofá, insensivelmente pensativa e melancólica; e, ao ouvir a criada, teve uma frase cheia de secura:

– Está bom, Canda, o que temos nós com isso?

A outra ficou chocada, ressentiu-se; mas foi obra de instante, para logo pedia desculpas, que se falava nisso, era unicamente pelo muito que queria o moço. Feliciana recebeu uma surpresa jubilosa, e permaneceu enlevada e satisfeita, ouvindo-a contar dos cavacos que tinha com Sinhozinho, gênio de moço conforme o seu dizer, sempre afável, disposto incansavelmente a escutar suas histórias de preta velha, que o carregara nos braços em pequeno, na rua da Glória... Deixou-se arrastar, atenta, embalada na voz cantada da preta:

— E quando ele chamava a você catinguenta, Canda?

— Ah, naquele tempo Sinhozinho era muito doentio, e as birras vinham também da má educação da mãe.

— Coitada! A tia Úrsula foi sempre dum gênio insuportável. Veja você, Canda, se isto tem propósito: todo o dia no quarto, nem me procura a mim, que nunca a tratei mal.

A preta defendeu-a pelo seu estado, era uma súcia de moléstias, vivia a cada hora gemendo, chamando por Nossa Senhora dos Remédios, de maneira a mover a gente ao choro. Pobrezinha! Tinha medo que os seus achaques a fizessem esticar dum dia para o outro. E depois havia a amofiná-la ainda o receio de que o filho se perdesse. Vendo que por um gesto a viúva traduzia o seu espanto, ajuntou maliciosamente:

— Sinhá sabe: é negócio de saias. Ela diz que, se Sinhozinho se meter com saias, morre dum dia para o outro. Não quer ver o filho perdido, vive a rezar pra intenção dele.

Houve um silêncio. A preta, que dava fim ao serviço, procurou debalde uma palavra, em que se prolongasse a palração, diante da atitude, agora sisuda, da viúva; mas, momentos passados, arriscava-se:

— E a coisa é que o Sinhozinho já não é o mesmo. Fala com a gente, porém que a cabeça não anda no lugar eu boto as duas mãos no fogo.

Movimento da dona da casa.

— Sério, Sinhá, nhô Fidêncio, se não anda com saias, não está muito longe.

— De quem você desconfia, Canda?

Ah, santo Deus, ela não sabia; simples desconfiança. Agora Sinhozinho falava sem parar da filha do doutor Barros, aquela moça tão formosa e chibante que vinha sempre visitar a dona Feliciana. A viúva, que tinha o braço descaído sobre uma almofada, por pouco não arrancou uma das borlas, no gesto violento que a sacudiu. A preta, admirada, apanhou a vassoura, o espanador e o pano, saiu imediatamente a cuidar da cozinha.

Apenas se achou só, Feliciana saltou para a janela, a ver o céu sem uma nuvem da borrasca da noite, a aspirar o ar embalsamado da primavera que floria no jardim. Sentia-se outra, transformada por um amor nascente e voraz, com exigências surdas, que se surpreendia de encontrar pela primeira vez dentro de sua natureza. Por que ele fugira? Ah, com que ânsia, ao entrar para aqueles aposentos, o teria agarrado, metendo-lhe freneticamente nos beiços o fogo dos seus beijos! Quem acreditaria na metamorfose da birra dos primeiros dias para aquele desejo insofrido de o enxergar para logo o reter nos braços, que a tempestade amorosa duma noite não conseguira dessedentar? E a tia Úrsula que o não queria metido com saias... Pois que morresse a beata, que estourasse duma vez! Não se reconhecia mais, impulsionada pela paixão, com frenesis e desvarios de instante a instante, sonhando por vezes com solidões bem-aventuradas, onde não a apoquentassem os conhecimentos que lhe entravam diariamente por casa, nem o doutor Barros, nem a filha, e muito menos a tia. Um lugarejo muito longe, e a sós com ele, seria o paraíso! Ficou bruscamente trêmula de ventura, ao relampejar duma ideia de casamento com ele uma noite próxima e no meio dum mistério delicioso...

Que tinha de censurável semelhante procedimento? Independente desde menina e muito mais na atualidade de viúva abastada, pouco lhe importava o que o mundo pudesse dizer. Sempre encarara de cima para os críticos do mundo... Mas ao mesmo tempo veio-lhe o pensamento da carreira dele, que queria ver colocado na posição que merecia, favorecido e alcandorado progressivamente na opinião pública. Sim, era melhor esperar, irem no segredo, criminoso embora, gozando o vigor juvenil dos seus desejos, sem ter que dar satisfações a ninguém, completamente ignorados de todos. Mais tarde, a consagração, o compromisso sagrado perante a Igreja e a sociedade. Fora tão feliz naquelas horas fugitivas de amor, adoravelmente violentada pela animalidade refreada do primo!

De novo, recalcitrou-lhe o espírito a turbar-se na lembrança da Melinha. Coração amante também, coração de ouro, mas rival do seu e que era força esmagar. Que fazia aquela velha amizade diante da sua paixão nascente, porém real, irritada e inflada de absolutismo? O símile da onda jogada, sumida na amplidão do mar! Doía-lhe este pensamento, ao passo que bem dentro de si raivava, ameaçadora, uma cólera contra as quadras que havia pouco lera e em que descobrira o sintoma iniludível dum primeiro amor. Melancolicamente, arredou-se da janela, deixou os aposentos do primo, desceu ao seu quarto a pôr um vestido caseiro.

Debalde esperou-o para o almoço. Sentada à mesa, na sala de jantar, fitou o ouvido à mais ligeira bulha da rua, certa a cada minuto de que ia ouvi-lo entrar, aparecer com os olhos ávidos dela; mas o tempo correu, e os pratos arrefecidos tiveram que voltar à cozinha. A preta não compreendia coisa alguma, ofereceu ovos quentes, e, a uma recusa, indagou se Sinhá estava incomodada.

– Enxaqueca, Canda; não vale nada.

A tia Úrsula, trancada no quarto, mandara dizer que não tinha apetite, que se não importassem com ela. Segundo a Cândida, a velha não se mexia mais da cama e, questão de muito pouco tempo, rebentava num ataque. Ouvira-a, quando lhe fora levar o café à cabeceira, extravagar, clamando que o seu Fidêncio estava perdido e que o via seguro pelo diabo, rumo do inferno.

Feliciana dirigiu-se lentamente para a sala, onde se conservou até as duas horas da tarde, impaciente, perseguida de apreensões, correndo do piano para a janela, da janela para o sofá, numa inconsciência quase idiota e, por vezes, com ganas latentes, contra tudo e contra todos, até contra o retrato do defunto que a fitava imperturbavelmente com as pupilas inofensivas de óleo. Que teria acontecido? De brusco, um ruído no cascalho do jardim, o ruído dos passos do primo. O grito triunfante que ela lançou, ao correr à porta, braços estendidos, no delírio do primeiro aperto!... Ele entrou cambaleando no estonteamento comunicado, e foi um instante para esquecer tudo o que desatinadamente fizera desde a madrugada em que rompera para a rua como um doido à cata dum equilíbrio moral impossível!

Apenas saíra do quarto da prima, a consciência fixou-se-lhe sob um oneroso fardo sem probabilidades de alívio. Houve nele um reconhecimento íntimo de abjeção em que nunca deveria ter caído. Principalmente no seu caso, amado por outra e trazendo no coração um afeto tão puro, tão sincero, como o que votava à filha do doutor Barros, aquela a quem se tinha confessado no melhor dos seus tesouros afetivos. Por menos percuciente que fosse a vista retrospectiva deitada à noite recente, a imoralidade do ato impunha-se e avultava. Em vão, no seu passeio solitário de rua a rua, exasperara-se de encontro a uma impossibilidade – à reprodução nítida do que fizera e exprimira junto aos seios da prima. Efeito da febre dos sentidos, resultado duma aberração física, aquela noite assumia agora as proporções dum sonho tenebroso, mas satanicamente deslumbrante, de tal modo que tudo quanto havia nele de fibra fremia com uma veemência extraordinária como a uma visão de orgia infernal.

A pouco e pouco, todavia, depois de um perambular desordenado de horas, o sossego voltou-lhe e, por uma sucessão rápida, a clarividência nas suas faculdades, experimentando, ao cabo, uma sensação esquisita de conformação e até de gozo. Quando foi almoçar num restaurante da cidade, o caso já lhe não surgia emoldurado às cores dum delito, de que devia subsistir remorso, mas como um contratempo, uma obra do acaso, um pecado da mocidade, de que a gente tem a obrigação de inferir um ensinamento para o futuro. Bebeu regaladamente meia garrafa de Bordeaux, devorou o almoço, pediu um charuto que umedeceu no Chartreuse antes de fumar. Na rua, estava agora por completo tranquilo, com um desejo até a boa prosa, entre amigos. Lembrou-lhe de repente o redator da *Província*, doutor Álvares Trancoso, a cujo escritório prometera ir. Dirigiu-se logo para a rua da Imperatriz, sôfrego de conversação e de pilhéria. Grande movimento, foi acotovelando aqui e ali bonitas mulheres, numa risonha disposição de espírito, até que, em frente ao escritório duma folha da tarde, se viu sob um mal-estar imenso, desejoso apenas duma debandada. Um encontro com o senhor Fulgêncio de Abreu, o homem ocioso, *habitué* de todas as rodas e basbaque infalível àquela hora e naquela rua. Ainda se o cumprimentasse simplesmente de longe! Mas encaminhou-se para ele como um raio, mais amarelo que de costume, com o bigode torcido de repuxões febris:

– Seu Fidêncio, seu Fidêncio!

Batia-lhe na voz uma ansiedade. O rapaz compenetrou-se duma necessidade urgente de meter fim ao encontro:

— Já entreguei a carta, meu amigo. A prima respondeu-me que não podia resolver sobre assunto tão importante de momento, ia pensar e depois ela mesma lhe escreveria uma carta.

O tom amarelado da face do comerciante esverdeou-se tragicamente; e, como a emoção o abalava sensivelmente, agarrou no outro, que queria levá-lo para o fundo dum café, onde pudessem sossegadamente conversar. O Fidêncio teve um ímpeto de se recusar, de mandar ao diabo as lamúrias que previa, mas venceu-o o sentimentalismo inato, o pendor que sempre lhe vinha das naturezas fracas, incapaz de reagir contra achaques de que ele também se sentia vítima. Ao mesmo tempo, o remorso duma mentira, da entrega da carta, da carta que ficara no seu quarto bem guardada no bolso da sobrecasaca, ajudou-o a acompanhar o maduro namorado que cambaleava às vezes, nem que fosse arrastando o pesar dum glorioso noivado perdido.

Foram sentar-se ao fundo do primeiro café do tempo, a uma mesa onde estivessem ao abrigo de curiosos. Apenas alguns fregueses, à porta, tomavam a sua chávena de café; dois italianos entraram a almoçar um "pingado" com pão e manteiga. O negociante ofereceu vinho do Porto, serviu-se dum cálice de conhaque e, cada vez mais verde, prorrompeu em indagações. A que hora entregara a carta, as impressões que notara na prima durante a leitura; e qual a opinião dele.

O rapaz, engolido o cálice de vinho, assumiu um sério de concentração, de quem, para responder com precisão e método, precisa associar as suas recordações. Ao primeiro ponto, respondeu que, escrupuloso como era nos deveres impostos pela amizade, procurara a prima sobre a manhã, logo depois do chocolate, fazendo-lhe sem delongas de explicações a entrega da carta. Quanto às impressões da parenta, como reproduzi-las? Num caso desses, o senhor Fulgêncio bem sabia, toda circunspecção é pouca. Ele, enquanto decorria a leitura, voltara-se para uma banda a dar tempo. No fim, ela lançara aquilo que acabava de dizer na rua — que ela mesma lhe escreveria uma carta.

Deu-se um momento de silêncio, respirou, involuntariamente acabrunhado pela mentira. Agora, ao que concernia à sua opinião, que podia ele ter de desfavorável a contar acerca dos votos do senhor Fulgêncio? Nunca ouvira uma palavra descortês a seu respeito da boca da prima; pelo contrário, uma ou outra vez, tivera ensejo de receber honrosas ausências do amigo. De forma que, sem dar a opinião, que lhe falhavam elementos para isso, devido ao seu gênio calado, avesso a novidades, podia, no entanto, assegurar que o negócio estava bem encaminhado. O outro, que esvaziara o segundo cálice de conhaque, tomou-lhe as mãos com um olhar súplice:

– Acredite-me, senhor Fidêncio, que me acho numa situação bastante séria. Amo a sua prima, a excelentíssima senhora dona Feliciana, como nunca amei pessoa alguma neste mundo. Se o meu pedido for recusado, se não casar com ela, dou um tiro na cabeça, juro-lhe eu!

O juramento foi proferido com solenidade. O Fidêncio sentiu as mãos tremerem entre as dele, quis retirá-las, mas a pressão tornou-se violenta de desespero:

– Eu não vivo muito tempo, seu Fidêncio, senão para esta ambição, a única da minha vida presentemente. Penso na excelentíssima senhora sua prima como quem pensa na única tábua de salvação que lhe resta. Debalde procuro no trabalho, na agitação diária, o esquecimento: todas as minhas ideias vivem junto da senhora dona Feliciana. E se alguma vez me passa pelo espírito o pensamento de que ela pode casar com outro, dar a outro aquele tesouro que só desejo para mim, tenho gana de levar tudo a ferro e a fogo!

O rapaz assustou-se perante uma violência realmente sentida: palavra, malgrado seu, num estado de alma deplorável, trabalhado já da desilusão. Aliviou-se ao poder furtar as mãos do exaspero daquele sofrimento; mas força foi ouvir-lhe os gritos do coração despedaçado. Agora, rugia a paixão contra o capitão Bento: suspeitas justificadas do amigo, ciúmes que se incorporavam com uma violência e energia de vagalhões sacudidos pela tempestade; e a correção não se comedia mais, as palavras saíam-lhe como vergastas, vibravam despejadamente, surpreendendo pela entonação os dois italianos, que, chuchurreado o derradeiro gole de café com leite, atafulhavam tabaco nos cachimbos. Chamou-lhe amigo Judas, militar sem brio, femeeiro sem vergonha!

O Fidêncio regozijava-se à tunda no capitão; e achou o derivativo magnífico para o caso daquela paixão desafortunada:

– Mas por que fazer questão por um canalha desses?

Acometeu ao negociante um arranco de vitória. Ah, o amigo Fidêncio já o conhecia, ao militar desbriado, sedutor de quanta mulher honesta havia, ao desordeiro que movia diariamente pancadarias sob o pretexto de dar pra baixo nos republicanos? Porém, melhor do que ele, ninguém o conhecia, nem sabia do quanto era capaz. Queria uma prova da sua canalhice? O capitão Bento estava com um artigo pronto contra ele, Fidêncio, no qual caluniava o seu passado, pintando-o como um republicano vindo da roça, ex-redator de jornalecos republicanos e até criatura de ricaços republicanos!

Pela segunda vez, assaltou ao rapaz o mesmo calafrio da véspera, de quando ouvira idêntica novidade do doutor Trancoso:

– O senhor Fulgêncio soube isso de alguém?

E a sua palidez cavou-se angustiosamente.

– Não, seu Fidêncio, soube dele mesmo, teve o desaforo de me mostrar o artigo, dizendo-me que havia de escangalhar com o primo urso da excelentíssima senhora dona Feliciana. Ah, mas eu preguei-lhe na cara que aquilo era ação de soldado! Que o homem que se preza não se remexe em semelhante lodo! Quase briguei com o canalha! O que lhe valeu foram os amigos que estavam perto. Mas há de me pagar caro, vou-lhe às ventas na primeira ocasião!

A raiva, em pouco, porém, cedia à obsessão do sentimentalismo: volveu às exigências do coração, à necessidade de dar arrumação dentro do casamento à sua vida – que no celibato em que se escoava, fatalmente se afogaria no nada. E a sua voz era mais e mais pungente; todos os seus anos de experiência e maturação espiritual esboroavam-se, sumiam-se diante duma verdadeira infantilidade de alma que se aprazia despejadamente a chorar desesperanças. Chegou a propor ao Fidêncio um pacto, um conluio para se entreajudarem, um do lado da viúva para o *desideratum* ambicionado e outro do lado do capitão, esforçando-se por aniquilá-lo na opinião de todos, por autopsiar as vastas sujidades morais sob que estava atarracado. Ele propunha-se a esmagar o capitão Bento...

– Eu, por mim, farei o que puder, senhor Fulgêncio.

Comprometeu-se molemente, agitado somente duma incoercível ânsia de abalar. Levantou-se, mas o outro, tendo de antemão pago a despesa, agarrava-o ainda, convidando-o, instando-o para que o acompanhasse à rua Barão de Itapetininga, onde morava em companhia de uma tal Josefa, anafada portuguesa que lhe fazia o serviço da casa. A boa Josefa! Até ela, cada dia, penalizada pela tristeza do patrão, falava-lhe das vantagens do casamento... O seu amigo Fidêncio, estava visto, ia provar o cafezinho que ela preparava como ninguém!

– Impossível, senhor Fulgêncio; tenho afazeres em casa. Para outra vez será.

O outro ficou murcho, tomando-lhe amistosamente os botões do paletó:

– Ah, os seus afazeres! Soube pelo doutor Florentino de Barros que ao meu ilustre amigo está destinado um belíssimo futuro. Deus queira, só para moer a canalha.

O Fidêncio teve um gesto de fraca esperança.

– Eu acredito, seu Fidêncio, que há de fazer uma carreira muito bonita. E o meu amigo já sabe – o senhor Fulgêncio de Abreu, para o que prestar, está todo às suas ordens. A bolsa com especialidade é do amigo.

Confuso, envergonhado, o rapaz ofereceu-lhe a mão em despedida. O aperto do negociante foi todo sentido:

– Confio em si. Não se esqueça da promessa.

Pouco depois, subindo a rua da Imperatriz, em direção à Sé, o Fidêncio experimentava algo com um remorso: a fronte enrugou-se-lhe, e o seu passo tornou-se lento, arrastado. Que direito lhe assistia de brincar com um coração tão franco, tão cavalheiresco, como aquele que se lhe desatara em confidências dum amor imenso e duma vasta agonia? E não havia duvidar que de começo, de todos os amigos da prima, fora ele por quem mais viva simpatia adquirira. Agora, no entanto, mentia-lhe ignobilmente e, o que acrescia o delito, enganava-o maculando aquela que devera ser-lhe sagrada como parenta e como viúva! Não, não era possível uma reincidência no crime hediondo: a solução de continuidade aberta em sua existência inteiriça e honesta, urgia cerrá-la, e para sempre. Do contrário, da brecha viria o abismo, não só para o seu futuro, como para a primavera do coração que apenas lhe começara a florir! Sim, para o norte do amor idealizado e virgem era que as suas aspirações e os seus votos deviam seguir rumo. Lá, bem em cima, pairava o azul dos seus sonhos, o céu da sua ventura – a vida honrada e simples no gozo tranquilo e consagrado por Deus.

Lento, cada vez mais arrastado, foi o seu passo: ia à viração duma meditação serena. Ao cabo dalgum tempo, todavia, as passadas amiudaram-se; dentro do peito precipitaram-se-lhe as palpitações; os lábios tremeram-lhe no anélito; e dali a nada não andava, voava, numa alucinação. Só moderou o passo no jardim da casa, à bulha impertinente do cascalho; mas assim mesmo chegou depressa ao seio de que se arrancara às três horas da madrugada, ao primeiro e tardio alvorecer do espírito depois que se havia afundado no oceano proceloso da paixão.

VIII

COINCIDENTEMENTE NA SEXTA-FEIRA, HORAS ANTES DE SAIR para o jantar do doutor Trancoso, o Fidêncio recebeu um jornal pelo correio, com o endereço numa larga cinta vermelha. Desdobrou-o tremendo, e ao verificar que era o diário vespertino da rua da Imperatriz, o susto pronunciou-se-lhe, um calafrio medular agarrou-o inerte ao chão. Reposto a pouco e pouco, enxergou logo na última coluna um sinal a lápis, por cima da epígrafe: "O moço das duas caras". Fez a leitura penosamente, com grandes intervalos de suores frios: "Conhecem-no? Vamos fazer-lhe o retrato moral ao público paulistano. Fisicamente, não passa dum fedelho, duma figura de homem de meter lástima, magricela, cor de açafrão, olhos semicerrados de gato recém-nascido e umas pernas de sabiá...".

A preocupação, porém, do colaborador da seção livre era o tal retrato moral, e este pintou-o com tamanha profusão de tintas, com traços tão detalhados, que se reconhecia a ajuda das informações locais. Naquela estreita e asquerosa coluna de jornal, ressuscitava o Fidêncio caipira, fundador do *Clarim*, afilhado de republicanos ricaços, escritor de vermelhos artigos contra a instituição monárquica, ardoroso na febre de propaganda, arrasando tipos e criações do regime. Nem o incidente da expulsão dele pelo João Carlos, monarquista mais de quebrar que de torcer, falhava na verrina. Mais, o Fidêncio romântico também ressurgia, com os azeites à Maricota e até, episódio monstruoso!, com o tirapé do sapateiro, seu vizinho. E rematava com uma interpelação atrevidíssima:

"E é dum jesuíta destes, dum pulha deste estofo, que o chefão político doutor Florentino de Barros quer fazer um monarquista, um homem da situação, para lhe dar logo uma mamata? Não será melhor que o ilustre deputado deixe o menino sossegado a chupar no dedo?"

A torpeza da verrina completava-se com o anonimato. A postura do rapaz, depois de ler, desolava profundamente: um susto infantil a que em vão tentava subtrair-se o seu espírito; as letras bailavam-lhe às vistas, e ficou por momentos esquecido do jantar, dos amigos, de tudo, empolgado apenas pela rudeza do golpe. Fora de dúvida, estava ali a mão do capitão Bento! Bem que o tinham avisado o Trancoso e o Fulgêncio. O bote do bicho saltara, e o que fazer agora, sob a acusação violenta, traiçoeira, que lhe desabava sobre a cabeça como uma catapulta? O seu primeiro ímpeto foi de fuga para muito longe, onde o não vissem olhos conhecidos, onde para ele uma nova vida começasse no seio duma terra de que os seus pés estivessem virgens. No entanto, havia pouco ainda estivera tão calmo! Sim, era verdade que o haviam avisado amigos, porém como esperar que em São Paulo, terra civilizada, alguém se abalançaria a agredi-lo por esse modo covarde? Fixara-se na ideia de que a verrina, a serpe acorrentada à seção mercenária, só podia ser perfilhada na roça, isto é, no meio do atraso, do carrancismo odiento, indispensável como atmosfera à organização da politicagem... Infelizmente, o prestígio do meio nada valia para certos indivíduos, cuja selvageria permanece refratária a toda educação: o capitão era em São Paulo o que seria, o fora com certeza nalgum ponto da província.

Verdade embora o que estava para ali, escarrado no papelucho, nunca o escreveria uma pessoa sensata, e de critério maturado na observação cotidiana. Que juiz bastante ponderoso de maneira a aquilatar das evoluções, das metamorfoses por que atravessa um espírito? Se a república assinalava um passo no progresso universal sobre a monarquia – *quod erat probandum*. Dali inferia ele, na filosofia otimista que esparramava sobre todas as coisas, que, se não achava evidenciada a preeminência dum regime ao outro, podia bem evoluir, ou, mais precisamente, mudar de rumo em suas convicções, sem que do fato derivasse quebra para o seu caráter de rapaz honesto. Isto, todavia, que lhe andara sempre presente ao pensamento, para embalar a consciência, a eterna rabugenta, não lhe acudia agora nem por sombra: empolgara-o absolutamente a ideia do negror da publicação. O que estava claro, o que ressaltava, era uma gana desvairada e indômita de o reduzir a trapo!

A princípio esmagado, foi experimentando uma longa reação, uma necessidade de movimentos, entrou a andar às tontas do quarto para a sala, com passadas incertas, que o faziam por vezes ir de encontro a um móvel, a qualquer objeto, atabalhoadamente. Estranhou de repente uma rajada de cólera que o tomou; transfigurou-se num ser possante, capaz de homicídios sanguinosos; a cama, a que os seus braços se aferravam, reagiu com fragor, desconjuntando-se quase; e era, como se tendo por diante uma visão odiosa, tudo quanto nele era órgão retesasse as fibras para o combate singular. Ao fim, veio o cansaço, o desalento; jogou-se para cima do leito, numa ânsia de se estorcer, de espremer em lágrimas uma vasta nevrose; e acabou estendido que nem um corpo moído de tundas e ao qual chumbasse igualmente uma inenarrável prostração de alma.

No mesmo desalento e quase na mesma postura, veio encontrá-lo o cônego Fragoso, que entrou na alegria ruidosa de sempre. Ficou pasmado:

– Fidêncio, que você tem?

O rapaz, endireitando-se desajeitadamente, parou sem saber como responder; mas acudiu-lhe um gesto que foi para cima do jornal. Uma exclamação jubilosa irrompeu logo:

– Mas é justamente a glorificação dos esforços do meu amigo que eu ali vejo! Eu li ontem de volta para casa. Ó Fidêncio, pois você deixou-se desanimar com uma verrina destas? *Sursum corda*, amigo! Levante a cabeça, concentre-se você em toda a energia do seu ideal e das suas aspirações, e despreze o resto – despreze o rebotalho que vive para aí a respigar caluniosamente na vida dos outros. Então você iludia-se com o capitão Bento?

Tremulamente, o rapaz rasgou brecha ao desabafo: nunca se iludira a respeito do capitão, a quem aborrecera desde o primitivo momento; sabia-o capaz de recursos baixos, de meios indecorosos, para levar a sua birra adiante; fora avisado até daquela publicação. Não podia, contudo, furtar-se à rudeza do choque. Uma coisa incerta, chegando pelo correio, com uma cinta bonita, como um presente de amigo! Só mesmo a bordoada! Os olhos crisparam-lhe temerosamente; mas o cônego atalhou:

– Ao jantar, amigo. Que arranjava você com umas bordoadas ao capitão Bento? Fora dar na lama e, você sabe, quem bate na lama não está livre dalgum salpico. Vamos lá, ponha a sobrecasaca, arrume-se, e toca a andar para o suculento jantar do Trancoso.

Ia-lhe nas frases um tom convincente de carinho; bateu nos ombros do rapaz, empurrou-o para diante do espelho, ao passo que, melifluamente, confidenciava os podres do outro. Uma alma de contínuo abrasada nas chamas do inferno: a cada passo, um episódio escandaloso de saias, principalmente entre o mulherio casado; e, não fazia muito tempo ainda, fora apanhado em flagrante com a esposa dum comerciante. Um horror! Todo o mundo andava no segredo das patifarias do capitão; e baixou mais a voz para soprar a sua profunda admiração diante da entrada dele naquela casa, dias antes... Dona Feliciana fizera muito mal em consenti-lo em sua sala! O Fidêncio esclareceu:

– A prima não o conhecia bem; e apenas verificou com quem lidava, correu-o como um cachorro.

Expulso então? A face do cônego teve uma expansão radiosa. Ah, nunca duvidara dos sólidos sentimentos de honradez da senhora dona Feliciana; muito bem, procedera segundo os ditames do dever. Agora de mansinho, para que nem mesmo as paredes ouvissem, ia confiar-lhe uma coisa que à boca pequena se rumorejara pela cidade... O olhar do moço espetou-se numa interrogação ansiosa.

– Ora, Fidêncio, o que havia de ser? O capitão dissera algures que mais dia menos dia conquistaria a excelentíssima senhora dona Feliciana! O canalha!...

O Fidêncio terminou a sua *toilette* silenciosamente; e, quando minutos depois se viram na rua, buscava com ânsias, na amplidão do ar livre, beber a passada tranquilidade. O companheiro silenciava também, admirando gravemente o céu azul, sem uma névoa, e por vezes espiando através dalguma bambinela arrepanhada, à espera de conhecimentos e já com um meio sorriso nos beiços sensuais. Voejava-lhe uma curiosidade no espírito: desfechou-a, vencido um largo trecho do caminho:

– Que tinha hoje a sua excelentíssima prima? Nunca a vi tão séria!

O Fidêncio fez indecisivamente um gesto, que não sabia. A prima levava a sua vida tão recolhida, quase só se encontravam às refeições, e muito parcimoniosa de falas. A amarelidão que lhe viera havia bocado, da leitura da esterqueira, acentuava-lhe agora no ar hipócrita a que se refugiava.

– Ela do que precisava, deixe-me ser franco, Fidêncio, era do casamento. Que diz você, hein?

A mesma indecisão, não sabia; e demais, segundo ouvia sempre à preta da casa, ela nem queria que se falasse nisso.

– Saudades do marido ou que, Fidêncio?

Podia ser isso, mas nunca lhe dissera, e até arredava a conversação do falecido. O que era certo era que a prima tinha suas esquisitices, ora muito afável, ora com o gênio espicaçado, impertinando por qualquer motivo, quando não se trancava num recolhimento absoluto. Uma verdade, porém, estava na bondade que fundamentava todos os atos dela. O cônego declarou-se logo um casamenteiro *à outrance*: água benta, nem um remédio havia melhor para as tristezas solitárias dum coração. Ela que se casasse, e adeus recolhimentos, impertinências, anomalias de gênio!

O rapaz a custo conteve um trejeito de impaciência; e colheu para derivativo o primeiro assunto – o casal Trancoso. A loquacidade do sacerdote pormenorizou imediatamente com a sua terminologia vezeira: um *ménage* modelo, sem arrufos nem pieguices. O jornalista, homem do tempo, tinha o seu modo de compreender e praticar a vida; não se imiscuía profundamente na economia, no dia a dia caseiro, abdicava no critério da mulher uma independência de hábitos, como espírito superior. Ela vivia consoante lhe era cômodo e melhor: tinha a sua sala de visita, e ali recebia quem lhe aprazia, pessoas por vezes a quem o marido mal conhecia. Ah, o amigo ia relacionar-se com a dona Cesarina, mulher direita, bonita, apesar duns trinta anos florescentes, respeitável na plenitude das suas formas de velha estatuária! *Une femme comme il faut*. E concluiu, babosamente, com uma centelha misteriosa no olhar, a face esparramada de gozo, que a dona Cesarina possuía uma mão divina para a feitura duns pastelinhos.

– Só para os pastelinhos, cônego?

Ele estranhou a malícia partindo do Fidêncio e deu largas a um riso venturoso enchendo de palmadas macias as costas do amigo.

– Ora você, caríssimo! Que tratante me está você saindo!

A chegada à rua da Glória, na casa do Trancoso, realizou-se festivamente. O casal esperava e, apenas se viu na sala, a primeira curiosidade do Fidêncio foi maquinalmente para a matrona, e achou-a bonita, com efeito, os trinta anos disfarçados num trato fidalgo, epiderme rosada e fresca, formas roliças e obedecendo docilmente à justeza do vestido, um vestido de sair, claro, que casava a primor com o tom castanho-loiro do cabelo basto. Nas palavras que lhe dirigiu saudando-o, apenas descobriu o vinco ao longo da boca e uma ruga nas pálpebras; mas o viço, a mocidade estava no olhar cheio, no riso timbrado de cristais, nos movimentos ondulados, flexuosos, do corpo opulento. Ao lado dela, o tipo de nortista do marido, espigado, trigueiro, com uma nascença de calvície, se contrafazia num plano de figura inferior. No cavalheirismo costumeiro, abraçou o Fidêncio:

– Os meus parabéns, amigo. Li ontem a coisa: é uma glorificação.

Mas o cônego, atalhando de golpe:

– Silêncio e desprezo para cima dos fregueses da Seção Livre! O Fidêncio já sabe o que deve pensar.

Sentaram-se, o rapaz perto do doutor Trancoso e o cônego junto à dona da casa, que se achava adoravelmente bem disposta, as belas mãos sobre os joelhos e o sorriso aflorando-lhe à boca duma fresquidão de menina. Ouvindo o jornalista, que manifestava o prazer tanto dele como da Cesarina ao vê-lo em sua casa, para um "obscuro jantar", o primo da Feliciana atentava nos móveis, no piano, numa mesa ao centro, nos quadros, no *biseauté* acima do sofá, e sentia-se impressionado pela limpeza e pelo aroma que do mínimo objeto finamente se evaporava. Lembrava a sala da parenta, sem tanto luxo, mas com conforto igual, obra com certeza daquela mão divina preconizada pelo cônego, que agora a fitava num embevecimento, o veio da eloquência momentaneamente estancado pela admiração. A voz dela desatou-se pressurosa, plena e com um arrastar melodioso nos esses:

– Acredite, senhor Fidêncio, que o Trancoso me deu uma verdadeira alegria dizendo-me que o tínhamos hoje com o cônego a jantar aqui.

Mostrava de fato uma difusa satisfação: os beiços entreabertos no sorriso, deixavam analisar-lhe os dentes inteiriços e brancos, apenas com ligeiras obturações a ouro, que lhe davam graça. Indagou da excelentíssima parenta, que sentia muitíssimo não privar com ela, tendo dela somente conhecimentos de rua, o suficiente, porém, para a julgar a viúva mais formosa e de gosto mais provado da capital. O marido corroborou, calorosamente:

– Como a excelentíssima senhora dona Feliciana não conheço outra senhora de tanto gosto. Se você, Cesarina, a visse no casamento do doutor Cavalcânti!

Ai, que sentimento experimentara nesse dia, com o vestido pronto, era só sair, quando de repente uma enxaqueca fortíssima, atirou-a na cama como um fardo; e sem esperar a resposta do moço, ela mesma gozando ao som de suas palavras, entrou na queixa minuciosa de seu único incômodo, quase sempre inoportuno verdugo de todos os seus prazeres. Perguntou se também a dona Feliciana não sofria de enxaqueca. O Fidêncio balbuciou:

– Quase todos os dias. Uma enxaqueca que põe a prima doida. E não há remédio.

O Trancoso, espirituoso:

– Há remédio, Fidêncio. Em as mulheres se tornando mais sisudas, desprendidas de bagatelas de moda, o mal desaparece. O mesmo sucede conosco a respeito da política. A moda está para as mulheres como a política para os homens.

O cônego legitimou e enalteceu a origem da enxaqueca e pouco depois, interrogado sobre as impressões que colhera do casamento em casa do doutor Florentino de Barros, ficou isolado a conversar com o rapaz, aproveitando o ensejo para esclarecê-lo acerca de figurões que desconhecia e máxime para lhe chamar a atenção sobre o deputado pelo distrito do Oeste. Uma ríspida superfície, mas no fundo, quando o arrastava a simpatia, amigo de confiança. Se não, queria dar-lhe uma prova, ia mostrar-lhe uma carta que recebera aquela manhã... Obrigou-o a levantar-se, pediu vênia ao cônego, levou-o para o gabinete ao lado, uma saleta mobiliada com severidade, apenas o necessário para o estudo e para o repouso, uma prateleira abarrotada de obras de arte e uma secretária de jacarandá, onde as primeiras rosas do verão recendiam em dois vasos de porcelana. Começou a remexer nos papéis duma gaveta:

– É aqui a minha cela, Fidêncio. Aqui é que escrevo os meus artigos de fundo. Está a carta, veja você quem é o doutor Barros. Gramática inqualificável, mas ótimo coração!

O Fidêncio leu, comovido, a epístola seguinte: "Saberá o meu digno amigo que li há pouco a baboseira contra o primo da excelentíssima senhora dona Feliciana. Descobri logo o bicho, e havemos de lhe dar a ele uma lição para não cair noutra. Eu sei o que vale o Fidêncio e prometo fazer por ele o maior bem possível; e você há de ajudar com o vosso jornal, espero eu. Qualquer dia tomarei contas do tal capitão. Até logo; você verá. Do vosso amigo Florentino de Barros".

Tamanha distinção, e da parte dum homem prestigioso como o deputado, que movia tudo na excelsa camada governamental, deixou-o embasbacado, sem uma palavra a talho: a sensação íntima foi das mais violentas. O Trancoso picou-lhe os brios:

– Nada de desânimo, amigo. Ontem, quando li a indecência, a minha vontade foi de o ter ao pé de mim e abraçá-lo em testemunho de parabéns. Coisas dessas glorificam. Botes do capitão Bento só redundam em patentear bem o valimento da vítima. Você está aqui, está com assento na Assembleia. O doutor Barros quer, acabou-se!

A propósito do deputado, repisou o seu desabrimento, modos que nele haviam perseverado do fazendeiro antigo. Quanto ao moral, muito negligente também, sendo por diversas vezes pilhado numa troça alegre, rapaziadas na Ponte Grande, com raparigas da vida airada, no meio do champanhe. Contava-se até duma tal Chiquinha por causa de quem quase se engalfinhara com o capitão Bento. Homem direito, porém, estava ali, têmpera de bandeirante, fibra de caboclo que se não torcia, afrontando os perigos, as tempestades políticas com o mesmo sangue-frio como se estivesse num entretenimento público. Deixava para mais tarde a história de cenas verdadeiramente épicas do ilustre chefe liberal.

Voltaram vagarosamente à sala de visitas. O cônego, que estava muito enlevado na conversação, levantou-se para ir respirar à janela, enquanto a dona Cesarina, já de pé, pediu licença a fim de ir apressar o jantar. Retirou-se, mas não tão depressa que o Fidêncio, que se repusera de toda perturbação, não pudesse notar nela duas coisas singulares: o desalinho dum caracol do espesso cabelo e uma papoula afogueando a face esquerda. Insensivelmente, olhou o cônego, que tornava da janela, inalterável, a face risonha:

– Uma tarde magnífica, hein, Trancoso?

O jornalista declarou-se literalmente morto de fome, ao passo que, recolhendo-se, o Fidêncio entrou a matutar na causa do desalinho e do rubor observado na dona da casa: nesse momento, porém, a voz deliciosa, voz de veludo, anunciou o jantar. Passaram para outra sala, bastante espaçosa, onde a mesa ao centro se impunha pela brancura da toalha, pela simetria pitoresca das jarras com flores, pelo gosto do aparelho de porcelana. Vinha de tudo um perfume de cordialidade discreta em que a alma se sentia bem e de que decorria o apetite. O guarda-louças e o *étagère* tinham um aparato de móveis estimados. A sala abria por portas e janelas amplas para um minúsculo jardim, donde, através da calma perfumada, entrava um garganteio de canários-do-reino suspensos em gaiolas douradas, sob o beiral do telhado. O cônego expandiu-se:

– O nosso amigo Trancoso vive aqui como num paraíso terreal.

Sentaram-se à mesa com solenidade, cabendo a cabeceira ao homem da sotaina, cuja face esplendia; o Fidêncio ficou à esquerda, tendo ao lado o jornalista, enquanto a sua mulher se acomodava sozinha para a outra banda – era preciso ajudar a criada. Esta, portuguesa nova, limpamente vestida de chita, apareceu com a terrina da sopa fumegante, mostrando logo no sorriso alvissareiro os dentes enormes e rijos. A dona da casa, sempre espirituosa:

– Ó, Filisbina, diga o seu nome para o nosso amigo senhor Fidêncio.

Ela primeiro largou pachorrentamente a terrina sobre a mesa, e depois olhou o rapaz, acentuou-se-lhe a bondade atoleimada das feições:

– Eu cá me chamo F'lisbina, sim senhore.

A gargalhada veio irresistivelmente ao cônego. Minho puríssimo, chegadinho no último paquete! O Trancoso explicou gostosamente que não, que ia para seis meses já a chegada dela ao Brasil, e havia um mês que se achava a servir na casa. Boa criatura! Ingênua, leal, dizendo as coisas como aprendera no seio pátrio, mas dócil ao ensino, trabalhadeira, esperta para todo serviço. E os descantes lá da terra, como ela os sabia bonitos, de a gente ficar horas a ouvi-las. Às vezes, era um verdadeiro concerto dela com os canários.

Esgotado o prato de sopa, o Fidêncio entrou a sentir um bem-estar, no sossego da sala, ao sabor da prosa, esquecido de cuidados, materializado pela satisfação do estômago. Em seguida à sopa, foram servidos camarões e pescadas, dois pratos que fizeram o cônego exultar:

– Pratos divinos, Trancoso! Aposto que a mão delicadíssima da senhora dona Cesarina andou na confecção destes primores culinários.

Ela, com uma ponta de orgulho:

– Só no molhinho, cônego. Não presto pra mais nada.

Ele protestou entusiasticamente, atafulhando o prato dos magníficos camarões adubados à baiana. O Trancoso serviu em pequenos copos de cristal um vinho cor de ouro, genuíno Sauterne. O Fidêncio, que pouco comia, admirava o apetite, a loquacidade, o espírito do cônego, que realizava um verdadeiro milagre deglutindo e falando incessantemente. Ele desenvolvia agora a sua opinião sobre a cozinha, e não aceitava nenhuma, queria o ecletismo na cozinha, respigando na França, na Itália e no Brasil o que houvesse de melhor. Da Espanha queria simplesmente o chocolate; e as frutas, de Portugal! O jornalista sublevou-se:

– E da Inglaterra, ingrato? Nem o *plum pudding*?

Nada, da terra do protestantismo não quero nada. Mil vezes o pé-de-moleque do interior de São Paulo! Falando, lançava olhares longos para a Cesarina, ligeiramente corada, sempre risonha, ensinando a criada, alfinetando-lhe a atividade, ordens a cada momento, tudo no intento duma cordialidade incansável. O Fidêncio, que se sentia satisfeito, não deixava, contudo, de ir armazenando observações. Notara que o caracol desalinhado voltara ao seu lugar, que a face se restabelecera na primitiva cor; mas que as falas dela iam rareando para o cônego. Daí a conclusão que algo de irregular tinha ocorrido entre os dois: o quê, impossível descobrir. Agora, era para ele a prosa adocicada; perguntou-lhe dos bailes a que tinha ido, das festas; logo das suas impressões acerca do belo sexo da capital; e acabou numa curiosidade, se não gostava dalguma moça, se não pretendia casar. Ele, sensaborosamente:

– Casar, minha senhora? Com quem havia eu de casar?

– Com uma mulher, está visto – rompeu o cônego. – E já se murmura, já se lança aos quatro ventos, já se assegura que a sua futura é...

O rapaz teve um esgar de aflição, o que não demoveu o outro:

– Assegura-se que é uma moça da alta roda que todos nós conhecemos. Escusa de empalidecer. Por que não, Fidêncio? O que terá você pior que os outros? *A chacun sa place.* E você, amigo, está talhado para as alturas!

O Fidêncio esboçou um sorriso de agonia; e o cônego, compreendendo de relance, pegou com a sua volubilidade outro assunto. Fez com a hipérbole do costume a apoteose do casamento, a união dos espíritos para a solução do problema da felicidade terrena. O jornalista resmungou algumas palavras de acompanhamento, mas com uma frieza visível. Um novo prato entrou, um pastel imenso, moreno, imponente. O cônego saudou:

– Em vez dos pastelinhos, Fidêncio, temos uma torta real.

O rapaz, apesar da delicadeza, da sinceridade dos anfitriões, debalde se esforçava por esporear o apetite: trabalhava-lhe agora na alma uma melancolia vaga. E foi assim, contrariando-se a sorrir, ouvindo distraidamente os encômios epicuristas do companheiro, atendendo ao jornalista, abstrato, involuntariamente bestificado, que se deixou arrastar pelo jantar adiante. Ao cabo, a dona Cesarina observou-lhe, desolada, a tristeza, o marido consolou-o, o cônego pediu a palavra para um brinde. A sobremesa fora encetada, e um vinho do Porto antigo enchia os cálices.

– Eu quero brindar a consagração pela calúnia. O nosso amigo Fidêncio, o ilustre autor da *Filosofia da história nacional*, perseguido e atacado na seção paga dum jornal, glorificou-se por isso. A sua glória surge. Do mesmo modo que o gênio precisa da morte para consagrar-se, no dizer do poeta francês, o valor brilha também pela calúnia. Eu saúdo o valor!

O brinde tornou-se tríplice; e, ao responder, a emoção levou o Fidêncio de vencida; uma lágrima saltou-lhe para a face. A Filisbina, que entrava com a bandeja do café, ficou suspensa, ela mesma comovida.

Servidos os charutos, saíram a fumar no terraço, uma área asseada, com bancos enfestoados de trepadeiras e onde àquela hora, em que o crepúsculo se diluía num começo de noite enluarada, havia uma doçura de retiro. O cônego sentou-se pesadamente, que havia muito não tivera uma sexta-feira igual, enquanto o Fidêncio, olhando pensativamente em derredor, experimentava um peso na cabeça, um torpor caótico nas ideias. O jornalista lembrou o doutor Barros, que pena não ter vindo: gostava extraordinariamente da prosa dele depois dum bom jantar.

– Boas piadas, hein, Trancoso?

Acompanhava com um olhar sonolento o fumo espiralado do charuto, gozando, numa comunicativa beatitude; mas o Trancoso sacudiu-se bruscamente:

– Infelizmente tenho que ir à redação. Você vai comigo, Fidêncio, quero que me escreva alguma coisa. Vamos deixar aqui o cônego a fazer o quilo. Ó, Cesarina, o meu chapéu.

Ela trouxe o chapéu mais a bengala, acompanhou-os até a porta, saudou o Fidêncio, que viesse sempre a jantar, prometeu uma visita à sua prima, que tinha muita vontade de travar relações com ela. Na rua, caminhando apressado, o Trancoso explicou o hábito de, quase todas as sextas-feiras, o cônego jantar com ele: amizade muito velha, como de irmãos; a maçada estava na preguiça que o outro apanhava, estômago cheio; ficava no lugar, tinha de deixá-lo a conversar com a Cesarina.

O Fidêncio, depois dum pensamento digno, o duma confissão no terraço, sob as trepadeiras, à frescata, teve outro, e este temerário, culposo, acerca do desalinho do cabelo castanho-loiro e da papoula aberta na face de lírio: o diabo do cônego não tinha, decididamente, tendência ao jejum. Mas também que mocidade naqueles lábios e naquela face!

* * *

Houve, dali por diante, um período crítico, inexplicável, para o Fidêncio. Uma completa indolência animal, uma bestialização absoluta de sentimentos; não se reconhecia mais, trancado em casa, recalcitrante às solicitações da amizade, e com vagares em que nada fazia, atolado na lazeira. A prima não o abandonava, subia logo de manhã a cercá-lo duma infinidade de carinhos, abraços sem termo, beijos de gata sensual.

Era outra Feliciana. Resvalara no esquecimento aquela altivez, aquele ar independente, que a fizera aureolada dum acatamento de deusa. Operara-se nela a metamorfose para uma humanidade pacífica, em que o amor, para exigir, punha ao seu serviço a súplica discreta, a lágrima lenta e sincera. Tinha olheiras, emagrecera, e o seu desejo constante era o sossego com o primo em casa, longe do menor bulício, ouvindo-o na mais ligeira impertinência, querendo-o viril, imperioso, brutal. Que ele, aos poucos, foi deitando as manguinhas de fora; à primeira condescendência dela veio segunda, e outra, e ao fim, da sua vontade restavam farrapos, que a prepotência varria. Tornou-se senhor e tinha momentos dum absolutismo atroz. Chegou a termos de lhe pedir contas do passado, dos anos de casada, de tudo quanto naquela época amara e sofrera; e vinham então as ironias acrimoniosas, os ultrajes sobre as cinzas do outro, que era uma miséria física indigna de a encarar. Quedava-se verde, a face repuxada, o bigode hirto. E ela, a Feliciana sobranceira, por quem o papá em Minas vivia a dizer: "Você precisa deixar essa teima!", agitava-a um vasto ímpeto de se fazer bem pequena, bem humilde, para ele adorá-la cada vez mais. E nunca, por mais virulento que se despejasse o ataque, nem uma frase de admoestação, de defesa pelo outro! Uma noite, recolhidos os dois, antes de se acamarem, teve ela a imprudência, talvez originada na abundância de coração, num excesso amoroso, de se referir a umas cartas recebidas, quando noiva, do defunto Ângelo. A voz do Fidêncio foi um rugido de furor: por todos os demônios, queria ver essas cartas. Postos em frente o seu respeito à memória do marido e o amor atual, este triunfou, e com uma abnegação tão viva e tão inteira, que, entregues os testemunhos da primeira paixão que a amparou por tanto tempo, assistiu à destruição, ao exaspero cevado sobre eles numa rajada incoercível de ciúme. E era um orgulho crescente por aquele afeto cioso e violento que despertara, afeto que sempre tinha queixas, que diariamente se revoltava e bramia, mas por isso mesmo imenso afeto! Por ele, votava-se aos maiores sacrifícios: publicaria dum extremo ao outro do mundo o seu amor, com o despejo da mais vil das mulheres, desceria à abjeção, ao isolamento pela desclassificação e repúdio duma sociedade em peso...

E tudo isso justamente porque o Fidêncio mudara, da criatura cadáver, sem fibra e vontade, para o ser pensante, medular em demasia, injusto e quase epiléptico em certos momentos, mas norteando-se por si, agindo pelo seu espírito, na perfeita eclosão e exercício de todas as suas faculdades. A sombra desaparecera e do esboço ergueu-se um homem. Para ela e predominando sobre todos os seus caprichos, calcando-lhe os desejos, refundindo-lhos, havia uma individualidade, não já o capacho subserviente ao sorriso de alto e à flecha do desdém, porém uma espinha na sua linha natural, direita, inflexível. Gostava de vê-lo em dadas horas, autoritário como um algoz, rasgando o coração espetado num exclusivismo bárbaro, querendo-a intacta, para si, até num passado que já tinha história. O que a outras, no auto de fé infligido às cartas, teria causado uma síncope de raiva, nela produziu o efeito duma apoteose em que, através da cólera, lhe subiam as oblações dum amor.

Sentia as suas tendências, as aspirações de sua vida confinarem no coração de Fidêncio. E dizia-se feliz. Por então, as intermitências para o gozo tranquilo equivaliam a fugas, a saídas errantes, em pontos solitários ou desconhecidos, Cambuci, Ipiranga, Penha; golpeavam-na sofreguidões de ermo, de ar livre, de céu escampo, horizonte por todos os lados. Duma feita, tresloucadamente, botaram-se para Santos no trem da manhã; e a vilegiatura prolongou-se até o dia seguinte, junto à praia tristonha, perante o mar ainda tristonho, ouvindo-lhe o sirênico e eterno cantar através dos rochedos. Um passeio sugestivo em que muitas confidências foram permutadas e os corações mais e mais se estreitaram em juras de inquebrantável amor! Mas um terror a cada passo, o resvalar da intermitência venturosa para uma série de ansiedades, pesadelos, visões terríficas, não fosse, inopinadamente, aparecer-lhes pela frente algum conhecimento.

De volta, no carro limpo, transpondo a serra, o moço estava mole, sorumbático; olhava para os companheiros de viagem com desconfiança; respondia mal, por monossílabos. A viseira alevantada do Fidêncio solitário transformava-se no ar inexpressivo, na feição sonsa do indivíduo inferior. E foi com suores frios, com o peito a ofegar-lhe, que desembarcou na estação inglesa, correu adiante da prima em demanda do veículo, desesperado pela multidão, ansioso por desaparecer. Bruscamente, acaso diabólico, teve um encontro cara a cara – o capitão Bento no empertigamento costumeiro; permaneceu hirto de agonia, e foi preciso o socorro dela, passando por diante do militar sem o mais ligeiro cumprimento, tomando-lhe o braço, arrastando-o para a rua.

No sossego do quarto, ao proceder à ablução para o almoço, sentiu pela primeira vez o quanto em sua situação havia falso, anormal, ruinoso; mas confusamente, numa fraqueza, em que se dava apenas um assomo de razão. E o que mais o horrorizava era aquela visão de relance, a cara do capitão, que agora, encarnação da sua desgraça!, lhe vinha caricaturizada num esgar, num trejeito de insolência e ameaça. Teve uma rajada de ódio animal que o fez esmoer o sabonete nas mãos. Havia dali por diante e por todos os recursos ao seu alcance, com o concurso do doutor Barros, do Trancoso e do cônego, de procurar reduzir o patife ao ínfimo rebaixamento social que merecia. Que o fazia, era negócio decidido! Mostrar-lhe-ia que, acima da musculatura, da força bruta, assentava a energia moral, o prestígio da posição conquistada pelo talento, pela única realeza duradoura no mundo.

A reação inesperada acarretou um resultado benéfico: o regresso tímido à sociabilidade. O cônego achou-o murcho, amarelo, tosou-lhe o ar envelhecido; e o jornalista foi mais longe, notou-lhe na fisionomia o enlanguescimento feliz de quem chega duma viagem de idílio, enfartado das doçuras da lua de mel. Agarrou-se à desculpa dum recrudescimento dispéptico complicado; moléstias da mocidade do século. O primeiro, com a franqueza habitual, riu pesadamente:

– Isso não passa mas é dalgum rabo de saia!

De então por alguns dias um propósito desvairado, de cortar pela raiz a desconfiança que lavrava entre a sua roda. Apareceu ao jornalista e ao cônego sereno e alegre como dantes, com fulgurações na prosa, dando lume a projetos de trabalhos nascidos de momento, atirando promessas nababescas de livros; e demorava-se nos cavacos, sem a pressa antiga de voltar, contido na civilidade a quando a seca se estirava e com sabores fáceis à laracha e à maledicência. Para o deputado, com quem diariamente se encontrava, tinha amabilidades, risos abertos; e o outro era todo queixumes pelo afastamento da excelentíssima senhora dona Feliciana, pela ausência dele – que parecia terem se enterrado. Pelo amor de Deus, que aparecessem em Santa Cecília, não se fizessem rogados, a Melinha andava muito triste – e que estava com a mão sobre um grande negócio para o amigo.

De regresso para casa, à noite, o Fidêncio carregava no cérebro uma esteira de ideias revigorantes, ideias todas de higiene intelectual, de restabelecimento físico para as lutas austeras da vida; mas era um trabalho inútil, uma concentração de instantes, de que ao cabo restolhava, cada vez mais pungente, uma vasta desolação. Desolava-se de viver na miséria fisiológica que lhe caíra por uma idiossincrasia amaldiçoada. Que importava o disparar da imaginação para o céu branco do ideal, se ela de contínuo se deixava prender aos contornos dum corpo, em cujos mistérios bebia sempre o tédio, o asco de si próprio? Que lhe importavam as ideias alcandoradas, voando que nem águias num infinito, se de repente e por noites sem fim desciam tão baixo, argamassadas no lado vil? De novo trancava-se no quarto, onde, quando a sós, chorava e gania como um condenado, sentindo-se miserável, imolador do seu futuro, verdugo do próprio coração. O trato com a prima revestia-se-lhe agora duma agressividade crescente; fazia-a pagar-lhe os martírios íntimos com a lágrima constante: vinha-lhe um júbilo odiento vendo-a chorar por uma injustiça, estorcer-se diante duma afronta, completamente subjugada por um amor que esmagava todo surto de brio ou de pudor. E não eram só minutos, eram horas que a tormentava, fechado no seu esverdeamento de hepático, sereno pela certeza da subserviência e da humildade. Duma ocasião, porém, que a sua brutalidade se sobre-excedeu, tinha-a arremessado sobre o tapete do quarto, a ressurgência do brio sacudiu-a como um ímpeto de leoa; e naquele instante foi um desvario, agarrou-o, venceu-o, jogou-o como um trapo ao chão. O quanto ela chorou em seguida, nas ânsias do perdão!... e ele surdo às invocações lacrimosas, impenetrável que nem um enigma, desviando o olhar com um soberano desprezo. Saiu dizendo que ia em busca de mulher, no centro da cidade, num hotel conhecido.

Sucederam dias dum silencioso pesar em que ela parecia morrer, com as pálpebras roxas do pranto. Mas a reconciliação não demorou, e vieram ao mesmo tempo as humilhações, as injustiças em riba do amor profundo e inexplicável numa natureza cujo fundo fora sempre o orgulho. No meio da baixeza em que se mergulhava, lembravam amiudadamente ao Fidêncio ideias duma atrocidade sem nome. Que a prima devia casar com o Fulgêncio. Um espírito curto, alma pequena, mas rico, atufado de ouro!

E ótimo marido estava ali, cheio de delicadeza, doçura com as mulheres, amigo de banalidades, sabendo dizer dum baile, dum jantar... Depois, dentro do casamento, a consolação do amor, o encanto do adultério, horas roubadas à afetividade do negociante para o primo – um *coupé* de aluguel ou um sítio campestre, sob um céu doce, de verão!

O quanto ela chorou, de fundamente enxovalhada na paixão de que vivia... Teve pela primeira vez um olhar retrospectivo ao tempo em que fora senhora, independente e revoltada à mínima tentativa de sujeição, mulher na fidalguia dourada dos sentimentos, na compenetração exata do domínio feminino. Da Feliciana indomável adviera insensivelmente uma pobre criatura com classificação apenas na ralé das mulheres de beco a quem igual sabor vem dum carinho ou duma bofetada. Houve um segundo em que se achou miserável, carecedora duma vasta ablução moral ou digna do aniquilamento por completo. Mas foi um segundo. Voltou a manhã inundada de sol, voltaram as horas líricas da paixão, e tudo foi esquecendo, as amarguras recônditas, as sublevações de brio, o reconhecimento inato da beleza. Parecia, depois das tempestades, a estiada inefável, o ar leve sob um intérmino plaino de azul sem nódoas.

O tempo havia corrido, e corrido como as temporadas do amor que voam. Sentiram-se os primeiros arrepios do inverno; vinha já ao cair das tardes uma suavidade na alma na recolhida à sala de abrigos, junto aos livros, ao piano, aos objetos caseiros. Fidêncio recomeçara a trabalhar desde a madrugada, apenas saía do quarto da prima, na sua obra monumental; custara-lhe a princípio extraordinariamente "desenferrujar" o espírito, aligeirar a concepção; mas as tiras amontoavam-se mais. E que felicidade para Feliciana ao voltar do jardim, com braçadas de rosas para a sala dele! Nem que fosse enfeitar um altar. O primo quedava-se a fitá-la perdidamente, naquela humildade que assumira desde o começo, na delicadeza que ninguém como ela tinha, e com uma formosura tão florescida, tão perfeita; e era uma exasperação de arrependido, agarrava-a desvairadamente, a garganta estrangulada dum grito só – se lhe perdoava! Que horas então! Permaneciam abraçados como nos dias primitivos, aspirando os corações na comunhão estática do beijo, enlaçados os olhares através dos quais as almas subiam a bater as asas no azul dum sonho imenso.

Uma tarde de maio estavam os dois na sala de visita, sentados no sofá, escondidos pela cortina espessa. Conversavam baixo, com um acento insólito de susto nas falas, conchegando-se mais e mais, nem que fossem duas aves friorentas e sob um farto pressentimento de desgraça. O Fidêncio tinha arremessos de estremunhado:

– Se a mamãe nos descobre!...

Estava ali o susto crescente, muito justificado pelo estado da velha, que já o não procurava mais e a quem ouviam sempre a tosse trovejada dentro do quarto, onde raro ele entrava a saber novidades. E que insuportável calafrio quando, diante dela, sem ânimo quase de lhe falar, olhando-a com o terror vago de um precipício, estirada na cama como um cadáver, a cor terrosa, as mãos imobilizadas num rosário, os beiços parados e lívidos. Não tinha mais para ele as palavrinhas meigas; não lhe chamava, como antigamente, o "seu Dencinho", evitava até de lhe proferir o nome, levava todo o tempo a regougar, a tossir trechos de rezas, a cabeça fincada no travesseiro; e se o filho falava da necessidade dum médico à cabeceira, encontrava em sua voz força para gritar que não, que lhe bastaria um coveiro só... Pela preta soube um dia que a coitada consumia as noites em gritos, em exorcismos, parecendo a cada passo enxotar um demônio que a perseguia; e que por vezes, saltava da cama, vinha à porta, espiando para os cantos, olhos esbugalhados, com um lastimoso ar de idiotismo na face. Ah, ele a conhecia bem, no seu fanatismo, no seu horror à carne, em todos os seus preconceitos invencíveis!...

Feliciana procurou acalmá-lo, ela mesma varada de susto, numa melancolia desconhecida:

– Como é possível, Fidêncio, que a titia nos descubra?

Não sabia como, mas o pressentimento roía nele.

– Só se a titia subir de noite a procurar você no quarto...

Nesse ponto estava descansado porque, ao descer, trazia sempre a chave da porta. Ela ensaiava um sorriso.

— Mas, Feliciana, o perigo existe. Você já explicou um pressentimento? E a verdade é que o trago comigo de alguns dias pra cá. Você também, não negue, sente qualquer coisa.

Ela esclareceu que sentia por causa do primo; que deixasse o seu ar sombrio, e veria depois. Achavam-se agora num conchego íntimo, mãos entrelaçadas, enquanto os beijos subiam de revoada. Quase na mesma posição, noite fechada, foi encontrá-los a Cândida que, sem se surpreender, na delicadeza do costume, pediu licença para acender as velas do lustre. Boa preta! Ficaram olhando-a, na afetividade reflexa que deriva do amor, e a Feliciana pediu-lhe um café bem forte, bem "gostoso".

— É um instantinho, Sinhá!

E com efeito, não demorou, preparado a primor, nas chávenas minúsculas de porcelana. Mal se viram sós, o palreio continuou, agora mais desassombrado, sem a interrupção pungente das inquietações. Começaram a construção vaga, com o trabalho febril dos desejos sensuais, dum castelo fantástico, em que aos poucos foram pondo as filigranas ideais dum noivado, o prestígio claro dum porvir de ouro. O lento declinar para as infantilidades do coração. E esqueciam as horas tenebrosas daquela paixão, para somente se lançarem a uma visão querida, dum mundo ignoto dentro do qual arrastariam o êxtase do momento numa eternidade venturosa...

Dali a espaço refugiavam-se no leito. A casa afundara-se inteiramente no silêncio, um silêncio pesado de mistério. Altas horas, o Fidêncio levantou-se cautelosamente, não fosse acordar a prima mergulhada no sono, num profundo repouso de deusa, com as formas meio desnudadas à claridade morrinhenta duma lamparina. Vestiu-se, fitou longamente a amante adormecida, numa sede inextinguível das carnes que dormiam, até que encontrou a coragem, jogou-se à porta, abriu-a, saiu. E foi imediatamente um pavor, um grito de agonia sufocado, ao lobrigar junto à porta que abria para a sala de jantar um vulto esguio, embrulhado em cobertor, impossível de conhecer na meia-luz da madrugada que vinha de longe, dos vidros das janelas. Reposto do calafrio, debalde arregalou os olhos, esfuracou a sombra. Nada mais se viam do que as silhuetas conhecidas dos móveis; apenas o circundava a sensação regelante, penosa, alucinadora, duma quietude mortal. Vagarosamente, tropegamente, alcançou o seu quarto; e lá em cima, entre suores frios, o cérebro batido de desequilíbrio, estrangulado na aflição, permaneceu à espera de que amanhecesse. Ao passo que o tempo decorria, atropelava-se nele um desespero, uma ânsia de choro, de lacerar as carnes, de amordaçar a consciência sob as sevícias sangrentas dum cilício inenarrável; e miseravelmente quebrou-se de joelhos junto ao leito, a cara metida nos lençóis, espremendo-se no desejo das lágrimas que desertavam dos olhos pecadores.

A manhã rompeu finalmente, guizalhavam os bondes já fora, ouviam-se passadas embaixo, na cozinha. A casa despertava – e de repente dentro dela, enchendo-a como uma agonia, vibrou um grito inexprimível. Foi que nem um choque que o empolgasse na medula: achou-se maquinalmente de pé, correndo para a escada, saltando os degraus, procurando o aposento da mãe. A porta estava escancarada, escancarada a janela: a luz penetrava com os perfumes do jardim, em todo o esplendor cantante da manhã; e sentia-se que um bafo, que um cheiro de quarto de beata arejava-se pela primeira vez.

O Fidêncio estacou, hirto, idiota: o corpo da Úrsula, inteiriçado pela morte, estirava-se na cama; toda vestida de roxo, o mesmo vestido com que chegara da roça; tinha a face cor de cidra, os beiços lívidos, e das pálpebras negras os olhos saltavam ainda num raiado em que todas as moléstias complicadas se evidenciavam agora. As mãos, o amontoado de ossos anquilosados estavam agarrados a farrapos do lençol. O rapaz fitou-a perdidamente, e assim ficou-se sem conseguir arredar a vista do olhar vidrado, da face morta: havia num e noutra a expressão flagrante, o sintoma cristalizado duma maldição arremessada ao morrer. Havia também naqueles olhos, que pareciam reviver, a cristalização duma imagem apanhada de golpe e que era a dele, saindo do leito da prima.

IX

UMA SEMANA DEPOIS, O FIDÊNCIO, em companhia do deputado liberal, embarcava para o Oeste, com destino à cidade onde ficara inolvidável a sua passagem como lutador n'*O Clarim*. Profundamente de preto, levava um luto mais pesado ainda na face amarelada, na pálpebra murcha, no bigode descaído, em toda a fisionomia em que se colhia de relance uma alma afogada em angústia. Debalde o cônego, pontual à despedida, procurou insinuar-lhe a esperança nos resultados daquela viagem, campanha não só em favor do prestígio do governo, mas propaganda também da sua individualidade rasgadamente caracterizada por um robusto talento; o gesto, ao responder, veio-lhe amolecido no desalento. E ao começo, no abalo crepitante do comboio que partia, enquanto o doutor Barros ao lado, a cabeça enfiada num barrete punha as malas em ordem, foi uma ânsia que o tomou, as lágrimas agitaram-no, uma dor percuciente, misteriosa, de quem principia a escalada dum torvo Calvário.

A viagem que empreendia, lembrada pelo deputado como uma necessidade para o seu assento na Assembleia, aceitara-a à semelhança duma solução venturosa entre a escuridão da situação inesperada. Ante o cadáver da mãe, da "mamã" Úrsula, cuja bondade de santa ultimamente desprezara e de quem, acima de todas as reminiscências de afeto, uma recordação não devia abandoná-lo mais – aquele olhar derradeiro pejado de anátema, acerado na instantaneidade da cristalização visual –, a sua energia moral inteiramente ruiu, arrastando no esboroamento o mais pequeno traço da personalidade que nele soubera levantar uma paixão desenfreada. A criatura desceu à natural propensão para as crenças supersticiosas, para os terrores de epiléptico, torturado na sombra a visionamentos horríveis, porque uma vez se submeteu aos encantos do pecado. Retrogradou espiritualmente ao que dantes fora, quando menino, colado às saias da mãe, ouvindo-lhe velhas lendas monstruosas, visões de regelar agrilhoando corações pecadores pela meia-noite, teorias de castigo deformadas em infantilidades de papão, e com um pendor superlativando-se à reza, ao desejo de encontrar através da penitência o alívio para os gravames da consciência. A mesma sensibilidade doentia, a ponto de sentir a impossibilidade de transpor um corredor escuro, um trecho de rua tenebroso!... Como a uma criança, assustavam-no as sombras, falava-lhe o silêncio por meio da linguagem das sepulturas, e em qualquer vácuo à noite percebia uma aparição, quase que a materialização da imagem da defunta. De todo ponto que olhasse fixo, vinha-lhe para os refolhos da alma a pupila vidrada, eloquente, esmagadora, da mãe. O que ele sofria então, no ímpeto de sacudir o pesadelo, na amargura da incapacidade física de afugentar a ideia, agora fluida como um vapor, e logo dentro das noites, no seu verdadeiro domínio, alargando-se mais e mais como uma imperecível visão! Tinha horas duma agonia truculentíssima, amarrado ao leito, calafriando-se a cada passo, o corpo todo moído no ciliciar de demônios invisíveis.

Para desvelar a noite junto aos círios que ardiam sobre o caixão da mãe, fora necessário que o acompanhassem diversas pessoas, entre estas o cônego, o amigo, sempre afável e satisfeito, buscando incutir-lhe a filosofia natural e cristã de todas as coisas. Ah, se não fora o Fragoso, não teria aturado o transe, o clarão fúnebre dos círios, o cheiro dos desinfetantes, o quadro inteiro da sala transformada em câmara-ardente. Caíra num idiotismo absoluto, vendo tudo a modas de maluco, sem compreender nada, com frêmitos inexplicáveis, e num mutismo de que emergia, às vezes, a balbuciar lembranças que já se haviam de muito traduzido em realidades. A termos que, quando lhe anunciaram o momento do enterro, ficou no mesmo ar de incompreensão idiota, viu sair o corpo da mãe de olhos secos, sem um movimento sequer que o arrasasse em lágrimas. Apenas, fenômeno extraordinário, ao ver junto de si a prima numa beleza nova dentro do luto, teve um gesto de estremunhado, agitou-se como quem desperta, mas para fugir tremendo, afundado numa incomensurável desgraça que o pecado cavara.

Ficou-lhe aquela obsessão de amor pecaminoso dentro do espírito como um martelar contínuo. Estremecia que nem um precito ao pensar no passado, ainda de ontem, em que se atolara completamente no crime!... E crime duplamente punível pelo teatro – a mesma casa onde a mãe adoecia atrozmente, cortada de dores. Como pudera ceder, ele até então tão dedicado aos interesses de saúde e de tranquilidade da "mamã", tão dócil a fazer-lhe as vontades, a ouvi-la na mais ligeira rabugice, a servi-la como o mais amorável dos filhos? Que ela o tinha avisado, no terror religioso logo de chegada, depois de haver bisbilhotado no quarto da sobrinha – que tivesse cuidado consigo, que ela bem tinha visto os modos da Feliciana, que a fugisse evitando a carne! Lembravam-lhe até aquelas estampas cruas, de que a coitada mamã contara, num tremor beato, gelada de escândalo. Havia ali intervenção do demônio que sempre o perseguira desde pequeno, dando-lhe a sofrer a tutela do João Carlos, e mais tarde, ao amadurecer, o namoro da Maricota de que lhe adviera o risco duma desonra. Ainda se aquele amor viesse legitimado pelo casamento, ou ao menos pelo coração – uma fatalidade como o destino; mas não, arrastara-o exclusivamente a carne, o amor em sua simplicidade monstruosa, tal qual a do cão, no meio da rua, sob a irradiação solar. Era um reconhecimento íntimo de abjeção intolerável, sobrevinham-lhe ânsias de aniquilamento, a que não cedia pelo fundo beato e covarde que constituía a sua natureza!

Conseguira, passados dias do enterramento, penetrar no quarto da morta, agora perfeitamente arejado, sem o mais leve vestígio da que ali tanto sofrera. A um canto, espanejadas de fresco, estavam as duas malas de couro, envelhecidas do uso. Quantas tentativas para se animar a abri-las, a inventariar sumariamente aqueles caros despojos! Continham o pobre enxoval duma velha, vestidos antigos roídos já de traça e, além de alguns livros sacros, o *Flos Sanctorum*, a *Vida do Padre Anchieta* e outros, um embrulho pequeno amarelado, transcendendo a cânfora e rapé. Quase desfaleceu ao rasgá-lo, ao topar com um novo invólucro de papel almaço, em que se lia o endereço a letras esguias "Para o Dêncio", e dentro, muito bem arranjadas, numerosas notas de cem e duzentos mil-réis. Uma fortuna da qual vagamente ouvira dizer a defunta e a que ela certo se referia, quando por vezes assegurava que o "seu Dêncio" não precisava de ninguém... Amantíssima mamã! Ao subir com o embrulho para os seus aposentos, esteve horas provocando as lágrimas à força de recordações, mas os olhos ficavam-lhe estanques, torcendo-se-lhe apenas o coração nas agonias do remorso imorredouro.

Horas de refeição, desertava da mesa; e a preta Cândida tinha de lhe levar um ou outro prato para os seus cômodos e de o aturar por minutos no fastio, na impertinência de enojado. Ela também raras falas lhe dava; respondia quando interrogada, e com uma secura triste.

Parecia compreender instintivamente o desabar duma imensa angústia: e recolhia-se ao silêncio, fugindo às ocasiões de dar contas da vida de Sinhá. Ele, que em circunstâncias normais teria uma voluptuosidade dolorosa em fazê-la falar nos detalhes completos da noite do passamento, querendo sofregamente inteirar-se dos derradeiros instantes, daquilo a que não pudera assistir, calava-se, afugentava o assunto, recolhido sombriamente no luto.

Por vezes, na solidão voluntariamente procurada, vinha-lhe o vagar de investigar no próprio coração, e encontrava-o vazio, nem um resto sequer do amor criminoso. E foi de repente um objeto de terror que começou a enxergar na prima, recuava instintivamente a todo ensejo de a ver, habituando-se aos poucos a amaldiçoá-la como a ruína de sua vida inteira. Como estremecia ao senti-la embaixo, no bater fidalgo do tacão, no macio andar de deusa! Chegava a correr à porta, a trancá-la, a espiar apavoradamente através da fechadura, nem que estivesse na probabilidade dum ataque sério...

Nesses transes, justamente na véspera do sétimo dia, o convite do doutor Barros, providencialmente inspirado, para o acompanhar ao Oeste, fê-lo aliviar-se duma grande aflição. Agarrou-a sofregamente; e na missa fúnebre, rezada às oito horas da manhã na igreja de São Gonçalo, conservou-se mais tranquilo, rezando com fervor e encorajando-se até a fitar a filha do deputado. De preto, numa postura austera de oração, os olhos azuis da moça diziam uma infinidade de sofrimentos, mas com discrição, sem sombra nenhuma de queixa. Esteve a contemplá-la contritamente, e com um ar tão melancólico e tão respeitoso, que parecia um penitente de alma genuflexa e chorando aos pés da santa da sua devoção. Ao sair da igreja, levava dentro de si o bálsamo dentro das suas dores, qualquer coisa como uma réstia de sol procurando espantar um vasto domínio de treva. Aferrou-se ao último olhar da inocência à semelhança do condenado à esperança duma ressurreição espiritual.

Que desejo impetuoso de escrever à Melinha uma carta bem longa, repassada de promessas infinitas, compensadoras da culposa ausência! Uma missiva em que se revelasse no único amor honesto de sua existência, sacrificando-se numa viagem em que ia fazer um ultraje a todo o seu ideal político, nos combates pelo seu alevantamento dentro da monarquia. Como se sentiria desafogado e feliz, contando a ela o que jamais contaria a ninguém, a renúncia absoluta de suas crenças na República, o seu aviltamento como individualidade pensante, por aquele amor que ressuscitava e de que sugava seiva para novas ilusões! As tentativas, porém, frustraram-se sobre o papel, onde apenas deixou traços molhados das lágrimas que agora se despenhavam copiosamente. Achou um sabor repentino no pranto; debruçou-se a chorar para cima da mesa e, nessa atitude desfeita, numa desolação lentamente embrutecedora, esqueceu-se inteiramente do tempo, ficou-se horas como um corpo inanimado a que intermitentemente agitavam os soluços.

Durante essa última noite passada na casa da rua da Liberdade, o seu pensamento fixo, a sua obsessão, foi a mãe, morta repentinamente por causa dele, num quarto abafado, sem socorros médicos, sem as consolações supremas da religião, ela que fora tão amiga de Jesus e da Nossa Senhora dos Remédios! E sem o carinho impaciente e aflito do "seu Dêncio". Ah, filho maldito! Enquanto subia para a sua cama, a cabeça esvaziada pela série de sensações danadas, o coração lambuzado de carne, todo o seu ser mergulhado na porcaria, ela que o vira passar corrido de vergonha como o primeiro homem depois do pecado, alcançava o leito para morrer, num brusco arranco de desespero. O que ela não devia ter sofrido nesse momento, lancinante como os momentos de Jesus em Getsêmani, um século de dor tão intensa que lhe esmagara de repente a vida!... Caiu de borco, miseravelmente, sobre o soalho, e epileptizado pelo remorso, no imenso silêncio que o cercava, começou a clamar gritos enrouquecidos de perdão, até que a voz caiu a invocá-la, mas caiu tão baixo, que mais parecia um sopro de alma penada na sombra.

Quando se reergueu da prostração, sentiu, por uma alvorada tênue nos vidros, que se avizinhava a hora da partida. Arrumou as malas, lavou o rosto amarfanhado da insônia, e esperou, não sem olhar para os objetos, para tudo quanto amara na temporada venturosa, experimentando o prestígio duma sugestão incoercível das coisas em torno das quais a inteligência e o coração por muitas vezes se lhe esparramaram, asas espalmadas no seio das ideias e dos sonhos. E no galope das reminiscências, a que mais se prolongou e se imprimiu foi a daquela primeira manhã de São Paulo, caído do peitoril da janela no êxtase de visões maravilhosas, farto dos aspectos e tipos da roça, querendo de então por diante a sua vida assente ali, no meio daquelas manifestações de arte, numa alta ventilação civilizadora que o fizesse homem segundo o seu tempo. Que condenação formal arremessara daquele lugar não só aos homens que no interior havia conhecido, mas a todas as coisas pequeninas, miseráveis, do arredado Oeste! Como se sentira grande seu ódio contra a roça, capaz de vinganças contra os que o haviam espezinhado, rijo e soberbo do republicanismo de moço, agora transformado na política subserviente, nojenta... Voltava o Fidêncio para a cidade onde, dois anos atrás, o *Clarim* tocara a rebate em prol da defesa da prosperidade futura da Pátria; mas já não era o combatente apetrechado para a luta, sequioso de novas vitórias. Ia em companhia dum deputado e chefe monarquista, que se empenhava em fazê-lo "gente" entre a grei da situação; era preciso revestir-se do cinismo da moda, cumprimentar e acatar os seus inimigos de outrora, aqueles que o tinham perseguido com assuadas na praça pública e com cachorros desaçaimados nas seções livres; voltava, enfim, como um renegado, como o Judas depois de vender o Nazareno. De que modo se encontraria com os espíritos alevantados, que o haviam posto à frente do *Clarim*? Debalde buscaria uma justificativa. Era o correr da vergonha, o repúdio tácito e altivo, cujo vácuo nunca seria disfarçado pelo prestígio, multiplicado embora, da figura política do doutor Barros, ao qual se veria agregado tal qual um afilhado tímido, completamente nulo por uma congênita covardia cívica, ou, conforme rezavam as gazetas do tempo, "um criançola sôfrego da mamadeira".

A reunião, no dia seguinte, assumiu uma gravidade desacostumada, na loja do Joaquim da Cunha. Era um sábado, e o dia que correra muito chuviscoso, acabava frio, com um céu pardacento, em cujo poente o sol se deitava esmaecido, sem fulgurações de apoteose. Como sempre, os mais assanhados na prosa eram o Maneco Souza, sempre na estacada do jornal da terra, cada vez mais caquético, e o Zezinho Pereira, que não largava ainda da secretaria da Câmara, aferrado como uma ostra, e inalteradamente viciado na rica cachaça.

O lojista e político, ao fundo, espapaçado na cadeira, tinha uma atitude reservada e conveniente, dando-se a importância que lhe vinha sobretudo do abdome fradesco; e por duas vezes despejara um gesto aos interlocutores para que se comedissem na linguagem, na parcialidade das apreciações. Até que não se conteve mais, todo o vulto se lhe desenvolveu penosamente, imponentemente:

– O que lhes digo a vocês é isto – bico! Vocês conhecem o doutor Florentino de Barros: ele quer, acabou-se. Bico!

Involuntariamente, ante o sério do chefe ou devido à citação do nome do deputado, os dois fizeram "bico", silenciaram; mas dentro lavrava-lhes uma gana feroz como uma rajada. A notícia da chegada do Fidêncio de parceria com o ilustre homem a quem a zona obedecia tinha-se espalhado que nem fogo em estopim; e logo o objeto da viagem foi descoberto, engrandecido, adulterado. Os comentários começaram o seu rumor surdo de enxame, as maledicências botaram as manguinhas de fora e, no momento, pelo concerto dos vozerios e das cóleras, parecia que uma vasta indignação ia irromper do seio da multidão. Ninguém como o redator do *Sétimo Distrito* cansara as pernas, desafinara as goelas, se afadigara tanto, na maledicência peregrinante de roça, correndo à casa dum compadre, abordando os amigos nas ruas, visitando até o italiano, pai da Maricota, para desembuchar a novidade. O Zezinho também, do seu lado, na taverna em frente ao paço municipal, lançara lenha ao fogo, entre fartos goles da pinga. De forma que, depois do meio-dia, a cidade estava sobre brasas; observavam-se grupos a cada canto da rua; e eram murmúrios, gritos sufocados, risos amarelos que esguichavam. Houve um momento memorável: foi quando, pelas duas horas da tarde, constou a visita do Joaquim da Cunha, no caráter de chefe político da localidade, ao chefe do distrito, ao verdadeiro rei da zona, doutor Florentino de Barros. A conferência realizou-se com solenidade, no hotel à rua da Estação. Instantes depois, ao saber-se a que vinha o deputado e máxime a que vinha o Fidêncio, o antigo Tiradentes do Distrito, o menino do *Clarim*, o republicano, o farroupilhas, caiu uma serenidade entre os ânimos, as indignações recolheram, sobreveio a quietação da massa popular, principalmente ao saber-se o detalhe completo "que o Joaquim da Cunha tinha ouvido, compreendido e aceito".

Ficou simplesmente o desabafo dentro de casa, inofensivamente. E a personalização do falatório foi desaparecendo, para permanecerem as generalizações, "partido de desbriados, monarquia de borra, homens de meia-tigela". Os únicos cujo rancor perseverou na brecha foram o Maneco Souza e o Zezinho Pereira: o primeiro não conseguiu escrever nem uma linha sequer para o outro dia e o segundo gazeou a secretaria: a cólera trabalhava em ambos como uma chama sacrossanta; e havia pouco, antes do "bico" do chefe, tinham estado a comentar o estado de coisas político, o desvirtuamento do governo aceitando como elemento preponderante um indivíduo daquela estofa, o Tiradentes do *Clarim*, republicano hipócrita, liberal agora simplesmente por causa da mamata, da posição que pretendia. Calavam-se, mas juraram no foro íntimo, haviam de mostrar ao povo o que era ser liberal. O funcionário da Câmara, como o mais sanguíneo, tinha um brilho escarlate nas asas do nariz.

Nesse entrementes, chegavam por um lado o boticário Amâncio, fechado no sobretudo, e, do outro, o Inácio Barbosa, de sobretudo e *cache-nez*. Os dois tinham envelhecido bastante, sendo de notar da banda do fazendeiro um começo de reumatismo gotoso, que às vezes o fazia coxear, e um recrudescimento na bronquite renitente. O que dantes lhes mordia os nervos, o gênero mulher, convertera-se-lhe, devido aos achaques, no maior dos horrores. Entraram na loja sequiosos da novidade.

– Então, nhô Quim, o que há? O Fidêncio chegou?

O da loja coçou vagarosamente a orelha direita. Pois era verdade, o Fidêncio chegara. A curiosidade do boticário estava mais espevitada:

– E dizem, nhô Quim, que o doutor Florêncio de Barros quer fazer um figurão do rapaz.

O outro respondeu, com a dubiedade e a parcimônia dum chefe convicto – que a coisa parecia resolvida. A importância do indivíduo assentava principalmente no ar sisudo, no gesto misterioso, na pouca conversa com que, em matéria política, sabia dizer as coisas. O Amâncio emperrou:

– E o que decide a política local?

A política local, pela boca do Joaquim da Cunha, sustentou dogmaticamente que o doutor Barros tinha a cabeça no seu lugar e que no distrito quem dava as cartas era ele. Mas o interlocutor não estava satisfeito e pediu informações acerca do físico do rapaz, se ainda era o mesmo, com "aquela carinha de doença".

– Não, seu Amâncio, agora está envernizado.

O fazendeiro tossiu, sempre encatarroado, uma moléstia inveterada que o fazia praguejar. Queixou-se do frio, um ventinho sul que nem uma faca, cortava nos ossos; porém, dali a nada, voltava ao assunto do dia, querendo do lojista pormenores completos. O outro, cuja gravidade não se desfazia, contou o pouco que ouvira, sucesso do rapaz em São Paulo como publicista, simpatia profunda do deputado por ele, e por último a morte da mãe, aquela beata que todos conheciam de ter morado com o defunto João Carlos. O caso era que o doutor Barros o trazia numa elevada consideração.

Enquanto cavaqueavam os três, o jornalista e o Zezinho tinham se retirado para uma porta, enfronhados num cochicho sombrio, um todo desarticulado na gesticulação, o outro beliscando no bigode, eriçando-o nervosamente. Pareciam debater questões momentosas, de vida e morte; afoguearam-se pouco a pouco, esqueceram-se na raiva do limite do comedimento: as pernas do Maneco tremiam num arremedo de sezões e a cara do Zezinho transformara-se num incêndio. De brusco num ímpeto, apertaram-se mutuamente as mãos:

– Está dito, Pereira, eu largo o jornal!

– E eu a Câmara, Maneco!

O compromisso estava solenemente lançado, iam os dois arremessar uma bofetada à face do partido local, protestar contra aquela baixeza da política aceitando um renegado, concedendo uma vaga de deputado para um sujeito reles, de quem toda a população sabia as patifarias com a Maricota e quejandos escândalos. Ninguém morria de fome nesta imensidade de país! Todas as portas se abririam para quem, como eles, iam heroicamente sacrificar-se pela altivez, pela nobreza do credo liberal. Viam-se alcandorados no conceito público, caminho da glória mercê da voz profética das massas, apregoados de esquina em esquina, defensores valentes dos brios dum partido que triunfava não só ali, mesquinho pedaço de terra, mas no Brasil inteiro. Experimentavam um antegozo indefinível de coroação na praça pública, prefaciando a consagração na estátua...

Nisto, a bandeja de café de todas as tardes fez a sua entrada na loja. O nhô Quim pachorrentamente serviu o fazendeiro, o boticário, tomou uma chávena para oferecer ao redator do *Sétimo Distrito*.

– Obrigado, nhô Quim, bebi há pouco.

O funcionário da Câmara igualmente recusou, pretextando necessidade de sair. Os dois despediram-se, chegaram à porta, quando bruscamente estacaram, pálidos, bambos, numa sensação parecida com susto. O doutor Barros, acompanhado do Fidêncio, chegava, vindo da esquina à direita, cumprimentou-os amistosamente, agarrou o Maneco – que, depois de saudar os outros amigos, tinha uma "conversinha" com ele, coisa importante.

O nhô Quim, apesar da barriga, agitou-se, quis festivamente ir abrir a sala, ao que o deputado se opôs, que gostava mais dali, da loja tão sua conhecida e onde por tantas vezes tinha passado horas sumamente agradáveis. Sentou-se descerimoniosamente e, ao passo que tomava o café indagando da mulher, se a dona Mariquinha já andava melhor dos incômodos, do filho que estudava em São Paulo, do estado de todas as suas relações familiares; voltou-se depois para o Amâncio e o Inácio, curioso pelo andamento da botica e pela cronicidade do catarro. Ouviu as queixas contra o tempo, as pragas contra os médicos, sempre sorrindo, amigo de pormenorizações comezinhas, olhando uns e outros, animando a todos, e sobretudo saboreando um charuto, de cuja marca oferecera espécimes para a roda. O Fidêncio, ao lado, alheava-se na sua tristeza, altamente romântico na sobrecasaca, no palor marmóreo da fronte. O deputado contou, sensibilizado, a desgraça do rapaz, a morte da sua mãe, "veneranda senhora que todos ali conheciam pelas virtudes exemplaríssimas do coração, pelo qual morrera".

O chefe da localidade escutava-o cabisbaixo e humilde, como se escutasse um superior infalível, enlevado sobretudo pelas maneiras, aquelas maneiras despidas de etiqueta, cordiais, aceitando as coisas do interior como são, em todo o seu ramerrão. Era o homem das suas encomendas, o deputado Barros! Leal para os amigos, acompanhando-os em qualquer emergência, sacrificando-se, onerando-se, pelas vitórias do partido. Conhecia-o desde o tempo da fazenda, caboclo ríspido, sacudido entre soalheiras e cruezas do serviço, a ponto de assistir sem o mais ligeiro frêmito o escravo com as carnes sangrando ao bacalhau, mas, a quando se o topava no descanso, amigo de conversas, de cigarros de palha, e das patuscadas gordas. Nem parecia o mesmo fora do eito, da disciplina; brincava com os pretos, enchia-os de cobre, incitava-os à folgança; e era o primeiro a açular as rodas, depois dum "puchirão", a desandarem na orgia estonteadora do batuque. Haviam decorrido anos desde esse tempo; mas, apesar da longa residência em São Paulo, o caboclo antigo estava ali, com umas brancas a mais, porém rijo, e com aquele trato de verdadeiro chefe, firmando um prestígio real, contra o qual não havia "guerê-guerê" no distrito. E, cada vez mais enlevado, o nhô Quim chupava no charuto. O doutor Barros levantou-se logo:

– Senhores, com licença. Tenho aqui uma palavrinha com o Maneco.

Tomou familiarmente o braço do jornalista, levou-o para a porta, a conversarem de pé:

– Recebi a sua carta; o meu amigo está servido. Pode contar com a sua nomeação por estes dias para o lugar que pretende.

A feição amortecida do jornalista teve uma radiação brusca; todo ele ficou nadando no regozijo; e quis tomar a mão do deputado, cheio de respeito, gaguejando efusivamente o império da necessidade, força maior obrigando-o incomodar sua Excelência... Mas o outro largamente atalhou:

– O governo gosta de quinhoar a cada um segundo o seu merecimento. Não falemos mais nisso. Vamos ao que desejo dos seus préstimos, caro Maneco.

O fulgor da satisfação cresceu na face do jornalista: um desejo de sua Excelência! Era para o que o doutor Barros quisesse, estava pronto, ele mais o *Sétimo*, e a família, e tudo.

– Só preciso do *Sétimo* por enquanto. Eu quero que você, no número de amanhã, dê uma notícia boa a respeito cá do Fidêncio. Toque no livro dele, ouviu?, a *Filosofia da história nacional*. Diga que o indigitado para uma cadeira de deputado é uma esperança do partido. Uma notícia como você sabe fazer, Maneco!

Prometeu com firmeza e convicção corresponder à vontade de sua Excelência; corria dum pulo à redação – a notícia, ainda que alguma matéria paga ficasse à margem, sairia por força. O deputado bateu-lhe nos ombros, chamou-lhe liberal dos de lei, e ofereceu-lhe, para aquecer a ideia, mais um charuto! O jornalista abalou quase a correr da roda, enfiando atabalhoadamente o chapéu depois do cumprimento; e atrás, a acompanhá-lo, foi-se o Pereira, que durante toda a cena se pusera de lado, numa esquivança repleta de nobreza. Volvendo a sentar-se, o doutor Barros indagou do último, como ia na Câmara, se ainda apreciava o golinho de cachaça. O lojista, sem maledicência:

— Nas horas vagas. Ele parece que não dá escândalos.

O Inácio Barbosa contou o episódio duma eleição em que ele "empinara" demais por causa dos cascudos. Chegara a derrubar cacetadas de matar bicho na cabeça do Godói. O riso do chefe estrepitou gostosamente:

— Eu soube, Inacinho! A coisa nos deu um trabalho para apaziguar. Pergunte aqui ao Quim o quanto andou dum lado para outro, metendo água na fervura. Do contrário, tínhamos chinfrineira grossa!

E por esse modo, respigando aqui e ali nas anedotas tradicionais da politicagem local, com muita gargalhada desopilante, a conversação foi rolando. O deputado, como sempre, manifestava-se inesgotável de casos, memória fecunda de reminiscências, acordando ao mais ligeiro toque, e palavra fácil vazada no calão de província, que todos saboreavam. O nhô Quim, pelo menos, desatava-se a rir, guloso de tudo em que, espontaneamente, a crítica rebentava. A tarde caíra de todo, arrefecera mais, e a noite vinha, tristonhamente, quando, no meio do largo, um vulto atravessou, embuçado, esguio. Todos fixaram o olhar, num esforço de reconhecimento, e o lojista foi o primeiro a gritar:

— O doutor Vicente Tavares, o advogado republicano! Conheci logo pelas passadas de légua e meia!

O boticário informou que o homem sofria de duas lesões cardíacas, era questão de pouco tempo. O caixeiro, um rapazote lívido, que estivera todo o tempo a remexer nas folhas do borrador, com as orelhas espichadas ao cavaco, trouxe, por ordem do dono da casa, o conhaque Robin "para esquentar". A propósito do doutor Vicente, começou a guerra aos republicanos, cruzavam-se os apodos, quando, por um encanto, estabeleceu-se o silêncio:

o deputado lançara um dos seus gestos habituais, daqueles que na Câmara e em toda parte suspendiam os espíritos, aguçavam as atenções, galvanizavam por completo os organismos. Ao que parecia, esperavam todos uma revelação, algo de anormal e extraordinário. A voz do governo estalou:

– Nhô Quim, mande procurar no rol dos devedores recalcitrantes o nome do doutor Vicente Tavares...

O outro protestou que na casa não figurava tal nome, em vista do conhecimento que ali havia de semelhante firma.

– Sim, meu caro, nada lhe deve porque você não caiu na tolice dos outros. Você tem o olho seguro, nhô Quim. Agora, meus amigos, quero que me mostrem um republicano que não seja tratante?...

Ninguém tugiu, certamente pela convicção em que estavam da verdade. E a eloquência do deputado, por semelhante teor, disparou exuberantemente, citando cruamente fatos, dogmática, brutal. Dos republicanos da cidade, nenhum escapou à verberação, todos foram para ali puxados a exibir a roupa suja, os defeitos fotografados a uma luz impiedosa. Os gestos amoleciam, ao fim permanecendo vazios os cálices de cristal desarranjados da prateleira em homenagem à sua Excelência. O boticário pediu vênia para se retirar, ainda ia aviar uma meia dúzia de fórmulas, saiu todo curvado num salamaleque. O doutor Barros declarou então que se recolhia ao hotel, ao que, unissonamente, responderam o fazendeiro e o lojista que "acompanhavam sua Excelência". O segundo foi buscar um *cache-nez*, enrolou o pescoço, e saíram encolhidos no frio da noite, cansados da parola, aos sacolejos implicantes da tosse do Inácio que, a cada passo, lançava uma maldição sobre "o diabo da bronquite".

O Fidêncio, olhos fitos melancolicamente no céu picado de estrelas, remoía o azedume de toda aquela conversação na loja; e era um horror de si mesmo, por haver assistido a um episódio soez de politicagem, reputações esmigalhadas como trapos, unicamente porque pertenciam aos inimigos. Na contraversão das circunstâncias, atingira uma verdadeira degradação moral. Fora, com o mundo estranho, ainda a coisa passava com uns tais ou quais visos de fenômeno natural; mas ali, justamente no teatro de suas pelejas republicanas, e entre pessoas a quem não havia muito tempo combatera tenazmente e cujo partido se esforçara intrepidamente por deitar abaixo, no terreno altivo das grandes ventilações da imprensa!...

Crescia-lhe o nojo da sua individualidade inteira, no avizinhar-se vagaroso do hotel.

À porta, a instâncias calorosas do doutor Barros, os dois políticos do lugar entraram, protestando logo que iam incomodar sua Excelência. O outro, muito cordial, declarou que, pelo contrário, era uma felicidade; e veio o champanhe na sala de jantar desordenada, a toalha da mesa enodoada de vinho e com um lampião ao centro, fumoso, morrinhento. E a conversação continuou acerca do município milionarizado pelo café, e acerca dos indivíduos que nele figuravam pela fortuna e gosto politiqueiro. O deputado tinha sempre lembranças a reavivar, perquirições sobre uns e outros, pelo enorme círculo de conhecimentos a que se afizera desde muito.

O Fidêncio bebia, ansioso por esquecer-se de tudo quanto o cercava. Recrudescia-lhe o horror daquelas coisas e principalmente daqueles sujeitos, junto aos quais por algum espaço teria de se arrastar a sua vida desorientada. Feliz da sua mãe que lá jazia em São Paulo, no cemitério da Consolação!... Ah, como lhe seria doce morrer dum momento para o outro, desiludido de todos os homens, cheio apenas dum amor que, pela sua pureza, se glorificaria noutro mundo. Entrou a esvaziar taças sobre taças; e quando mais tarde se arrastou para o quarto, parecia-lhe, na meia embriaguez em que se achava, que a cada passo se encaminhava para um sono do qual as almas apenas vão despertar na eternidade.

Dali a uma semana, chegava de São Paulo ao rapaz uma estirada carta de letra miúda e culta:

Meu primo.
Deve a estas horas, no meio das canseiras pela sua elevação, estar dominado pelos sentimentos mais desencontrados, e com certeza os mais desfavoráveis, acerca daquela que já lhe foi mais do que prima afetuosa. Parece-me que o vejo, na solidão do seu quarto de hotel, horrorizado pelos dias em que gozou comigo e certo de que não se

lavará da culpa senão mediante uma longa penitência, dentro da oração, com a sua consciência perante Deus. E a convicção disto vem-me grandemente da derradeira semana que passou aqui, refugiado de tudo que pudesse envolver qualquer coisa, volição ou hábito, da minha pessoa.

Sei que é, embora nunca me confessasse tal, naturalmente religioso. Uma negativa de sua parte, neste sentido, não me abalaria de modo algum. Não fica zangado comigo se aqui procurar defini-lo, em curtas regras? O primo é um doente por temperamento e por hábito. Por hábito, devido à educação da defunta titia, os carinhos quebraram-lhe a fibra de homem, e infelizmente falhou o reativo do meio, que deveria pegá-lo nos nervos e jogá-lo para o mais amplo exercício do altruísmo e de outras virtudes cívicas, da coragem e outras condições de animalidade que nunca falecem no indivíduo completo. Se o primo, quando o trouxeram de Juiz de Fora, aqui ficasse, com este ar, esta convivência, estes elementos vitais de formação física, estava um Fidêncio másculo e digno; mas aí, no lugar em que presentemente se acha, fez-se o que é. O seu mal, portanto está inteiramente na retirada tardia da roça; nesse ambiente, onde pouco ou quase nada cultivou a amizade, onde, execrando os homens, porque estúpidos e de opiniões contrárias às suas, insulou-se numa esfera de atividades por pouco completamente subjetiva, com os livros, sua mãe e os repousos da vida egoística – os resultados só podiam ser os que tão intensamente o primo apresenta. Agora, quanto ao temperamento, não se terá esquecido do que foi desde pequeno. Atualmente, primo, debalde buscaria você uma rabugice, uma modalidade esquisita ou anômala de gênio, que não tenha fundamento radicada no organismo a sua explicação: há sempre a enfermidade latente. Você que é tão lido e, mais do que isso, tão inteligente, sabe estas coisas melhor do que eu. O primo, em criança, vivia continuamente achacado, botava bichas quase todo o dia, sofria dos intestinos, e, à medida que foi crescendo, manifestou-se-lhe a afecção no fígado. Mas, por Deus, não quero que se assuste, longe de mim tal intenção; são apenas explanações explicativas do que de começo avancei. Ah, quem me dera que o primo tomasse estas coisas em ponderação, e saísse da roça, saísse da província e mesmo do seu país, e fosse em terras estranhas demandar o remédio para o seu temperamento: a variedade de climas e de céus, o desencontro na observação dos costumes dos diferentes povos, o asfalto dos *boulevards* de Paris e a gravidade histórica das campanhas de Roma, as impressões antípodas e fecundas, enfim, apanhadas lá fora sobre os indivíduos e sobre as coisas, haviam de transformá-lo, convictamente o digo, no ideal velho e sábio *mens sana in corpore sano*. Logo que possa, lance mão do remédio!

Dizendo que você é naturalmente religioso, está subentendida a superstição, a deficiência moral que a cada passo se nota em sua conduta. Em qualquer emergência, em qualquer situação difícil, o seu espírito embrulha-se, desfalece como o tronco carcomido ao sopro duma lufada; falta-lhe a virilidade que devia levantá-lo; ei-lo desgarrado, ou antes norteando-se pelo primeiro espírito que aparece. O primo constitui um espírito descaracterizado, sem a nota pessoal, inconfundível, viva, daqueles a cuja modelação não presidiu o dogma com a sua voz ferrenha, não falaram conluios misteriosos da emoção católica. Senão procure-me no mundo inteiro esse caráter pessoal na criatura religiosa, aferrada aos ensinamentos da Igreja; ou procure-me um espírito superior, guardando o nervo inato, que deixe levar-se na onda, a obtemperar às crendices seculares, aos preconceitos e superstições ridículas, a ponto de se confundir com os outros, de não mais se parecer com o esboço primordial. Você apontar-me-á exceções; mas eu quero a regra geral. Objetar-me-á o primo que há muito não professa a religião do seu nascimento. As minhas considerações, porém, não abrangem somente o crente que professa, que frequenta o templo, que ama a sua religião segundo as subjetividades e segundo os aparatos da liturgia da fé popular. A exterioridade, para mim, nada vale, no caso vertente: o mal começou no espírito pela superstição, enfraquecendo-o, pelo preconceito, fantasmagorizando-lhe um mundo acima do qual a sua atividade não voa na sofreguidão de horizontes novos. E o primo é um desses religiosos – pelo preconceito e pela superstição.

Neste ponto, perguntará você como pude amá-lo, penetrada de tanta impressão ruim. Respondo que só agora, com o coração perfeitamente liberto, é que chego a tamanha crueza de análise. E quer o primo saber desde quando o meu coração principiou a aligeirar-se, a volver à independência feliz, que juro conservar até o fim da vida? Desde que a titia morreu, isto é, desde que enveredei na análise daquilo que você valia como criatura de Deus. Pelo conhecimento frio, racional, metódico, das suas falhas de temperamento, dos seus defeitos de espírito, desci a compreender que, através das horas atormentadas de amor, das noites de delírio passional, na minha natureza o que vibrou, gemeu, escabujou-se, gozou, enfim, não foi o complexo de sensações de que deriva a unidade sublime – o amor, e sim o meu temperamento, que é o meu fraco real –, a minha idiossincrasia, que é a minha fatalidade. Eu também tenho um temperamento doentio. Aquilo que julgava realizar um acorde das vibrações d'alma e dos desejos do corpo, rebentava destes, e da força da eclosão é que vinha a ilusão. E tanto, que a loucura originou-se por um capricho, ao sabê-lo amado por um coração de anjo, por um pique, ao entrevê-lo entre os braços inexperientes duma virgem. Foi um impulso animal, embora com violência a dar-se uma feição de amor absoluto. Amor é o que rala os seios d'alma da Melinha, primo. É o vago através do qual sobem esplendentes de sol, para logo descerem trespassadas de agonia, aquelas esperanças! É o céu nevoado de ouro, onde toda a tarde a minha infeliz amiga ascende espiritualmente a pregar os lumes de sua fé, puríssimos, mais belos que estrelas! Aquilo é que é amor: esperança no vácuo, sonhos no futuro, imaterialidade, ideal!

Nada disso palpitou no que senti por você. Houve apenas em mim a cegueira dum apetite desordenado, uma temporada de alucinações decorridas unicamente duma desordem fisiológica. Capricho ou moléstia funesta a que felizmente pôs um paradeiro o passamento de titia!... Sinto-me hoje como dantes, absolutamente senhora da minha independência de gênio. Acredite-me, primo, que se eu o vir agora, me produzirá a mesma impressão de quando chegou da roça com a Úrsula, amarelo, violentando-se por permanecer na minha presença direito e bem educado. Com um peso a mais na desolação, o de haver experimentado improficuamente no seu ânimo um tratamento severo de contínuas reações. Inútil, pois, será, primo, tornarmo-nos a ver neste mundo: o meu constante desejo, dora em diante, consistirá no mais completo silêncio sobre o recente passado. Sei também que nunca procurará encontrar-se comigo; pelo contrário, o seu anseio será o eterno esquecimento acerca da influência que exerci em sua vida.

Nesta separação, creia-me sincera numa coisa; na muita felicidade que lhe desejo. Os meus votos são todos pela cura do seu espírito: siga os meus conselhos e, logo que possa, procure o mar, procure o velho mundo, lá onde se lhe depare a larga atmosfera para as ideias, a insensível higiene para o cérebro, e onde a educação vai do físico, desde o mínimo detalhe, até a organização psíquica, na sua mais sutilizada transcendência. Cure-se, primo. Quero, daqui a anos, ouvir falar dum Fidêncio novo, europeu embora, mas com todas as faculdades perfeitamente equilibradas, glorioso de sua individualidade, imprimindo-a em todos os seus atos ou pensamentos, verdadeiro homem em corpo e espírito.

Se na evolução, a que certamente tenderá, ficar-lhe o coração cativo, não se esqueça então da Melinha. É uma alma digna da mais perfeita criatura, aquela! Tenho por muitas vezes ouvido a pobrezinha na explosão dos sentimentos que a enchem; e todos afinam pelo mesmo diapasão, e voam para si! Transforme-se para ela; seja para ela o que para mim não foi, nem podia ser: um ser independente, sabendo querer, agir por conta própria e não tirando das opiniões alheias senão a nuança sobre a qual a sua opinião se firme, toda ardente e pessoal.

De mim, primo, peço não conservar nem rancor, nem vislumbres de saudade. Quero que a meu respeito lhe paire, entre as recordações, a dum agente moral que veio do meio da sociedade e que, ao fim do tempo, já se não sabe onde nem quando. Se não for possível tal, isto é, se para si a recordação ficar personalizada, espero que ficará como a de uma pessoa morta há muito tempo e sobre cujas cinzas o olvido desceu. De si, guardarei essa recordação anônima; e tanto mais facilmente o conseguirei que já me não resta quase nada das emoções passadas. Tudo passa, Fidêncio! E nada mais indefinido, mais efêmero, mais pó, do que um quarto de hora de mulher. O meu quarto de hora correu; estou morta para o primo; e só desejo reviver-lhe no espírito como influência moral. Da que lhe diz adeus para sempre.

Feliciana

EXCERTO DAS MEMÓRIAS DO FIDÊNCIO

AO CÔNEGO FRAGOSO

... Depois da partida do doutor Barros e da carta da prima, a vida que eu arrastei solitariamente num quarto do hotel foi um sofrimento de todas as horas, uma agonia crescente a cada minuto. Os alívios momentâneos, soprados por terrenas ponderações daquilo que valeria apenas eleito deputado, foram-se espaçando até debandarem de vez. Ao cabo, ficou-me o ser vazio de esperanças, incapaz de receber a galvanização de qualquer visionamento de futura grandeza. O próprio dono da casa começou a encarar-me como encararia para um espírito irremediavelmente perdido, candidato ao manicômio, alma penada que ia morrendo porque não sabia enfibrar-se para o querer inabalável.

De começo, tanto o nhô Quim como o Inácio Barbosa procuravam-me no hotel, onde eu me entocava na desilusão suprema de todas as coisas. Vinha logo ao deslizar da conversa a trama renovada das intrigas, das calúnias, dos mexericos da politiquice roceira. Eu, que fazer?, deixava-me ir ao sabor da palração, molemente, automaticamente, concordando com as mais flagrantes monstruosidades, cabisbaixo a todo despropósito, por mais crasso, buscando em vão uma fibra pela qual rebentar a vibração duma nota individual. Ah, como me acudia, então, a lembrança da epístola da Feliciana, azeda, compendiada de tantas verdades! Não sei a opinião que de mim levam os dois; creio, porém, que saíam remoendo pragas contra o afilhado do doutor Barros. Para disfarçar o meu desvalimento moral, mandava estourar o champanhe; e, segundo me parece, rosnavam por fora que eu voltara rico da capital. Na rua, a minha figura sorumbática afugentava os conhecidos; raros eram os que se abalançavam a privar comigo, a indagar da minha saúde; quando eu passava, silenciavam as rodas; e, de recolhida, levava a certeza sempre de falas maldizentes que ficavam atrás. Raramente, aparecia na loja de nhô Quim; e era como um intruso, o cavaco para logo descaía, e a contrafação reinava, perguntas e respostas lacônicas, até que, sentindo-me demais, despedia-me para ir chorar a vida no miserável quarto do hotel.

No entanto, na imprensa da terra, o meu nome triunfava, e a *Filosofia*, que permanecia sem fecho, fazia carreira. Era verdade que o Maneco Souza acabava de ser nomeado para o cargo de coletor das rendas da província. Simulava agora uma amizade fraternal por mim; fugia ao trabalho para conversar comigo ao meio-dia, nos meus aposentos; oferecia-me os seus cigarros de palha e filava-me garrafas de boa cerveja; e gastava já confidências não só das misérias alheias, como da sua existência, cujas circunstâncias precárias esforçava-se por equilibrar com o emprego arranjado. Confessava-se, entusiasticamente, amigo do doutor Barros, espírito e coração sem rivais; e contou-me um dia duma crioula com quem ele se enrabichava e a quem enriquecera com dois filhos. Noutro dia, conduzia-me a visitar a mulher com quem vivia culposamente, uma bonita trigueira de Uberaba, que me impressionou deveras pela palidez e sobretudo pelos grandes olhos tristes. A casa em que moravam era um pardieiro, dum lance apenas, cômodos apertados, paredes nuas e sem cal. Numa rede armada na sala de jantar, um pequerrucho de dois anos, amarelo e esquelético, choramingava rabugentamente. Tive de esperar que a mulher de olhos tristes fosse para a cozinha, e de lá voltasse um tempo infinito depois, com o café numas xícaras brancas e arrastando incessantemente as chinelas. Na rua, ao despedir-se, pediu-me emprestados dez mil-réis "para comprar um vinhozinho do Porto à mulher que andava muito fraca". Dias depois, fui convidado para visitar a redação, e lá sentado a uma mesa de pinho, tive que escrever um artigo de fundo sobre a situação política, e a mesma chama posta à exaltação da propaganda republicana vinha-me agora aos períodos, animava-me a forma, para enaltecer o governo do Visconde de Ouro Preto. Na manhã seguinte, quando a notícia correu da paternidade do artigo, uma aura de popularidade invadiu-me o hotel, todo o pessoal proeminente do partido, sendo os primeiros o nhô Quim e o Inácio Barbosa, que entraram aos gritos de que traziam as saudações do Oeste em peso.

O que eu sofri então nunca poderia pôr a detalhe. Diante daqueles sujeitos que buscavam hipocritamente insultar-me o amor-próprio, o ímpeto que me empolgava no íntimo era escorraçá-los como a leprosos; mas era constrangido a sufocar as sublevações dignas da minha natureza e de os aturar imperturbavelmente, fazendo por lhes agradar, por lhes captar mais e mais as boas graças. À noite, ao sentir-me inteiramente só, a exasperação explodia: subiam as maldições de dentro de mim, como dum inferno; e unicamente me aliviava o pensamento da mãe, ao chorar horas por causa dela. Por vezes, no tresvariar das insônias, parecia-me vê-la, coitada!, vestida de roxo como andava em vida, a face macerada, os olhos pasmados na expressão derradeira e, despencando-lhe das magras mãos, um infindável rosário que descia, descia das alturas até enrolar-me todo em seus torcicolos... Nesses instantes a criatura religiosa que em mim sempre existiu surgia descabeladamente: rajava-me ao soalho, magoava as rótulas, estorcendo-me que nem um doido, completamente levado duma fúria penitente, e rezava durante séculos de ininterrupto ciliciar, o espírito enfermado de visões do outro mundo. A minha imensa, constante devoção era o Cristo, um Cristo que eu via sempre, através da noite, lívido, chagado, com as chagas semelhando grandes lírios roxos no mármore divino da epiderme. Depois da de "mamãe", era a imagem que mais me perseguia, inalterável nas sugestões, golpeando-me sempre com um vasto horror ao passado, impulsionando-me para as torturas, para a flagelação, como para um supremo remédio salvador.

O meu viver por essa época foi todo de concentração, em que os fatos, os fenômenos exteriores me passavam quase despercebidos. Vivia dos meus pensamentos e com eles construía o meu centro de atividade, dentro do qual só havia a guiar-me a obsessão do pecado, o remorso inextinguível do meu crime. De forma que, ao fim de pouco tempo, estava transformado num ser incapaz para qualquer emoção da existência contemporânea, cadaverizado para os estos alucinantes do amor humano, desiludido do gozo terreno, vazio de esperanças, ou antes cheio da exclusiva esperança dum infinito bem-aventurado: era, de vestuário secular, o que agora sou de batina – espírito precocemente desprendido das coisas deste mundo. Após as vigílias, as orações, os tormentos da noite, o meu consolo consistia, durante o dia, trancado na sala, em escrever uma infinidade de cartas a você, cônego, companheiro constante das minhas dores e único coração para o qual sentia o meu natural pendor. Deve ter conservado, amigo, essa correspondência, trespassada frequentemente da história de meu sofrimento.

A minha alma inteira, com os seus desvarios e imperfeições, está desnudada nessas páginas escritas ao curso da febre e que, apenas lançadas ao papel, iam ao seu destino: o horror dos homens e das coisas, transcorrendo daqueles tipos vulgares e característicos da política da roça, cujas visitas ao hotel rareavam progressivamente pelo meu indiferentismo inexplicável; a maldição que em mim persistia contra os que me haviam arremessado para aquele estado esquerdo, anormal, asfixiante; e, por cima de tudo, o nojo pela ínfima criatura que eu era, o tédio que de todos os atos me avassalava, soberanamente. Ah, nessas cartas eu aparecia na completa realidade do momento psicológico! Desenganado do mundo, não era nem pela República, nem pela Monarquia. O estado político dos meus patrícios falava-me ao espírito como uma palavra sem sentido. Eu bandeava-me para o partido espiritual, para a legião sacrossanta dos que, através dos obstáculos materiais, através da vida e do mundo, permanecem de olhos fixos no céu: a absorção do misticismo católico. Queria, ao serviço de Deus, encontrar a remissão do crime, o repouso de minh'alma. Daí o meu ódio às coisas que me cercavam: a política na sua *mise-en-scène* e expressão mais ignóbeis, acolitada pela intriga, pela calúnia, pelo sarcasmo. A tudo quanto me distraía da preocupação absorvente o meu ódio visava fundo: uma visita qualquer que eu recebia, e era de ver logo em seguida a ânsia, a febre, a exacerbação com que tomava da pena para espremer no seio de você, cônego, a raiva que de mim se apossara durante os minutos de hipocrisia, de fraqueza moral...

Jamais derramarei a minha alma tão inteira e sinceramente, como nesses bocados de prosa. Guarde-os a amizade em testemunho de recordação de quem daqui a nada estará na eternidade. (A noite derradeira vomitei numa hemoptise violentíssima as ilusões de vida que me restavam ....

Imagine, agora, cônego, a impressão que colhi da leitura da carta em que tanta coisa triste foi escrita no seu belo estilo. Dizia-me você que a prima, cansada da viuvez, tinha fechado casamento com o Fulgêncio e que, logo depois de casados, seguiam viagem para o estrangeiro. Nunca me esquecerei dum detalhe – que você achava a prima cada vez mais bonita! Contava-me também do doutor Barros, meio aborrecido dos negócios políticos, e com desejos de arremedar em pequeno a parenta, viajando para o Rio a desenfarar o espírito.

Quedei-me impassível. Se houve um recrudescimento no meu estado, foi para o fervor de que eu começava a ser arrastado, para a sede de ideal cristão que entrara em mim com uma rajada. Nas ideias que andavam comigo, nas preocupações que me acompanhavam diariamente, a lembrança tanto da prima como do doutor Barros ia-me por completo obliterada. Ele também, o deputado paulista, parecia ter-se esquecido daquele que irrefletidamente havia jogado à roça, com certeza para não o importunar mais: apenas recebera dele duas cartas no princípio. Que me importava o casamento da Feliciana? Não guardava rancor contra ela, punha-a no estalão das outras, leviana, sensual, tendo por móvel, acima de todas as razões, o seu capricho, obedecendo às leis do coração sem abdicar, todavia, o direito de impor a sua independência na primeira ocasião. E se pouco me importava isto, muito menos a partida do doutor Barros para o Rio. Sentia até, ao pensar neste último ponto, algo que me desoprimia o peito, como se de repente um novo campo se rasgasse aos meus voos espirituais.

Não sei por que motivo fui para o leito: tantos pensamentos, trabalhando-me noite e dia o espírito, quebravam-me atrozmente a energia física. Experimentava um deperecimento gradual de forças, um ofego que lentamente me apanhava a respiração. O hoteleiro estranhava a minha palidez, repetidas vezes recomendava-me a consulta aos médicos da cidade. No entanto, eu gozava interiormente. Sentia nos pulmões a vizinhança duma moléstia incurável, da que me veio trazendo até esta agonia cujo termo, mercê de Deus, está próximo. Entrei a sair amiudadamente, aparecia de manhã e à tarde nas ruas, na loja do nhô Quim, na igreja, na redação do *Sétimo*, em toda a parte. O chefe da terra, e com ele todos os conhecidos, estranhavam, mais do que a minha palidez, o meu ar novo, prazenteiro. Havia rumores nas rodas quando eu passava: as mulheres deitavam-me olhares embebidos de compaixão; e o vigário, esquecido o passado, veio um dia ter comigo, que era preciso curar da saúde – que certamente eu lia muito, como dantes. (Tinha prosperado o santo padre: estava mais nédio, mais vermelho, e morava num prédio elegante, construído ricamente.)

... Dias depois, a Monarquia desabava sob a revolução militar. Quando a primeira notícia correu, que nem um relâmpago, eu achava-me no hotel, depois do almoço. Foi o dia 16 de novembro. Um choque que quase me deixou prostrado, na debilidade que me arrasava: mas a força nervosa voltou imediatamente. O entusiasmo foi violento e real: a criatura mística, que se fechava no quarto para se dedicar à oração e à penitência; que odiava os homens pela pequenez moral, pela materialização de suas faculdades; que renegava todos os vínculos de solidariedade com a comunhão social; a criatura profundamente religiosa levantou-se ao sopro do ardente patriotismo antigo. Foi outro momento de realidade física na minha vida. Sentia-me novamente o Fidêncio do *Clarim*, o republicano fogoso, capaz de ação, de atividade, de heroísmo. Tinha a cantar-me dentro uma clarinada festiva, extraordinária. Saltei para o hoteleiro, abracei-o amplamente:

– Viva a República!

O homem encarou-me aturdido, pasmado; naturalmente julgou-me maluco. Gritei-lhe a minha profissão de fé desde pequeno, íntima, enorme, inabalável; exaltei os republicanos; dei-me como intrujado pelos monarquistas, por eles incompreendido, vitimado, degradado. Falei inesgotavelmente. Tremiam-me os membros, doíam-me os músculos, uma dor vaga de pancada; e a minha voz enrouquecia, arranhava, batia. O homem, na indiferença de estrangeiro, cada vez mais pasmava os olhos, começou a segurar-me pelos ombros, no desejo de me sossegar. Eu empurrei-o para uma prateleira ao lado:

– Vamos, abra o champanhe! Eu quero beber à saúde da República. Quero saudar também o seu país que há de ser República. Quero saudar, enfim, a República universal!

O homem, que era italiano, fiel ao seu Humberto, não gostou do dito, fez um esgar bastante significativo: a verdade era que eu estava bêbado antes de beber. Uma embriaguez deliciosa, em que eu me sentia intensamente viver, que me dava desejos pueris de pular e rir, e uma consolação de amar largamente a minha pátria. Entrei a cantar versos da *Marselhesa*, e atirar vivas a Deodoro, ao Exército, à Armada, à República. Aos poucos, o meu entusiasmo foi-se tornando agressivo, áspero, odioso. Interpelei o italiano acerca do seu silêncio: por que não me acompanhava na alegria e não bebia comigo; se não desejava a evolução republicana para o seu país; e cheguei ao extremo se tinha vindo ao Brasil unicamente para ganhar o nosso rico cobre. Ele empalideceu, repuxou os bigodes, umas negras e terríveis guias, olhou-me vagarosamente, com um rancor fundo, e retirou-se. Esvaziei a garrafa de champanhe no momento em que à porta, radiosamente, me surgiu o vulto do doutor Vicente, o advogado distinto, de quem ouvira horrores na loja do nhô Quim. Abri-lhe os braços como a um companheiro velho: "Vitória!". Ele encarou-me, a princípio admirado, depois à medida que eu falava, que todo o meu ser estalava em explicações, numa eloquência ardente, sincera, ao cabo dum exame largo, em que tremi que nem um discípulo pilhado em falta, foi-se avizinhando de mim, o rosto rasgou-se-lhe num esplendor generoso, apertou-me ao peito:

– Eu sabia disso, Fidêncio! Pois o redator do *Clarim* podia lá perfilhar as ideias daquela corja? Eu esperava isto do seu coração, Fidêncio!

Estava lançada a paz consoladoramente. Eu não podia conter-me, de satisfeito, de triunfante; mandei estourar a rolha a mais uma garrafa do vinho espumoso; e clamei rancorosamente a minha história, repisando a sedução por parte do partido liberal, renegando-o, estigmatizando-o, fazendo-o lama com os seus homens.

Chamei-lhes a todos, indistintamente, canalhas! Naquele momento, verdadeiramente, a criatura hipócrita e subserviente por fraqueza moral; o rapaz desfibrado, mole, a quem a vontade do doutor Barros se tinha imposto como uma potência e a quem uma mulher levara a espezinhar tradições de nobreza de alma: o Urso, enfim, que voltara à roça para dela sair deputado, achava o caminho de partida, transformava-se num Homem. Tinha, finalmente, a convicção do meu vigor, dos meus brios, do meu prestígio. E era um regozijo incoercível ao acreditar-me forte, poderoso das minhas faculdades, capaz de heroísmo, de escalar o impossível: a minha alma voava na altura, onde somente se condensavam névoas de ouro, apoteoses de sol! E a minha eloquência subia, vibrava, escachoava, como se diante de mim não estivesse um interlocutor solitário, mas um auditório compacto, uma multidão eletrizada, sequiosa da palavra evangélica. Calei-me quando não pude mais: a voz rebentou-me como uma corda, e o corpo, miserável físico já enfermo!, baqueou arrasado. O Fidêncio acabava de entrar na paz que ora continua e que muito cedo irá prender-se à da morte...

Aqui justamente se interrompiam as memórias, que o cônego recolheu no dia mesmo da morte do infeliz, ocorrida tempo depois. De modo que lhe não foi dado escrever o derradeiro episódio de valor, o regresso para São Paulo, uma semana após a proclamação da República, doente, ferido do espírito e do corpo. Através da noite escura, chuvosa, procurou logo de chegada o cônego. Encontrou-o em casa, a trabalhar no gabinete, um cômodo em que as flores recendiam e o conchego exagerado dava uma nota feminil. Esteve com ele a conversar duas horas inteiras, infindavelmente. No dia seguinte, serenamente, com o sorriso nos lábios, entrava no Seminário, a fazer o tirocínio para o serviço de Deus.

O dia do passamento do Fidêncio caiu numa quinta-feira. O enterro coincidiu com o jantar em casa do Trancoso: o cônego, de volta do cemitério, berrou ao cocheiro que se apressasse, que ia atrasado. O casal esperava-o, foram logo para a mesa, em cujo centro, entre os vasos de flores do costume, avultava uma torta, mais gorda, mais corada que a da sexta-feira do Fidêncio. Veio a sopa, a invariável sopa de rabanetes e presunto, trazida pela mesma criada, invariavelmente risonha. As primeiras colheradas foram engolidas em silêncio. Havia uma gravidade da banda do cônego, interiormente besuntado ainda da emoção do amigo jogado à cova tão moço, na idade em que as ilusões se botam a florir. A voz do jornalista teve um timbre de saudade:

– Então o rapaz?...

Bem enterrado lá estava!, balbuciou cavamente o outro. E condenou bruscamente, com violência, a ação feia do doutor Barros, o abandono em que havia deixado o rapaz no interior, entregue à vingança da politicagem.

– O renegado!

O rugido foi do jornalista, ao lembrar-se da reviravolta imediata, o político do Oeste passando para a situação republicana com as suas ideias, e gente, e tudo. Como quase todos os liberais! Infelizmente o brio desaparecera deste país, agora sob a rapinagem dos vândalos, dos jacobinos. O Brasil inteiro era uma podridão! O cônego contou o caso do capitão Bento Galvão, visto nas ruas da capital, após corrida a nova da revolução vitoriosa, vomitando das imundices da alma o vivório aos homens da República. Era vê-lo, todavia, não fazia muito tempo, a bracejar de espada em punho, em favor da Monarquia!

A dona Cesarina pediu informação da prima do coitado. O cônego, azedo e raivoso, disse da vida dela no Rio com o Fulgêncio de Abreu, aquele negociante pálido, besta, cheio de pieguices como uma menina de bigodes. Esquecera-se completamente do rapaz! Nem uma carta sequer, cerimoniosa, pedindo notícias. Desventurado, sabia bem quanto havia sofrido neste vale de lágrimas. E a voz tremia-lhe tristonhamente. A mulher do jornalista comoveu-se, expandiu umas reminiscências vagas dele, da única vez que ali jantara, falou dos seus olhos melancólicos, da sua voz doce, lenta. O Trancoso, efusivamente:

– E que talento, cônego! Está-me a lembrar a sua *Filosofia*. Ah, se não fosse aquele gênio, que figura!

O outro então, laconicamente, esclareceu todo o infortúnio do Fidêncio: aquele amor pela filha do deputado constrangendo-o a pôr-se ao serviço das ideias do chefe, abalando-o a uma apostasia vergonhosa de suas crenças. E rematou:

– Por causa do doutor Barros, nem deputado, nem republicano, nem nada!

– Mas o talento não morre, cônego! Aí está a *Província* com os artigos dele.

Mas o Fragoso abanou desconvencidamente a cabeça; e depois da sopa, enterrando a faca na torta, procurou o olhar da dona Cesarina, ao mesmo tempo que o seu sapato sacerdotal procurava uma botinha de tacão alto, puro 33. E a sua tristeza foi como uma névoa ao sol. Simultaneamente, e gravemente, o jornalista cortava o nó górdio da posição da *Província*, resolvendo para o dia seguinte a publicação dum artigo, sisudo como o seu ar, e em que uma adesão fatal ao regime proclamado não se pusesse em luta muito flagrante com o passado todo de propaganda liberal. Achado o meio-termo, o esboço, as linhas gerais do profundo artigo, sorriu alegremente e por seu turno atacou a torta.

E o jantar continuou tranquilamente.

1900.

SOBRE O LIVRO

FORMATO
13,5 x 20 cm

MANCHA
23,8 x 39,8 paicas

TIPOLOGIA
Arnhem 10/13,5

PAPEL
Off-white Bold 80 g/m² (miolo)
Cartão Triplex 250 g/m² (capa)

1ª EDIÇÃO EDITORA UNESP: 2024

EQUIPE DE REALIZAÇÃO

EDIÇÃO DE TEXTO
Tulio Kawata (Preparação do original)
Pedro Magalhães Gomes (Revisão)

PROJETO GRÁFICO E CAPA
Marcos Keith Takahashi (Quadratim)

IMAGEM DE CAPA
Die Gartenlaube, de Franz Müller-Münster, 1894

EDITORAÇÃO ELETRÔNICA
Arte Final

ASSISTENTE DE PRODUÇÃO
Erick Abreu

ASSISTÊNCIA EDITORIAL
Alberto Bononi
Gabriel Joppert

Coleção Clássicos da Literatura Unesp

Quincas Borba | Machado de Assis

Histórias extraordinárias | Edgar Allan Poe

A relíquia | Eça de Queirós

Contos | Guy de Maupassant

Triste fim de Policarpo Quaresma | Lima Barreto

Eugénie Grandet | Honoré de Balzac

Urupês | Monteiro Lobato

O falecido Mattia Pascal | Luigi Pirandello

Macunaíma | Mário de Andrade

Oliver Twist | Charles Dickens

Memórias de um sargento de milícias | Manuel Antônio de Almeida

Amor de perdição | Camilo Castelo Branco

Iracema | José de Alencar

O Ateneu | Raul Pompeia

O cortiço | Aluísio Azevedo

A velha Nova York | Edith Wharton

*O Tartufo * Dom Juan * O doente imaginário* | Molière

Contos da era do jazz | F. Scott Fitzgerald

O agente secreto | Joseph Conrad

Os deuses têm sede | Anatole France

Os trabalhadores do mar | Victor Hugo

*O vaso de ouro * Princesa Brambilla* | E. T. A. Hoffmann

A obra | Émile Zola

Manette Salomon | Edmond e Jules de Goncourt

O urso | Antônio de Oliveira